AF660402

मेरी यूनेस्को यात्रा

मेरी विदेश यात्राएँ : आठ

मेरी यूनेस्को यात्रा

रमेश पोखरियाल 'निशंक'

प्रभात
प्रकाशन

प्रकाशक • **प्रभात प्रकाशन प्रा. लि.**
4/19 आसफ अली रोड,
नई दिल्ली–110002
सर्वाधिकार • सुरक्षित
संस्करण • प्रथम, 2021
मूल्य • तीन सौ पचास रुपए
मुद्रक • आर–टेक ऑफसेट प्रिंटर्स, दिल्ली

MERI UNESCO YATRA
by Shri Ramesh Pokhriyal 'Nishank' ₹ 350.00
Published by Prabhat Prakashan Pvt. Ltd., 4/19 Asaf Ali Road, New Delhi-2
e-mail: prabhatbooks@gmail.com ISBN 978-93-90366-98-9

प्रस्तावना

हाल ही में यूनेस्को की महानिदेशक मुझसे भेंट करने आईं। उन्होंने मुझसे वैश्विक परिवेश की चुनौतीपूर्ण कठिनाइयों पर चर्चा की। उन्होंने इस बात पर चिंता जताई कि विद्यालयों में अमानवीय व्यवहार की घटनाएँ निरंतर बढ़ रही हैं। उनकी इस चिंता पर मैंने उनसे यह निवेदन किया कि अगर हम अपनी शिक्षा को मूल्य-आधारित और संस्कार-आधारित बना पाएँ तो हम इस प्रकार की सभी समस्याओं पर विजय प्राप्त कर सकते हैं। मुझे इस बात की प्रसन्नता है कि यूनेस्को या संयुक्त राष्ट्र शैक्षिक, वैज्ञानिक और सांस्कृतिक संगठन विभिन्न देशों, समुदायों, संस्कृतियों और नागरिकों के बीच मानवीय मूल्यों की स्थापना को संभव बनाने के लिए एक सशक्त एवं व्यापक मंच प्रदान करता है। मैंने महानिदेशक महोदया को यह जानकारी भी दी कि शिक्षण के 'मानवतावादी' पहलुओं पर जोर देते हुए भारत ने अपनी नई शिक्षा नीति में यह स्पष्ट किया है कि शिक्षा का तात्पर्य अध्यापकों, पुस्तकों से प्राप्त जानकारी और ज्ञान का संप्रेषण मात्र नहीं है, इसका तात्पर्य उन मूल्यों, योग्यताओं और प्रवृत्तियों को विकसित करने से भी है, जो 'शांतिपूर्ण, न्यायोचित, समावेशी और टिकाऊ' विश्व के निर्माण के लिए विश्व समुदाय को एकत्र एवं प्रेरित कर विश्व कल्याण में योगदान देने के लिए संकल्पबद्ध कर सके। सतत विकास लक्ष्यों की प्राप्ति, विश्व में मानवीय अधिकारों का सम्मान, गरीबों, पिछड़ों, वंचितों के अधिकारों का संरक्षण, सामाजिक, आर्थिक विकास की अवधारणा को सर्व सुलभ कराना ये यूनेस्को के महती उद्देश्य हैं। समर्पित भाव से यूनेस्को अंतरराष्ट्रीय स्तर पर मानव कल्याण के लिए इन सभी उद्देश्यों की प्राप्ति के लिए कृतसंकल्प है। अंतरराष्ट्रीय समुदाय के सतत विकास के जो लक्ष्य निर्धारित किए गए हैं, उनमें यूनेस्को की सभी कार्यनीतियों और कार्यकलापों का उल्लेख किया गया है। शिक्षा, विज्ञान, संस्कृति, संचार तथा सूचना के क्षेत्र में यूनेस्को की अनूठी कार्यनीतियाँ इन लक्ष्यों की पूर्ति में अपना सार्थक योगदान करती हैं।

यूनेस्को का प्रमुख उद्देश्य शांति स्थापना, गरीबी उन्मूलन, सतत विकास और शिक्षा के माध्यम से विज्ञान, संस्कृति, संचार और सूचना के क्षेत्र में योगदान करना है। यह संगठन विशेष तौर पर शांति, स्थिरता और वैश्विक नागरिकता के लिए शिक्षा के क्षेत्र में अनुसंधान, ज्ञान की साझेदारी, क्षमता-निर्माण और नीति-निर्माण में अग्रणी भूमिका निभाने के लिए प्रतिबद्ध है।

आज यूनेस्को के साथ भारत राष्ट्र भी शांति और सतत विकास के लक्ष्यों के लिए कटिबद्ध है। हमारी अत्याधुनिक शोध पहलों, नई शिक्षा नीति, नवाचार और युवा कार्यक्रमों का उद्‌देश्य एक ऐसी पीढ़ी का निर्माण करना है, जो एक बेहतर दुनिया के लिए अपेक्षित मूलभूत परिवर्तनों को संभव कर सके, दिशा दे सके।

यूनेस्को के लक्ष्यों के केंद्र में अब प्राकृतिक विज्ञान और पृथ्वी के संसाधनों का प्रबंधन भी आ चुके हैं। इसके अंतर्गत विकसित और विकासशील देशों में संसाधन प्रबंधन और आपदा स्थिरता में सतत विकास प्राप्त करने के लिए पानी और पानी की गुणवत्ता, महासागर की रक्षा और विज्ञान तथा इंजीनियरिंग प्रौद्योगिकी को बढ़ावा देना शामिल है।

यूनेस्को के अनुसार, वैश्विक नागरिकता के संदर्भ में शिक्षा का उद्‌देश्य है— "सभी उम्र के शिक्षार्थियों को उन मूल्यों, ज्ञान और कौशल के साथ तैयार करना, जो मानव अधिकारों, सामाजिक न्याय, विविधता, लैंगिक समानता और पर्यावरण स्थिरता के लिए मन में सम्मान रखते हैं, अर्थात् ऐसी शिक्षा जो शिक्षार्थियों को जिम्मेदार एवं सशक्त वैश्विक नागरिक बनने में मदद करती है।

संपूर्ण दुनिया में वसुधैव कुटुम्बकम् का महान् विचार लेकर भारत ने सर्वे भवन्तु सुखिनः सर्वे सन्तु निरामया की परिकल्पना को स्वीकार करने हुए संपूर्ण मानवता के कल्याण की प्रार्थना की है। भारतीय चिंतन, दर्शन और मूल्यों में सदा-सर्वदा एक ही भावना परिलक्षित होती है कि संसार में कोई कष्ट में न रहे। एकात्म मानववाद के चिंतन द्वारा भी हमने समाज की निचली पंक्ति में खड़े अंतिम व्यक्ति तक पहुँचने का संकल्प दुहराया है। पिछड़े, दलित और उपेक्षित वर्ग तक पहुँचना भारतीय चिंतन की सर्वोच्च प्राथमिकता रही है। भारत के प्रधानमंत्री श्री नरेंद्र मोदीजी ने इसी भारतीय चिंतन के सार को संयुक्त राष्ट्र के 74वें सम्मेलन में 'सबका साथ सबका विकास और सबका विश्वास' के रूप में प्रस्तुत करके अर्जित करने की बात कही थी। यह भारतीय मंत्र न केवल भारतीयों के अपितु विश्व-मानव के कल्याण के लिए आवश्यक और उपयोगी है।

भारत में मानव कल्याण संदर्भित चिंतन हजारों वर्ष पुराना है। हमारे वेदों, शास्त्रों

एवं अन्य ग्रंथों में शासन करनेवालों को 'धर्म' के आधार पर आचरण करने का परामर्श दिया गया है। इस चिंतन में अधिकारों के प्रति जागरूक रहने के साथ-साथ कर्तव्यों के प्रति समर्पित रहने को भी महत्त्वपूर्ण माना गया है। यही कारण है कि इस सनातन संस्कृति को अपनाने वाला देश भारत विश्व भर के लिए सदियों से प्रेरणा का स्रोत रहा है। भारतीय चिंतन के अनुसार उच्च आदर्शों को स्थापित करना, उनपर चलना तथा सत्य, अहिंसा, करुणा और सह-अस्तित्व को पोषित करना आज के विश्व समुदाय की सबसे बड़ी अवश्यकता है।

इस दृष्टि से देखें तो सामाजिक और मानव विज्ञान पर ध्यान केंद्रित करते हुए यूनेस्को भी बुनियादी मानव अधिकारों के संरक्षण और संवर्धन को न केवल बढ़ावा देता है, बल्कि भेदभाव और नस्लवाद से लड़ने के लिए पूरे विश्व को तैयार करता है। मुझे इस बात की प्रसन्नता है कि नई शिक्षा नीति के माध्यम से हम ऐसी शिक्षा प्रणालियों को विकसित करने पर ध्यान दे रहे हैं, जो न केवल अकादमिक उन्नति को बढ़ावा देंगी, बल्कि छात्रों के भीतर मानवीय मूल्यों और चारित्रिक उत्थान को भी संभव करेंगी। आज के चुनौतीपूर्ण विश्व परिदृश्य में शांतिपूर्ण और सहिष्णु समाज के निर्माण के लिए नई मानसिकता की स्थापना आवश्यक है। शिक्षा इसका सबसे कारगर और सशक्त माध्यम बन सकती है। इस दृष्टि को प्राप्त करने के लिए हमें शिक्षा में ज्ञानात्मक एवं विकासशील कौशल के साथ-साथ सामाजिक एवं भावनात्मक शिक्षा पर भी बल देने की आवश्यकता है, जिसमें यूनेस्को की महत्त्वपूर्ण भागीदारी हो सकती है। महात्मा गांधी ने शिक्षितों के नैतिक और भावनात्मक 'चरित्र' में सुधार के महत्त्व को समझाया था। उन्होंने अभ्यास, पूछताछ, संवाद और विविधता को स्वीकारने तथा अहिंसा और दया को सर्वोपरि भाव मानने पर जोर दिया था। आज जब हम 'न्यू इंडिया' के निर्माण का प्रयास कर रहे हैं तो उनके कहे ये शब्द आज भी उतने ही प्रासंगिक लगते हैं, जितने कि उनके समय में थे।

पिछले वर्ष यूनेस्को की सामान्य बैठक के लिए की गई मेरी यात्रा अविस्मरणीय रही। इस यात्रा के दौरान मुझे अनेक गण्यमान्य व्यक्तित्वों से मिलने का मौका मिला। यूनेस्को की भूमिका, उसके कार्य-क्षेत्र, प्रभाव और संभावनाओं के विषय में जानकारी मिली। मुझे लगता है कि यूनेस्को के बारे में हम सबको जानकारी होनी चाहिए। हमें इस बात पर खुला विमर्श करना चाहिए कि किस प्रकार हम यूनेस्को के सहयोग से मानव कल्याण के लिए कार्य कर सकते हैं।

कुछ इसी तरह के मनोभावों के साथ यह पुस्तक आपके हाथों में सौंप रहा हूँ। आशा है कि आपको मेरा यह प्रयास पसंद आएगा।

अनुक्रम

1

मेरी यूनेस्को यात्रा

भारत सरकार के मानव संसाधन विकास मंत्री के रूप में, भारतीय प्रतिनिधिमंडल के साथ यूनस्को मुख्यालय, पेरिस में 13 से 15 नवंबर, 2019 तक आयोजित सम्मेलन के 40वें सत्र में नेतृत्व करने का मुझे सौभाग्य प्राप्त हुआ। यूनेस्को का कार्यालय वाई-आकार के मुख्य भवन में स्थित है। इस कार्यालय का उद्घाटन नवंबर 1985 में हुआ था।

यूनेस्को (संयुक्त राष्ट्र, शैक्षिक, वैज्ञानिक और सांस्कृतिक संगठन) का मुख्यालय पेरिस (फ्रांस) में प्लेसडीफोंटेनांय पर स्थित है। मैंने फ्रांस स्थित इस मुख्यालय में विभिन्न बैठकों और अन्य कार्यक्रमों में भाग लिया। भारत के स्थायी प्रतिनिधिमंडल से लेकर यूनेस्को (पी.डी.आई.), पेरिस, फ्रांस के अधिकारी भी विभिन्न आयोजनों और द्विपक्षीय बठकों में शामिल हुए। इस यात्रा के कुछ अनुभव आपके साथ साझा कर रहा हूँ। 'उच्च शिक्षा में समावेशिता' विषय पर मैंने अन्य देशों के शिक्षा मंत्रियों के साथ बैठक करके सभा को संबोधित किया। संबोधन के प्रारंभ में मैंने भारत के संविधान निर्माताओं

को याद किया, जिन्होंने देश की समृद्ध विविधता का विशेष ध्यान रखा और उसे महत्त्व दिया। यह वैविध्य भार में आज भी न केवल संरक्षित है, बल्कि शिक्षा के माध्यम से संपोषित भी है। तैंतीस वर्ष के लंबे अंतराल के बाद भारत सरकार द्वारा लाई जा रही नई शिक्षा नीति से मैंने सबको अवगत कराया।

यूनेस्को सामान्य बैठक में संबोधन 'उच्च शिक्षा में समावेशिता'

उन्हें यह भी बताया कि किस प्रकार देश के नागरिकों के साथ उचित परामर्श कर विविधता को स्वीकार करते हुए, छात्रों की व्यक्तिगत आवश्यकताओं और क्षमताओं के सामंजस्य के साथ समवेशी शिक्षा को बढ़ावा देने के लिए प्रतिबद्ध इस शिक्षा नीति का निर्माण किया गया है।

शिक्षण की प्रक्रिया में सबसे महत्त्वपूर्ण कड़ी शिक्षक होता है। शिक्षक की गुणवत्ता वृद्धि के लिए भारत द्वारा प्रारंभ किए गए विश्व के सबसे बड़े शिक्षक शिक्षण कार्यक्रम 'निष्ठा' का मैंने परिचय दिया। 'निष्ठा' कार्यक्रम में समाहित समावेशी शिक्षा पद्धति की संकल्पना ने सभी प्रतिभागियों को प्रभावित किया। 'स्वयं' और 'स्वयंप्रभा' पोर्टल के माध्यम से भारतीय छात्रों के साथ-साथ विदेशी छात्रों को भी नि:शुल्क उच्च शिक्षा देने के लिए भारत की प्रतिबद्धता का सभी प्रतिभागियों ने स्वागत किया।

दुनिया के साथ शैक्षणिक सहयोग का विस्तार करने के लिए भारत सरकार के भारत में अध्ययन (StudyinIndia), SPARC, GIAN, DuoIndia VAJRA आदि पर प्रकाश डालते हुए सभी प्रतिभागियों को भारत की समृद्ध शिक्षा प्रणाली से अवगत

कराने में मुझे गर्व का अनुभव महसूस हुआ। इन सभी कार्यक्रमों में समावेशी शिक्षा का समावेश सभी के लिए रोचकता एवं जिज्ञासा का विषय बना।

यूनेस्को महानिदेशक के साथ द्विपक्षीय बैठक

यूनेस्को सामान्य बैठक में संबोधन

यात्रा के दूसरे दिन मैंने महात्मा गांधी शांति शिक्षा व सतत विकास संस्थान (MGIEP) द्वारा आयोजित कार्यक्रम में भाग लिया। दिल्ली स्थित महात्मा गांधी शांति शिक्षा व सतत विकास संस्थान (MGIEP) संयुक्त राष्ट्र शैक्षिक, वैज्ञानिक और सांस्कृतिक संगठन का श्रेणी संस्थान है। डिजिटल तकनीकी के क्षेत्र में MGIEP द्वारा किए गए शोध कार्य सराहनीय हैं। नवाचार के माध्यम से शिक्षण में डिजिटल प्रौद्योगिकियों के क्षेत्र में हो रहे शोध नवीन शिक्षाविदों के लिए मार्गदर्शी साबित होंगे। MGIEP द्वारा बनाए गए डिजिटल लर्निंग का पहला ड्राफ्ट एवं दिशा-निर्देश प्रस्तुत करते समय महात्मा गांधी और उनके विचार अनायास ही स्मृति-पटल पर आ गए। इस दौरान महात्मा गांधी को याद करते हुए मैंने सबको अवगत कराया कि 'न्यू इंडिया' का निर्माण करने के लिए, उनके शब्द आज भी उतने ही प्रासंगिक हैं, जितने कि उनके समय में थे।

यूनेस्को संबोधन–मूल्य आधारित शिक्षा की आवश्यकता

हमें अपना ध्यान इस प्रकार की शिक्षा प्रणालियों की ओर मोड़ना चाहिए, जो न केवल ज्ञान के विस्तार को बढ़ावा दें, बल्कि छात्रों के चरित्र को भी विकसित करें। शांतिपूर्ण और स्थायी समाज बनाने के लिए एक नई मानसिकता स्थापित करने की आवश्यकता है। इस दृष्टि को प्राप्त करने के लिए हमें संज्ञानात्मक बुद्धिमत्ता के लिए विकासशील कौशल के साथ-साथ अपनी कक्षाओं में सामाजिक और भावनात्मक अधिगम (एस.ई.एल.) को अपनाना चाहिए। MGIEP ने मुझे Samsung और जवाहर नवोदय विद्यालय (जे.एन.वी.) के साथ अपनी नई परियोजना के पहल से अवगत कराया। यह परियोजना कक्षा 8 के छात्रों के लिए गणित और विज्ञान जैसे कठिन विषयों को संबोधित करने की दिशा में एक सार्थक प्रयास है। इस पहल के तहत ग्रामीण या

सैमसंग यूनेस्को के बीच सहयोगात्मक परियोजना

दलित पृष्ठभूमि के छात्रों का चयन किया जाता है। यह बहु आयामी दृष्टिकोण भावनात्मक बुद्धि के निर्माण के साथ उच्च ग्रेड के लिए छात्रों को तैयार करता है तथा उन्हें शैक्षिक और भावात्मक बुद्धि विकास को शैक्षणिक कौशल के साथ जोड़ता है।

UNESCO MGIEP और SDG 4.7 के सिद्धांतों और मुख्य मूल्यों पर आधारित 'The Games Bar' का उद्घाटन करते हुए मेरा हृदय हर्षित हो रहा था। 'Games Bar' का उद्देश्य मीडिया सूचना और साक्षरता (MIL) में खेल की अद्वितीय क्षमता का दोहन करना है। युवा प्रतिभागियों के बीच समझ, संवाद और शांति को बढ़ावा देने के लिए मीडिया, सूचना व साक्षारता (MIL) और खेल आधारित शिक्षण की अद्वितीय संभावनाओं का दोहन करना अभीष्ट है। युवा प्रतिभागियों के बीच नई सोच प्रोत्साहित करने और समझ को बढ़ावा देने के लिए खेल-आधारित शिक्षा, संवाद और शांति शिक्षा का समावेश करना श्रेयस्कर है।

इसी क्रम में महानिदेशक के साथ बैठक कर उन्हें भारत आने का निमंत्रण दिया। महानिदेशक ने इस अनुरोध पर सहर्ष सहमति व्यक्त की और सूचित किया कि वे 4-7 फरवरी, 2019 के दौरान भारत का दौरा करेंगी। इस मुलाकात के दौरान मैंने उन्हें बताया कि जहाँ तक सदस्य राज्य द्वारा यूनेस्को में अनिवार्य योगदान का संबंध है, भारत उच्च स्तर पर सम्पूर्ण योगदान करने के लिए तैयार है। महानिदेशक ने समर्थन के लिए धन्यवाद दिया और यूनेस्को की स्थापना के बाद से भारत के समर्थन और योगदान को याद किया। मैंने उन्हें भारतीय शासन की विभिन्न पहलों से अवगत कराया, जो कि SDG 2030 एजेंडा को प्राप्त करने के साथ संरेखित हैं। SDG 2030 लक्ष्यों के लिए तैयार किए गए विभिन्न संकेतकों में SDG 2030 लक्ष्यों के लिए तैयार किए गए विभिन्न संकेतकों के 17 क्षेत्रों में दिखाए गए सुधार कार्यों का भी उल्लेख किया, जिसकी उन्होंने खुले दिल से सराहना की।

इसके अतिरिक्त बहुत से शिक्षा मंत्रियों से एक-एक कर द्विपक्षीय वार्त्तालापों के द्वारा अंतरराष्ट्रीय पटल पर भारत की शिक्षा प्रणाली और नीतियों को रखने का भी मुझे अवसर मिला। तीन दिन की इस छोटी सी यात्रा के दौरान नेपाल, युगांडा, सऊदी अरब, सिंगापुर, यूएई, मलेशिया, थाईलैंड, बांग्लादेश, मेक्सिको और नॉर्वे के शिक्षा मंत्रियों से भेंट कर द्विपक्षीय संबंधों की दिशाओं का चयन करने का सार्थक प्रयास किया। भारत सरकार के प्रमुख कार्यक्रम 'भारत में अध्ययन' से सबको अवगत कराया और उनसे इस ओर मिलकर उचित कदम उठाने का आग्रह किया। छात्रवृत्ति और शोध जैसे विषयों पर अंतरराष्ट्रीय विस्तार की दृष्टि से भारत के अन्य कार्यक्रमों पर भी चर्चा की। इन नीति विशेष केंद्रित वार्त्तालापों के कुछ अंश यहाँ साझा कर रहा हूँ।

सुश्री इसलिन नौबो नॉर्वे की अनुसंधान और उच्च शिक्षा मंत्री से मुलाकात एक

सकारात्मक नोट पर आरंभ हुई। इस भेंटवार्त्ता में दोनों देशों की शिक्षा के क्षेत्र में द्विपक्षीय सहयोग के लिए सहमति बनी। दोनों देशों के बीच संबंधों के लंबे इतिहास की श्रृंखला में एक नई कड़ी तब जुड़ी, जब मैंने सुश्री नौबो को शैक्षणिक और अनुसंधान सहयोग (SPARC) को बढ़ावा देने के लिए भारत सरकार की महत्त्वाकांक्षी योजना से अवगत कराया और उनसे अनुरोध किया कि वे नॉर्वेजियन विश्वविद्यालयों को इसमें भाग लेने के लिए प्रोत्साहित करें। मैंने सुश्री नौबो को यह जानकारी दी कि SPARC के पहले चरण में केवल दो नॉर्वेजियन विश्वविद्यालय शामिल थे। दूसरे चरण में हम इस कार्यक्रम में नॉर्वेजियन विश्वविद्यालयों की संख्या में उल्लेखनीय वृद्धि की आशा करते हैं। ग्लेशियोलाजी और जलवायु परिवर्तन के क्षेत्रों और इनके परस्पर समपार्श्विक संबंधों को शिक्षा के क्षेत्र में सहयोग की दृष्टि से पहचाना गया और इस ओर आगे की बातचीत की दिशा क्या होगी, इस पर भी विचार-विमर्श किया गया।

नॉर्वे की अनुसंधान और उच्च शिक्षा मंत्री सुश्री इसलिन नौबो से मुलाकात

सुश्री नौबो ने 'भारत में अध्ययन' कार्यक्रम और योग, आयुर्वेद और भारतीय भाषाओं आदि पाठ्यक्रमों की जानकारी ली। मैंने उनसे नॉर्वे में इन उत्तम पाठ्यक्रमों को बढ़ावा देने का अनुरोध किया, ताकि अधिक-से-अधिक नॉर्वेजियन विद्यार्थी इन पाठ्यक्रमों का लाभ उठा सकें। सुश्री नौबो भारत द्वारा की गई अकादमिक नेटवर्क की वैश्विक पहल, नॉर्वेजियन शिक्षकों के भारत दौरे और भारतीय उच्च शिक्षा संस्थानों में

विशेष पाठ्यक्रम पढ़ाने की बात सुनकर आगे के सहयोग के लिए प्रेरित हुईं। उन्होंने विश्वविद्यालयों, कॉलेजों और संस्थानों के बीच अधिकाधिक सहयोग की उम्मीद की। वे सोचती हैं कि जलवायु परिवर्तन के क्षेत्र में काफी संभावनाएँ हैं और इस क्षेत्र में सहयोग दोनों देशों के लिए फायदेमंद साबित होगा। उन्होंने यह भी साझा किया कि वे इस समय छात्र गतिशीलता पर एक श्वेत-पत्र पर काम कर रही हैं। उन्होंने यह भी जानकारी दी कि आज उनके डिग्री कार्यक्रम के दौरान केवल 16 प्रतिशत नॉर्वेजियन छात्र ही अध्ययन के लिए विदेश जाते हैं। उनकी अभिलाषा है कि यह संख्या 50 प्रतिशत तक पहुँच जाए। उन्होंने प्रसन्न होकर कहा कि वे नॉर्वे के अन्य विद्यार्थियों का भी भारत जाकर अध्ययन करना पसंद करेंगी।

सुश्री नौबो ने बड़े उत्साह के साथ मुझे यह सूचना दी कि वे विश्वविद्यालयों, शोध संस्थानों और उच्च शिक्षा के अंतरराष्ट्रीयकरण के लिए जिम्मेदार अधिकारियों का एक प्रतिनिधिमंडल लेकर भारत आएँगी, ताकि भारत से वापस आने के बाद वे सभी यह जान सकें कि बेहतर शिक्षा के लिए फैसले कैसे लिये जाते हैं। वे भारत की भव्यता से प्रभावित थीं। उन्हें आश्चर्य था कि आकार में भिन्नता के बावजूद नॉर्वे और भारत्त के सामान्य लक्ष्य समरूप हैं। उन्होंने इस दिशा में साथ मिलकर कार्य करने की इच्छा व्यक्त की।

सुश्री नौबो ने मुझसे यह जानना चाहा कि नॉर्वे में कितने भारतीय छात्र हैं। मैंने उन्हें बताया कि 284 भारतीय छात्र वर्तमान में नॉर्वे में पढ़ रहे हैं और 16 नॉर्वेजियन छात्र भारत में पढ़ रहे हैं। उन्होंने आश्वासन दिया कि निकट भविष्य में नॉर्वे के छात्र अपनी डिग्री की पढ़ाई के लिए बड़ी संख्या में भारत जाएँगे।

श्री एस्टेबन मोक्टे जुमाबाराकानोफ (मेक्सिको के शिक्षा मंत्री) ने मुझे ग्वाडलाजारा अंतरराष्ट्रीय पुस्तक मेला-2019 की जानकारी दी। उन्होंने बताया कि पुस्तक मेले में भारतीय विश्वविद्यालयों के प्रतिभागी भी शामिल होंगे। मैंने ग्वाडलाजारा इंटरनेशनल बुक फेयर-2019 में भारत को एक अतिथि देश के रूप में आमंत्रित करने के लिए उन्हें धन्यवाद दिया। मैंने अपनी आधिकारिक प्रतिबद्धताओं और दायित्वों के चलते अंतरराष्ट्रीय पुस्तक मेले में भाग लेने में असमर्थता व्यक्त की। मैंने उन्हें आश्वासन दिया कि मेरे सहयोगी MoS श्री संजय धोत्रे मेरा प्रतिनिधित्व करेंगे। उन्होंने फिर से मुझे निमंत्रित किया, उनके स्नेह भरे निमंत्रण के लिए मैंने उनका आभार व्यक्त किया। उन्होंने फिर से मुझे निमंत्रित किया और जोर देकर कहा कि मुझे मेक्सिको की यात्रा अवश्य करनी चाहिए।

इसके बाद दोनों देशों के बीच एक समझौता ज्ञापन तैयार किया गया। मैंने प्रस्ताव दिया कि इस उद्देश्य को अंतिम रूप देने के लिए JWG के मौजूदा प्लेटफॉर्म का उपयोग करते हुए पाँच वर्षों के लिए एक कार्ययोजना तैयार की जा सकती है। श्री

बाराकानोफ ने भारत की ई-9 की अध्यक्षता अगले दो वर्षों के लिए लेने की मेरी इच्छा पर अपनी स्वीकृति देते हुए यह उम्मीद जताई कि इस समूह के तहत एक साथ काम करने का पर्याप्त अवसर मिलेगा। मैंने भारत के अकादमिक नेटवर्क की वैश्विक पहल की कार्यप्रणाली की सराहना करते हुए उन्हें बताया कि कैसे मेक्सिको इसमें एक सक्रिय भागीदार था। यह भी बताया कि मेक्सिको से 12 शिक्षक भारत आए थे और भारतीय उच्च शिक्षा में उन्होंने विशेष पाठ्यक्रम पढ़ाए थे। मैंने श्री बाराकानोफ से अनुरोध किया कि वे GIAN का सख्ती से प्रचार करें, ताकि मेक्सिकन प्रोफेसर भारतीय उच्च शिक्षा संस्थानों में सेमेस्टर पढ़ाने के लिए भारत आ सकें। उन्होंने भी यह इच्छा व्यक्त की कि भारतीय शिक्षकों को भी पढ़ाने के लिए मेक्सिको आना चाहिए। उन्होंने पंचवर्षीय कार्ययोजना के प्रस्ताव की प्रशंसा की और इसका समर्थन करते हुए कहा कि मेक्सिकन विश्वविद्यालयों के लिए भारतीय शिक्षकों के आदान-प्रदान का भी प्रावधान होना चाहिए। उन्होंने मेक्सिकन छात्रों को भारत में पढ़ने के लिए भेजने की प्रबल इच्छा व्यक्त की।

मैंने श्री बाराकानोफ को अंतरराष्ट्रीय छात्रों को गुणवत्तापूर्ण शिक्षा प्रदान करने के उद्देश्य से भारत में हाल ही में शुरू किए गए अध्ययन-कार्यक्रम से अवगत कराया और भारत को एक शैक्षिक केंद्र के रूप में उनके समक्ष प्रस्तुत किया। पश्चिमी देशों के लाभ के लिए अल्पकालिक पाठ्यक्रम जैसे कि योग, आयुर्वेद तथा भारतीय भाषाओं के पाठ्यक्रमों का मैंने उन्हें ब्योरा दिया। श्री बाराकानोफ ने इस दिशा में पारस्परिक सहयोग की इच्छा व्यक्त की। मेक्सिको में 'भारत में अध्ययन' कार्यक्रम को बढ़ावा देने के लिए श्री बाराकानोफ ने भरपूर उत्साह दिखाया।

मैंने भारतीय उच्च शिक्षा संस्थान में मेक्सिकन छात्रों की संख्या में कमी पर चिंता व्यक्त की और श्री बराकानोफ से इस दिशा में विशेष रुचि लेने और मेक्सिकन छात्रों को भारत आने के लिए प्रोत्साहित करने की दिशा में काम करने का अनुरोध किया। भारत की विविधता और भव्यता का अनुभव लेने के लिए मैंने उन्हें भारत आने का न सिर्फ निमंत्रण दिया, अपितु अपनी पुस्तक 'भारतीय संस्कृति : संपूर्ण विश्व के लिए प्रेरणा' भी भेंटस्वरूप प्रदान की। पुस्तक पढ़ने का आश्वासन देने क साथ ही श्री बाराकानोफ ने भारत और मेक्सिको के बीच की समानता की ओर मेरा ध्यान आकर्षित किया। उन्होंने यह जानकारी दी कि मेक्सिको 130 मिलियन लोगों का देश है, जो भारत जितना बड़ा नहीं है, लेकिन दोनों देश समान चुनौतियों का सामना कर रहे हैं। इनको संबोधित करने और इनका समाधान खोजने के लिए दोनों देश मिलकर काम कर सकते हैं।

भारत और बांग्लादेश के बीच साझा इतिहास और मजबूत सांस्कृतिक संबंधों के बारे में विस्तृत चर्चा हुई। सुश्री दीपू मोनी ने दोनों देशों के बीच लंबे सांस्कृतिक और ऐतिहासिक संबंधों को सुदृढ़ करने की प्रतिबद्धता का फिर से संकल्प लिया। इस लंबे

सहयोग के बावजूद भारत और बांग्लादेश में शिक्षा के क्षेत्र में EEP/MoU नहीं है। मैंने 5 अक्तूबर, 2019 को प्रधानमंत्री श्री नरेंद्र मोदी के निमंत्रण पर प्रधानमंत्री श्रीमती शेख हसीना की हाल की भारत यात्रा का उल्लेख करते हुए उन्हें यह बताया कि तब भारत-बांग्लादेश ने एक संयुक्त वक्तव्य जारी किया था, जिसमें आपसी सामंजस्य और सहास्तित्व ही बात की गई थी। उन्होंने इस मित्रता को और अधिक ऊँचाइयों तक ले जाने में दोनों प्रधानमंत्रियों द्वारा किए गए प्रयासों पर प्रसन्नता व्यक्त की।

मेक्सिको के शिक्षा मंत्री एस्तेबान मोक्टेजुमा बरजगन

मैंने सुश्री मोनी को 'भारत में अध्ययन' कार्यक्रम से अवगत कराया और बताया कि बांग्लादेश उन लक्षित देशों में से एक है और अब तक 224 बांग्लादेशी छात्रों ने 'भारत में अध्ययन' कार्यक्रम के तहत प्रवेश लिया है।

मैंने भारत सरकार के GIAN और SPARC कार्यक्रमों की जानकारी भी उन्हें दी। उन्होंने GIAN प्लस 2020 की परियोजना पर लंबी चर्चा की। मैंने उन्हें बताया कि GIAN प्लस 2020 में भारतीय शिक्षक पढ़ाने के लिए विदेश जाएँगे। मैंने सुश्री मोनी से 'भारत में अध्ययन' कार्यक्रम पर भी बात की और सुश्री मोनी से बांग्लादेश में इसे व्यापक रूप से प्रचारित करने और बांग्लादेशी छात्रों को भारत भेजने तथा 'भारत में अध्ययन' कार्यक्रम के तहत पढ़ाई करने के लिए प्रोत्साहित करने का अनुरोध किया।

सुश्री मोनी ने आई.आई.टी., मेडिकल कॉलेज और विश्वविद्यालयों सहित भारतीय उच्च शिक्षा संस्थानों की सराहना की। सुश्री मोनी ने विशेष रूप से उल्लेख किया कि भारतीय प्रौद्योगिकी संस्थान (आई.आई.टी.) विश्व रैंकिंग में उच्च स्थान पर हैं और बांग्लादेश आई.आई.टी. में अध्ययन करने के लिए अधिक-से-अधिक छात्रों को भारत भेजना चाहता है। उन्होंने यह भी बताया कि कई बांग्लादेशी छात्र उच्च शिक्षा संस्थानों में अध्ययन करने के लिए भारत जा रहे हैं और लाभ उठा रहे हैं। उन्होंने इस तथ्य पर भी जोर दिया कि कश्मीर और उत्तर-पूर्व के भारतीय छात्र मेडिकल कॉलेजों में पढ़ने के लिए बांग्लादेश आते हैं। दोनों देशों के विश्वविद्यालयों के बीच सक्रिय सहयोग है।

बांग्लादेश की शिक्षा मंत्री सुश्री दीपू मोनी के साथ

सुश्री मोनी यह मानती हैं कि प्रौद्योगिकी के क्षेत्र में भारत और बांग्लादेश दोनों परस्पर सहयोग कर सकते हैं। उन्होंने औद्योगिक क्रांति 4.0 का उल्लेख किया और आशा व्यक्त की कि बांग्लादेश इसे वैसे ही न गँवा दे जैसे कि पहले उसने औद्योगिक क्रांतियों को गँवा दिया था। उन्होंने बांग्लादेश में शिक्षा के क्षेत्र में हाल में हुए विकास के बारे में चर्चा की और वहाँ की स्कूली शिक्षा में हुए चौमुखी विकास से मुझे अवगत कराया।

मैंने थाईलैंड के शिक्षा मंत्री श्री नाताफोलते पसुवान के साथ बैठक की, जिसे थाई शिक्षा मंत्री ने अपने लिए एक सम्मान की बात बताया। मैंने उन्हें बताया कि 'भारत में अध्ययन' भारत सरकार का एक प्रमुख कार्यक्रम है, जिसके अंतर्गत हमने योग और आयुर्वेद में पाठ्यक्रम शुरू किए हैं। इस कार्यक्रम के तहत थाईलैंड के छात्रों ने शीर्ष भारतीय उच्च शैक्षणिक संस्थानों में प्रवेश लिया है। 'भारत में अध्ययन' कार्यक्रम के तहत 100 प्रतिशत से 25 प्रतिशत तक की फीस माफी और मेधावी अंतरराष्ट्रीय छात्रों को छात्रवृत्ति प्रदान की जाती है। मैंने कहा कि थाईलैंड इस कार्यक्रम को बढ़ावा देने के लिए कदम उठा सकता है। ASEAN फैलोशिप में थाई छात्रों की रुचि का उल्लेख करते हुए मैंने उनको बताया कि मंत्रालय से उनको पूरा समर्थन मिलेगा और इस दिशा में विभिन्न सामग्रियों को भेजने के लिए मंत्रालय से कहा जाएगा। शिक्षा के क्षेत्र में विनिमय कार्यक्रम (Exchange Program) को आगे बढ़ाने की दृष्टि से मैंने, श्री तेपसुवान को भारत आने का निमंत्रण दिया। ASEAN फैलोशिप कार्यक्रम के तहत आसियान देशों के छात्रों को 1000 छात्रवृत्ति देने के बारे में जानकर श्री तेपसुवान ने खुशी जाहिर की और SII में सक्रिय भूमिका निभाने के मेरे अनुरोध को संहर्ष स्वीकार किया और कहा कि SII उनके लिए बहुत ही रोमांचक पहल है और वे इस कार्यक्रम के तहत भारत में और अधिक छात्रों को भेजने के लिए तत्पर होंगे। उन्होंने कार्यक्रम में रुचि दिखाते हुए कार्यक्रम को विस्तार से समझने का प्रयास किया। उन्होंने इस कार्यक्रम के तहत कला और विज्ञान में यह शिक्षा संभव है या नहीं, इस तरह के कई प्रश्न किए। इसके अलावा उन्होंने यह भी बताया कि वे सौर प्रणाली (Solar system) के माध्यम से पानी को साफ करने के कार्यक्रम को देख रहे हैं, क्योंकि यह जीवित प्राणियों के लिए बहुत महत्त्वपूर्ण है। उन्होंने इस संबंध में आगे भी कार्यक्रम करने का इरादा व्यक्त किया और दोनों कार्यक्रमों के पारस्परिक लाभ पर प्रकाश डाला। श्री तेप्सुवन ने SII की पूर्व-आवश्यकताओं, योग्यताओं और भाषा के बारे में एक साल पहले भेजने का हमसे अनुरोध किया, ताकि उन्हें इस योजना को प्रचारित करने का उचित समय मिल सके।

थाईलैंड के शिक्षा मंत्री श्री नाताफोलते पसुवान

मलेशिया के शिक्षा मंत्री डॉ. मसजली बिन मलिक के साथ बैठक में मैंने मंत्रालय के GIAN कार्यक्रम की जानकारी साझा की और इसमें भाग लेने का आग्रह किया। 'भारत में अध्ययन' कार्यक्रम के बारे में चर्चा करते हुए मलेशिया के लिए विशेष कोटा की जानकारी भी मैंने उन्हें दी और इसमें अधिक से अधिक छात्रों को भेजने के लिए कदम उठाने का अनुरोध किया। भारत और मलेशिया शैक्षणिक योग्यता के बारे में आपसी सहमति के आधार पर समझौता ज्ञापन तैयार करें, इस पर चर्चा करके इस साझेदारी को और मजबूत करने की दिशा में उचित कदम उठाने की पहल की गई।

मैंने दोनों देशों के बीच सहयोगी गतिविधियों की गहन संभावनाओं को देखते हुए एक व्यापक समझौता ज्ञापन तैयार करने का सुझाव दिया, जिसमें पारस्परिक विद्या विषयक मान्यता योग्यता (Mutual Recognition of Academic Qualifications) के मुद्दे सम्मिलित किए जाए। इस प्रस्ताव पर सहमति देकर मलेशियाई मंत्री श्री मलिक ने SII को बढ़ावा देने में भारत की मदद माँगी। उन्होंने कहा कि अधिकांश मलेशियाई छात्र

औषधि (Medicine) और सूचना प्रौद्योगिकी (IT) में पढ़ाई करते हैं। श्री मलिक ने मलेशियाई छात्रों को 100 छात्रवृत्तियाँ प्रदान करने की सिफारिश भी की। मैंने दोनों देशों के बीच डिग्री की पारस्परिक मान्यता को साझा करने की अपनी इच्छा व्यक्त की, जिसका मलेशियाई मंत्री ने समर्थन किया और भारत आने का निमंत्रण भी स्वीकार कर लिया, ताकि दोनों देश ड्राफ्ट समझौता ज्ञापन पर हस्ताक्षर कर सकें।

संयुक्त अरब अमीरात के शिक्षा मंत्री श्री हुसैन अब्राहिम अल हाम्मदी से मुलाकात के समय शिक्षा मंत्री ने मुझे दुबई आने का आमंत्रण दिया। उन्होंने संयुक्त अरब अमीरात के शिक्षा क्षेत्र में भारतीय प्रवासियों के योगदान के लिए भारत को धन्यवाद दिया और कहा कि इस दिशा में वे सहयोग को और बढ़ाना चाहेंगे। मैंने महामहिम हुसैन इब्राहिम अलहम्मादी को सूचित किया कि यूएई के छात्रों ने शीर्ष भारतीय उच्च शैक्षणिक संस्थानों में प्रवेश लिया है। 'भारत में अध्ययन' कार्यक्रम के तहत मेधावी अंतरराष्ट्रीय छात्रों को 100 प्रतिशत से 25 प्रतिशत तक की छूट और छात्रवृत्ति की पेशकश की जाती है। मंत्री ने कहा कि संयुक्त अरब अमीरात की ओर से इस कार्यक्रम को बढ़ावा देने के लिए निश्चित ही कदम उठाए जा सकते हैं।

संयुक्त अरब अमीरात के शिक्षा मंत्री श्री हुसैन अब्राहिम अल हाम्मदी से मुलाकात

यूनेस्को के आम सम्मेलन के मौके पर मैंने सिंगापुर के सांस्कृतिक मंत्री ग्रेस फू हाई से मुलाकात की। मैंने सिंगापुर और भारत के बीच और अधिक भागीदारी की अवश्यकता पर बल देते हुए उन्हें SPARC के तहत सिंगापुर को लक्षित देशों में से एक होने की जानकारी दी। भारत सरकार द्वारा अनुसंधान पारिस्थितिकी तंत्र में सुधार के लिए चलाए जानेवाले कार्यक्रम SPRAC में अनुसंधान प्रस्तावों की संतुस्ति के लिए उनसे सिंगापुर संस्थानों को प्रेरित करने का अनुरोध किया।

यूनेस्को मुख्यालय में सिंगापुर की संस्कृति मंत्री ग्रेस फु है येन से मुलाकात

मैंने जब सऊदी अरब के शिक्षा मंत्री डॉ. हमाद बिन मोहम्मद अल-शेख (TBC) से मुलाकात की, तब उन्होंने मुझे यह जानकारी दी कि सऊदी अरब अगले साल जी-20 बैठक आयोजित करने रहा है, जिसका मुख्य एजेंडा शिक्षा ही है। उन्होंने बताया कि इस संबंध में एक मंत्री स्तरीय एजेंडा पहले ही भारत के मानव संसाधन विकास मंत्रालय को भेज दिया गया है और उसका जवाब शीघ्र भेजने का मुझसे अनुरोध भी किया। मुझे उन्होंने जी-20 में भाग लेने के लिए आमंत्रित किया। मैंने शिक्षा मंत्री को बताया कि भारत सरकार के प्रमुख कार्यक्रम 'भारत में अध्ययन' के तहत सऊदी अरब के छात्रों ने शीर्ष भारतीय उच्च शैक्षिक संस्थानों में प्रवेश लिया है। 'भारत में अध्ययन' कार्यक्रम के तहत 100 प्रतिशत से 25 प्रतिशत तक की फीस माफी और श्रेष्ठ अंतरराष्ट्रीय छात्रों को छात्रवृत्ति की पेशकश की जाती है। मैंने सऊदी अरब की ओर से इस कार्यक्रम को बढ़ावा देने के लिए कदम उठाए जाने का उनसे अनुरोध किया, जिसे उन्होंने सहर्ष स्वीकार कर लिया।

डॉ. जॉन सी मुईंगो, उच्च शिक्षा मंत्री यूगांडा से मुलाकात

मैंने 'प्रारंभिक बाल शिक्षा और शिक्षा के अंतरराष्ट्रीयकरण' विषय पर दिसंबर में भारत में आयोजित एक कार्य समूह की बैठक की योजना की जानकारी भी उन्हें दी। मैंने SPARC योजना और सऊदी अरब विश्वविद्यालयों के साथ इन परियोजनाओं को

क्रियान्वित करने की अपनी इच्छा से भी उन्हें अवगत कराया, ताकि दोनों देशों के छात्रों को लाभ मिल सके। श्री अल-शेख ने इन परियोजनाओं में शामिल होने के लिए अपनी सहमति व्यक्त करते हुए इन कार्यक्रमों पर विस्तृत जानकारी देने का मुझसे अनुरोध किया। मैंने सऊदी अरब के किंग अब्दुल्ला शहर में भारत के प्रीमियर संस्थान IIT की एक शाखा खोलने की इच्छा भी उनसे व्यक्त की, जिसके प्रतिक्रिया स्वरूप उन्होंने प्रसन्न होकर कहा कि यदि हम शिक्षा के क्षेत्र में एक-दूसरे का सहयोग करते हैं तो हम विश्व स्तर पर अपनी रैंकिंग में सुधार कर सकते हैं।

मैंने डॉ. जॉन सी मुईंगो (उच्च शिक्षा मंत्री यूगांडा) से भी इस अवसर पर मुलाकात की। उन्होंने मार्च 2020 में मुझे यूगांडा आने का निमंत्रण दिया। उन्होंने छात्रवृत्ति के लिए भारत सरकार की उदारता पर प्रसन्नता व्यक्त की। उन्होंने यह भी उल्लेख किया कि यूगांडा सरकार में 2 कैबिनेट मंत्री भारतीय हैं। भारतीय शिक्षा प्रणाली की सराहना करते हुए उन्होंने कहा, "न केवल युगांडा, बल्कि पूरी दुनिया में भारतीय शिक्षा का गुणगान होता है।" मैंने उन्हें बताया कि 'भारत में अध्ययन' कार्यक्रम के तहत युगांडा के छात्रों ने शीर्ष भारतीय उच्च शैक्षणिक संस्थानों में प्रवेश लिया है। 'भारत में अध्ययन' कार्यक्रम के तहत मेधावी अंतरराष्ट्रीय छात्रों को 100 प्रतिशत से 25 प्रतिशत तक की छूट और छात्रवृत्ति की पेशकश की जाती है। उनसे यह भी अनुरोध किया कि युगांडा इस गतिशीलता को बढ़ाने के लिए इस कार्यक्रम को बढ़ावा देने के लिए कदम उठा सकता है, जिसके परिणामस्वरूप हमारे द्विपक्षीय संबंध और भी घनिष्ठ होंगे।

नेपाल के शिक्षा और प्रौद्योगिकी मंत्री गिरिराज मणि पोखरेल से मुलाकात में मैंने दोनों देशों के बीच मधुर और गहरे संबंधों को दोहराया। उन्होंने भारत सरकार की विभिन्न शैक्षिक योजनाओं का विवरण देने के लिए मुझसे अनुरोध किया। पारस्परिक रूप से सर्वोत्तम कार्यक्रमों को साझा करने के लिए सहमति बनाने की दिशा में भी विचार रखे गए। आपसी सहयोग के लिए शिक्षा के व्यापक मुद्दों को साझा कर दोनों देश अपने को सुदृढ़ करने की दिशा में व्यापक भूमिका निभा सकते हैं। उन्होंने मुझे इंडियाना एसोसिएशन ऑफ होम एजुकेटर्स (IAHE) की बैठक में अगले साल, यानी 2020 में नेपाल आने का निमंत्रण भी दिया। उन्होंने कहाँ कि भारत की ओर से जब मैं नेपाल पहुँचूँगा तो वे 'द इंटरनेशनल सेंटर फॉर इंटीग्रेटेड माउंटेन डेवलपमेंट' (The International Centre for Integrated Mountain Development) पर मेरे साथ विचार-विमर्श करना चाहेंगे। इस बात पर दोनों सहमत थे कि जलवायु परिवर्तन के महत्त्वपूर्ण मुद्दे पर भारत और नेपाल मिलकर काम करेंगे।

मैंने श्री गिरिराज मणि पोखरेल को बताया कि किस प्रकार 'भारत में अध्ययन' कार्यक्रम के तहत नेपाल के 800 से अधिक छात्रों ने पिछले दो वर्षों में शीर्ष भारतीय

उच्चतर शिक्षण संस्थानों में प्रवेश लिया है। मैंने उन्हें यह भी बताया कि इस वर्ष 'भारत में अध्ययन' कार्यक्रम के तहत छात्रवृत्ति भी शुरू की गई है।

यूनेस्को महानिदेशक के साथ शिक्षा मंत्रालय में बैठक

मैंने 15 नवंबर, 2019 को 11.17 बजे यूनेस्को को संबोधित कर देश की ओर से अपना मंतव्य रखा, जिसे अंतरराष्ट्रीय बिरादरी द्वारा सराहा गया और सभी ने इसे गंभीरता के साथ ग्रहण किया। कुल मिलकर पेरिस की यह यात्रा कई मायनों में विशिष्ट थी। बहुत काम समय में इतने सारे महत्त्वपूर्ण लोगों से मुलाकात मात्र यूनेस्को के प्लेटफार्म पर संभव हो सकी। शिक्षा-संस्कृति के क्षेत्र में पूरे विश्व को करीब लाने में सार्थक भूमिका निभाने वाला यह संस्थान समूचे विश्व को एकता के सूत्र में बाँधने की क्षमता रखता है।

□

2

संयुक्त राष्ट्र निकाय

संयुक्त राष्ट्र चार्टर

संयुक्त राष्ट्र (UN) 24 अक्तूबर, 1945 को स्थापित एक वैश्विक राजनयिक और राजनीतिक संगठन है। संयुक्त राष्ट्र के संगठन की शुरुआत में सिर्फ 51 सदस्य राज्य थे, जो वर्तमान में बढ़कर 193 सदस्य तक पहुँच गया है। संगठन का मुख्यालय न्यूयॉर्क शहर में है। संयुक्त राष्ट्र के गठन का प्रमुख लक्ष्य अंतरराष्ट्रीय स्तर पर शांति और सुरक्षा का रखरखाव, राष्ट्रों के बीच मैत्रीपूर्ण संबंधों का विकास, आर्थिक, सामाजिक या मानवीय मुद्दों से संबंधित अंतरराष्ट्रीय समस्याओं को हल करने में अंतरराष्ट्रीय सहयोग की उपलब्धि तथा उनके अधिकारों और सम्मान के लिए प्रोत्साहन देना है। जाति, लिंग, भाषा और धर्म के आधार पर भेदभाव के बिना सभी मनुष्यों की मौलिक स्वतंत्रता इसका परम लक्ष्य है।

संयुक्त राष्ट्र 20वीं शताब्दी में स्थापित दूसरा बहूउद्देशीय अंतरराष्ट्रीय संगठन है। इससे पहले राष्ट्र संघ विश्वव्यापी दायरे और अंतरराष्ट्रीय सहयोग के साथ अस्तित्व में था। प्रथम विश्वयुद्ध के बाद राष्ट्रों के बीच अंतरराष्ट्रीय शांति, सुरक्षा और सहयोग सुनिश्चित करने के लिए वर्साय की संधि के तहत राष्ट्र संघ की स्थापना की गई थी। संगठन के 58 सदस्य थे। 1930 के दशक तक इसकी सफलता एक्सिस पावर्स के रूप में कम हो गई, जिसमें जर्मनी, इटली और जापान शामिल थे। इन्होंने अधिक प्रभाव हासिल कर लिया, जिसके कारण 1939 में द्वितीय विश्वयुद्ध की शुरुआत हुई। 1946 'राष्ट्र संघ' को भंग कर दिया गया।

द्वितीय विश्वयुद्ध के दौरान, प्रमुख मित्र देशों की शक्तियों (ग्रेट ब्रिटेन, फ्रांस, सोवियत संघ, संयुक्त राज्य अमेरिका और चीन) ने अंतरराष्ट्रीय मामलों का प्रबंधन करने में मदद करने के लिए एक नया वैश्विक संगठन स्थापित करने पर सहमति व्यक्त की। अगस्त 1941 में, जब अमेरिकी राष्ट्रपति फ्रैंकलिन डी रूजवेल्ट और ब्रिटिश प्रधानमंत्री विंस्टन चर्चिल ने अटलांटिक चार्टर पर हस्ताक्षर किए, तब एक नए वैश्विक संगठन के इस समझौते को भी स्पष्ट किया गया था। द्वितीय विश्वयुद्ध के दौरान संयुक्त राज्य अमेरिका के राष्ट्रपति फ्रैंकलिन डी रूजवेल्ट ने पहली बार 'संयुक्त राष्ट्र' नाम का उपयोग किया था। 1 जनवरी, 1942 को 'संयुक्त राष्ट्र द्वारा घोषणा' जारी की गई, जिसमें अटलांटिक चार्टर का समर्थन किया गया था और जिसमें 26 देशों के प्रतिनिधियों ने यह संकल्प लिया था कि वे एक्सिस के खिलाफ अपने पूर्ण संसाधनों का उपयोग करेंगे और वे एक अलग शांति संगठन बनाने के लिए सहमत भी हुए थे।

नए संगठन के डिजाइन, निर्णय लेने की संरचना और कार्यों को संयुक्त राज्य अमेरिका, यूनाइटेड किंगडम और सोवियत संघ द्वारा तय किया गया था। शीतयुद्ध को बढ़ावा देनेवाले मुद्दों पर 'बिगथ्री' राज्यों और उनके नेताओं (रूजवेल्ट, चर्चिल और सोवियत प्रीमियर जोसेफ स्टालिन) के बीच बाधा उत्पन्न करनेवाले कई मतभेद थे। इस असहमति में सोवियत संघ द्वारा अपने घटक गणराज्यों के लिए व्यक्तिगत सदस्यता और मतदान के अधिकार की माँग शामिल है। ब्रिटेन यह आश्वासन चाहता था कि संयुक्त राष्ट्र का नियंत्रण उसके उपनिवेशों को नियंत्रित नहीं करेगा। सुरक्षा परिषद् में अपनाई गई मतदान प्रणाली 'वीटो समस्या' भी एक मुद्दा बनी, जिस पर असहमति पैदा हुई। डंबर्टन ओक्स में आयोजित डंबर्टन ओक्स सम्मेलन के दौरान (21 अगस्त से 7 अक्बतूर, 1944) वाशिंगटन डीसी में संयुक्त राष्ट्र के गठन की दिशा में पहला बड़ा कदम उठाया गया था। यह सम्मेलन नए विश्व संगठन के सामान्य उद्देश्य, संरचना और कार्य पर निर्णय लेने और सहमत होने के लिए तीन शक्तियों (संयुक्त राज्य अमेरिका, यूनाइटेड किंगडम और सोवियत संघ) के राजनयिक विशेषज्ञों की एक बैठक थी,

लेकिन सम्मेलन के अंत तक सदस्यता और मतदान पर असहमति बनी रही। मित्र देशों की सेना के प्रतिनिधियों ने मई 1943 में संयुक्त राष्ट्र के राहत और पुनर्वास प्रशासन, मई 1943 में संयुक्त राष्ट्र के शैक्षिक, वैज्ञानिक और सांस्कृतिक संगठन में खाद्य और कृषि संगठन के एक कार्य-उन्मुख संगठन की स्थापना की। अप्रैल 1944 में अंतरराष्ट्रीय मुद्रा कोष और जुलाई 1944 में विश्व बैंक और नवंबर 1944 में अंतरराष्ट्रीय नागरिक उड्डयन संगठन स्थापित हुए।

जयपुर भ्रमण पर यूनेस्को दल

फरवरी 1945 में क्रीमियन रिसॉर्ट शहर में याल्टा सम्मेलन के दौरान बिगथ्री—रूजवेल्ट, चर्चिल और स्टालिन के संबंधित नेताओं ने सुरक्षा परिषद् के अधिकार का निर्धारण करनेवाले चार्टर प्रावधानों के लिए आधार तैयार किया। वे यूएन में स्वतंत्र सदस्यता प्रदान करने के लिए सोवियत गणराज्यों की संख्या के मुद्दे पर एक अस्थायी समझौते पर भी पहुँच गए। तीनों नेता इस बात पर भी सहमत हुए कि नए संगठन में लीग ऑफ नेशंस मैंडेट सिस्टम को सफल बनाने के लिए एक ट्रस्टीशिप सिस्टम शामिल होगा। अंतरराष्ट्रीय संगठन पर संयुक्त राष्ट्र सम्मेलन में बातचीत हुई, जिसे 50 देशों के प्रतिनिधियों ने संयुक्त राष्ट्र चार्टर को आकर्षित करने के लिए 25 अप्रैल, 1945 को

सैन फ्रांसिस्को में आयोजित किया था और जिसमें याल्टा सम्मेलन के डम्बर्टन ओक्स प्रस्ताव (1944) में संशोधन करना मुख्य था। इन पचास देशों में यूरोप से 9, अमेरिका से 21, मध्य-पूर्व से 7, पूर्वी एशिया से 2, और अफ्रीका से 3, साथ ही यूक्रेनी सोवियत सोशलिस्ट रिपब्लिक और बेलोरियन सोवियत सोशलिस्ट रिपब्लिक से एक-एक देश शामिल हुए थे। पोलैंड को संयुक्त राष्ट्र का मूल सदस्य बनने की अनुमति दी गई थी, भले ही वह सम्मेलन में मौजूद नहीं था। सुरक्षा परिषद् वीटो शक्ति केवल स्थायी और मूल सदस्यों को दी गई थी, जिसमें चीन, फ्रांस, रूसी संघ, यूनाइटेड किंगडम ऑफ ग्रेट ब्रिटेन, उत्तरी आयरलैंड और संयुक्त राज्य अमेरिका शामिल हैं। वीटो पावर के बावजूद महासभा का कोई भी सदस्य चर्चा के लिए मुद्दों को उठाने का अधिकारी था।

26 जून को संयुक्त राष्ट्र चार्टर को सर्वसम्मति से अपनाया गया और अनुसमर्थन के बाद हस्ताक्षर किए गए। इस तरह संयुक्त राष्ट्र आधिकारिक तौर पर 24 अक्तूबर, 1945 को अस्तित्व में आ गया। 24 अक्तूबर को प्रत्येक वर्ष 'संयुक्त राष्ट्र दिवस' मनाया जाता है।

संयुक्त राष्ट्र चार्टर में उल्लिखित इस संगठन के चार मुख्य उद्देश्य हैं—

- वैश्विक स्तर पर शांति और सुरक्षा बनाए रखना,
- राष्ट्रों के बीच मैत्रीपूर्ण संबंध विकसित करना,
- अंतरराष्ट्रीय समस्याओं को हल करने में वैश्विक सहयोग प्राप्त करना, और
- अंतिम रूप से इनकी उपलब्धि में राष्ट्रों के कार्यों के सामंजस्य के लिए एक केंद्र के रूप में कार्य करना।

संगठन की सदस्यता उन सभी राज्यों के लिए खुली है, जो शांति का समर्थन करते हैं और संयुक्त राष्ट्र चार्टर में निहित दायित्वों को पूरा करने की स्वीकृति व्यक्त करते हैं। संयुक्त राष्ट्र सुरक्षा परिषद् की सिफारिश पर नए सदस्यों को जोड़ा जा सकता है, पर नए सदस्यों की सदस्यता महासभा के दो-तिहाई मत प्राप्त होने पर ही स्वीकार की जा सकती है।

संयुक्त राष्ट्र के छह प्रमुख अंग हैं—महासभा, सुरक्षा परिषद्, आर्थिक और सामाजिक परिषद्, न्यास परिषद्, अंतरराष्ट्रीय न्यायालय और सचिवालय।

सामान्य सम्मेलन

यह महासभा संगठन का मुख्य नीति-निर्माण निकाय है। इसे समग्र रूप से संयुक्त राष्ट्र के कार्यों की चर्चा, समीक्षा, पर्यवेक्षण और आलोचना की शक्तियाँ प्रदान की गई हैं। यह संयुक्त राष्ट्र का एकमात्र ऐसा निकाय है, जिसमें संयुक्त राष्ट्र के सभी

193 सदस्यों का प्रतिनिधित्व है। महासभा के काम में उन उपायों पर चर्चा करना और सिफारिश करना शामिल है, जो अंतरराष्ट्रीय शांति और सुरक्षा के रखरखाव में मदद कर सकते हैं। यह न केवल अंतरराष्ट्रीय अर्थशास्त्र और सामाजिक सहयोग का निर्देशन और पर्यवेक्षण करता है, बल्कि ट्रस्टीशिप सिस्टम के काम की निगरानी भी करता है। इसके साथ ही यह संगठन के वित्तीय मुद्दों को भी नियंत्रित करता है। महासभा नए सदस्यों को स्वीकार कर सकती है और सदस्यों को निलंबित या निष्कासित भी कर सकती है।

संयुक्त राष्ट्र के इस निकाय के अन्य कार्यों में आर्थिक और सामाजिक परिषद् के सदस्य, सुरक्षा परिषद् के गैर-स्थायी सदस्य और ट्रस्टीशिप परिषद् के सदस्य शामिल हैं। यह न केवल सदस्यों की नियुक्ति करता है, बल्कि संयुक्त राष्ट्र के अन्य अंगों की गतिविधियों की निगरानी में भी भाग लेता है, जहाँ से विधानसभा को रिपोर्ट प्राप्त होती है। महासभा महासचिव के चयन और अंतरराष्ट्रीय न्यायालय के न्यायाधीशों के चुनाव में भाग लेती है। महासभा अंतरराष्ट्रीय कानून के प्रगतिशील विकास के लिए पहल करती है, निकास की संभावनाओं का अध्ययन करती है और इसके लिए सिफारिश करती है। आमतौर पर निर्णय साधारण बहुमत तक पहुँचते हैं; हालाँकि नए सदस्य के प्रवेश और बजट या शांति से संबंधित महत्त्वपूर्ण मुद्दों पर दो-तिहाई बहुमत की आवश्यकता होती है।

सुरक्षा परिषद् (Security Council)

संयुक्त राष्ट्र के छह मुख्य अंगों में से संयुक्त राष्ट्र चार्टर सुरक्षा परिषद् को अंतरराष्ट्रीय शांति और सुरक्षा बनाए रखने की प्राथमिक जिम्मेदारी प्रदान करता है। सुरक्षा परिषद् सामान्य सभा की तुलना में अधिक बार मिलती है। इसमें 15 सदस्य होते हैं, जिनमें से पाँच स्थायी सदस्य और शेष दस गैर-स्थायी सदस्य होते हैं। मूल रूप से गैर-स्थायी सदस्यों की संख्या छह हुआ करती थी, जो बाद में (1965 में) बढ़ा दी गई थी। चीन, फ्रांस, रूसी संघ, यूनाइटेड किंगडम ऑफ ग्रेट ब्रिटेन और उत्तरी आयरलैंड तथा संयुक्त राज्य अमेरिका सुरक्षा परिषद् के पाँच स्थायी सदस्य हैं। 1971 में पीपुल्स रिपब्लिक ऑफ चायना ने चीन गणराज्य (ताइवान) का स्थान ले लिया और सोवियत संघ के विघटन के बाद रूसी संघ ने सोवियत संघ का स्थान लिया। द्वितीय विश्वयुद्ध के बाद के उनके महत्त्व के आधार पर, ओपेनहेम के अंतरराष्ट्रीय कानून के अनुसार पाँच राष्ट्रों को सुरक्षा परिषद् में स्थायी सदस्यता दी गई थी। परिषद् की संरचना पर बहस जर्मनी के एकीकरण के बाद फिर से बढ़ी और जर्मनी, भारत और जापान ने परिषद् की स्थायी सीटों के लिए आवेदन किया था।

दस गैर-स्थायी सदस्यों को समान क्षेत्रीय प्रतिनिधित्व प्राप्त करने के लिए एक पैटर्न में सेट किया गया है। इनमें से पाँच अफ्रीकी और एशियाई राज्यों से, एक पूर्वी

यूरोपीय राज्यों से और दो लैटिन अमेरिकी राज्यों तथा पश्चिमी यूरोप एवं अन्य राज्यों से हैं। प्रत्येक वर्ष महासभा दो गैर-स्थायी सदस्यराष्ट्रों में से दो वर्ष के कार्यकाल के लिए पाँच का चुनाव करती है और प्रत्येक वर्ष पाँच सेवानिवृत्त होते हैं। प्रत्येक सदस्य राज्य रोटेशन में एक महीने की अवधि के लिए अध्यक्ष पद धारण करता है। सुरक्षा परिषद् का प्रत्येक सदस्य एक वोट का हकदार है, साथ ही परिषद् के प्रत्येक स्थायी सदस्य के पास वीटो की शक्ति है, जो हर मामले में सभी स्थायी सदस्यों की स्वीकृति आवश्यक बनाती है। वीटो की शक्ति की कई बार आलोचना की गई है, लेकिन बिग पावर्स वीटो शक्ति के बिना संयुक्त राष्ट्र के सदस्य बनना पसंद नहीं करेंगे। संयुक्त राष्ट्र चार्टर के तहत सुरक्षा परिषद् के कुछ कार्य और शक्तियाँ संयुक्त राष्ट्र के सिद्धांतों और उद्देश्यों के अनुसार अंतरराष्ट्रीय शांति और सुरक्षा बनाए रखने के लिए हैं; कोई भी ऐसा विवाद, जो अंतरराष्ट्रीय घर्षण पैदा कर सकता है; की जाँच के लिए ऐसे विवादों या निपटान की शर्तों को समायोजित करने के तरीकों की सिफारिश करना और सेनाओं को विनियमित करने के लिए एक प्रणाली की स्थापना के लिए योजना तैयार करना परिषद् का कार्य है। कुल मिलाकर परिषद् का प्राथमिक कर्तव्य अंतरराष्ट्रीय शांति और सुरक्षा बनाए रखना है।

आर्थिक और सामाजिक परिषद् (ECOSOC)

आर्थिक और सामाजिक परिषद् (ECOSOC) को 1945 में संयुक्त राष्ट्र चार्टर द्वारा संयुक्त राज्य अमेरिका के मुख्य छह अंगों में से एक के रूप में स्थापित किया गया था। यह अंतरराष्ट्रीय आर्थिक और सामाजिक मुद्दों से संबंधित चर्चाओं के लिए संयुक्त राष्ट्र के मुख्य स्थल के रूप में बनाया गया है। आर्थिक और सामाजिक परिषद् (ECOSOC) संयुक्त राष्ट्र और इसकी विशिष्ट एजेंसियों की आर्थिक, सामाजिक, मानवीय और सांस्कृतिक गतिविधियों का समन्वय और निर्देशन करती है। आर्थिक और सामाजिक परिषद् (ECOSOC) की शक्तियों और कार्यों में आर्थिक एवं सामाजिक मुद्दों पर अंतरराष्ट्रीय काररवाई की सिफारिश करना शामिल है। मानवाधिकारों के लिए सार्वभौमिक सम्मान को बढ़ावा देना और स्वास्थ्य, शिक्षा तथा संस्कृति से संबंधित क्षेत्रों पर वैश्विक सहयोग के लिए काम करना परिषद् के प्रमुख कार्य हैं। परिषद् के दायित्वों में सामान्य सभा द्वारा विचार करने के लिए अध्ययनों का संचालन करना, संकल्प तैयार करना, सम्मेलनों की सिफारिशों को शामिल करना और संयुक्त राष्ट्र के विभिन्न कार्यक्रमों एवं विशेष एजेंसियों की गतिविधियों का समन्वय करना भी शामिल है।

आर्थिक और सामाजिक परिषद् (ECOSOC) का महत्त्वपूर्ण कार्य नशीले पदार्थों, मानव अधिकारों, जनसंख्या, सामाजिक विकास, सांख्यिकी, महिलाओं की स्थिति और प्रौद्योगिकी से संबंधित मुद्दों पर कार्यात्मक कदम उठाना है। परिषद् यूरोप, एशिया और

प्रशांत, पश्चिमी एशिया, लैटिन अमेरिका और अफ्रीका के लिए क्षेत्रीय आयोगों की भी देख-रेख करती है। संयुक्त राष्ट्र चार्टर द्वारा अधिकृत ई.सी.ओ.एस.ओ.सी. गैर-सरकारी संगठनों (एन.जी.ओ.) को परामर्शी का दर्जा दे सकता है। ECOSOC ने 21वीं सदी के प्रारंभ में 2,500 से अधिक गैर-सरकारी संगठनों को परामर्शी का दर्जा दिया था। परिषद् में 54 देशों के प्रतिनिधि शामिल हैं, जो मूल रूप से 18 थे, लेकिन 1965 और 1974 में चार्टर में संशोधन किया गया, ताकि सदस्यों की संख्या बढ़ सके। सदस्यों को तीन साल के कार्यकाल के लिए महासभा द्वारा चुना जाता है। यूनाइटेड स्टेट्स, यूनाइटेड किंगडम, सोवियत संघ (रूस) और फ्रांस को लगातार फिर से चुना गया है, क्योंकि ECOSOC के बजट का अधिकांश धन उनके द्वारा प्रदान किया जाता है।

न्यास परिषद् (Trusteeship Council)

ट्रस्टीशिप कौंसिल का राष्ट्र संघ की वाचा में प्रदान किए गए जनादेश प्रणाली में सुधार के लिए संयुक्त राष्ट्र चार्टर के तहत संयुक्त राष्ट्र के मुख्य अंगों में से एक के रूप में स्थापित किया गया था। इसे ट्रस्ट क्षेत्रों के प्रशासन की देख-रेख का काम सौंपा गया था। इसकी स्थापना का कारण विजयी शक्तियों द्वारा युद्ध में पराजित देशों पर औपनिवेशिक नियमों का उन्मूलन करना था। ट्रस्टीशिप सिस्टम ने ऐसे देशों के प्रशासन को अंतरराष्ट्रीय पर्यवेक्षण की अनुमति की, तब तक की अवधि के लिए दी थी, जब तक कि उनकी भविष्य की स्थिति स्थिर नहीं हो जाती। ट्रस्टीशिप सिस्टम का मूल उद्देश्य ट्रस्ट टेरिटरीज के निवासियों की उन्नति और स्व-शासन या स्वतंत्रता के लिए उनके प्रगतिशील विकास को बढ़ावा देना था। जनादेश प्रणाली के विपरीत ट्रस्टीशिप सिस्टम ने अपनी स्वतंत्रता पर भरोसेमंद क्षेत्रों से याचिकाएँ आमंत्रित कीं, क्योंकि क्षेत्रों के लिए आवधिक अंतरराष्ट्रीय मिशनों की आवश्यकता थी।

ट्रस्टीशिप काउंसिल ने अपने दायित्वों को सफलतापूर्वक पूर्ण किया है। सुरक्षा परिषद् के पाँच स्थायी सदस्यों का गठन किया। संयुक्त राष्ट्र के आखिरी शेष क्षेत्र पलाऊ की स्वतंत्रता के साथ (नवंबर 1994 में) परिषद् ने अपने कार्यों को स्थगित कर दिया। परिषद् ने 25 मई, 1994 को अपनाए गए एक प्रस्ताव द्वारा प्रक्रिया के अपने नियमों में संशोधन किया। इस नियम के अनुसार अब सालाना मिलने की आवश्यकता नहीं है। अपने निर्णय या उसके राष्ट्रपति के निर्णय या उसके अधिकांश सदस्यों के अनुरोध पर या महासभा या सुरक्षा परिषद् मिलने के लिए सहमत हुए हैं तो मिल सकते हैं। काउंसिल को नए नियम 1994 में प्रस्तावित किए गए थे, जिसमें वैश्विक कॉमन्स (जैसे सीबेड और बाहरी स्थान) को शामिल करना तथा अल्पसंख्यक और स्वदेशी लोगों के लिए एक मंच के रूप में कार्य करना शामिल था।

अंतरराष्ट्रीय न्यायालय

संयुक्त राष्ट्र के चार्टर द्वारा जून 1945 में स्थापित इंटरनेशनल कोर्ट ऑफ जस्टिस (ICJ) संयुक्त राष्ट्र (UN) का प्रमुख न्यायिक अंग है, जिसने अप्रैल 1946 में काम करना शुरू किया था। न्यायालय ने लीग ऑफ नेशंस की घोषणा की है। एक अंतरराष्ट्रीय सम्मेलन के दौरान (हेग 1899) अंतरराष्ट्रीय विवादों की मध्यस्थता करने के लिए एक अंतरराष्ट्रीय अदालत बनाने का विचार सामने आया था। 1945 में संयुक्त राष्ट्र की स्थापना के साथ अपना वर्तमान नाम अपनाने से पहले इस संस्था को 1919 में लीग ऑफ नेशंस के तहत स्थायी न्यायालय (PCIJ) के रूप में नियुक्त किया गया था। नीदरलैंड के 'दहेग' में शांति पैलेस, न्यायालय की सीट है। यह संयुक्त राष्ट्र महासभा और सुरक्षा परिषद् द्वारा नौ न्यायाधीशों के पद के लिए चुने गए 15 न्यायाधीशों से बना है। कोई भी दो न्यायाधीश एक ही राज्य के नागरिक नहीं हो सकते, क्योंकि न्यायाधीश प्रमुख कानूनी क्रॉस-सेक्शन का प्रतिनिधित्व करते हैं। न्यायालय प्रमुख सभ्यताओं के सिस्टम और दुनिया की प्रमुख कानूनी प्रणाली का प्रतिनिधित्व करता है। दोनों निकायों को उसके निर्वाचित होने के लिए एक उम्मीदवार के पक्ष में पूर्ण बहुमत से मतदान करना होता है। यह कई बार आवश्यक हो जाता कि मतदान कई बार किया जाता है और निरंतरता की डिग्री सुनिश्चित करने के लिए हर तीन साल में अदालत का एक-तिहाई चुना जाता है। न्यायाधीश भी पुनः चुनाव के पात्र होते हैं। यदि किसी न्यायाधीश की मृत्यु हो जाती है या अपने कार्यकाल के दौरान वह इस्तीफा दे देता है, तो न्यायलय का एक प्रशासनिक अंग जिसे रजिस्ट्री कहा जाता है, जल्द-से-जल्द एक विशेष चुनाव का प्रस्ताव देता है। अंतरराष्ट्रीय न्यायालयों की आधिकारिक भाषाएँ अंग्रेजी और फ्रेंच हैं।

न्यायालय की भूमिका अंतरराष्ट्रीय कानून के अनुसार राज्यों द्वारा प्रस्तुत किए गए कानूनी विवादों को निपटाना और अधिकृत संयुक्त राष्ट्र के अंगों और विशेष एजेंसियों द्वारा इसे संदर्भित कानूनी सवालों पर राय प्रदान करना है। न्यायालय के निर्णय सभी सदस्य राज्यों के लिए बाध्यकारी होते हैं। इसका व्यापक अधिकार क्षेत्र ऐसे मामलों को शामिल करता है, जो पक्ष विशेष रूप से संयुक्त राष्ट्र चार्टर में दिए गए मामलों के संबंध में या संधियों में लागू होते हैं। राज्यों को स्वेच्छा से विवाद का हिस्सा बनना चाहिए और यदि कोई राज्य काररवाई में भाग लेने के लिए सहमत होता है तो वह न्यायालय के निर्णय का पालन करने के लिए बाध्य है, लेकिन कई बार कुछ देशों ने अधिकार क्षेत्र या अदालत के निर्णयों को स्वीकार करने से इनकार भी कर दिया है। उदाहरण के लिए, जब निकारागुआ ने 1984 में संयुक्त राज्य अमेरिका पर अदालत में मुकदमा दायर किया था, ताकि उसके बंदरगाहों को खनन के लिए इस्तेमाल न किया जाए, तब

अदालत ने निकारागुआ के पक्ष में फैसला दिया था, लेकिन संयुक्त राज्य अमेरिका ने अदालत का फैसला नहीं माना था।

सचिवालय

संयुक्त राष्ट्र के मुख्य छह अंगों में से एक के रूप में स्थापित सचिवालय महासभा, सुरक्षा परिषद् और अन्य अंगों द्वारा निर्देशित संयुक्त राष्ट्र के महत्त्वपूर्ण और प्रशासनिक कार्यों को पूरा करता है। सभी प्रशासनिक मार्गदर्शन इसके प्रमुख महासचिव द्वारा प्रदान किए जाते हैं। सचिवालय सरकार के प्रतिनिधियों को जानकारी और सिफारिशें देने के लिए विभिन्न मुद्दों पर पृष्ठभूमि की जानकारी एकत्र करके उनके अध्ययन के लिए प्रस्तुत करता है। संयुक्त राष्ट्र के विभिन्न अंगों द्वारा किए गए निर्णयों को पूरा करने में मदद करना अंतरराष्ट्रीय सम्मेलनों का आयोजन, भाषणों का अनुवाद करना और संयुक्त राष्ट्र की आधिकारिक भाषाओं में दस्तावेज वितरित करना तथा जनता को संयुक्त राष्ट्र के काम के बारे में जानकारी देना सचिवालय के प्रमुख कार्य हैं। वर्ष 2012 तक सचिवालय में दुनिया भर के कुल 43,000 कर्मचारी थे। अंतरराष्ट्रीय सिविल सेवक के रूप में स्टाफ के सदस्य और महासचिव अपनी गतिविधियों के लिए केवल संयुक्त राष्ट्र को जवाबदेह हैं। किसी भी सरकार या बाहरी प्राधिकरण से निर्देश प्राप्त करने या न करने के लिए वे शपथ लेते हैं। चार्टर के तहत संयुक्त राष्ट्र का प्रत्येक सदस्य राज्य महासचिव और कर्मचारियों की जिम्मेदारियों का विशेष रूप से इसके अंतरराष्ट्रीय चरित्र का सम्मान करता है और अनुचित तरीके से सचिवालय को प्रभावित करने की माँग करने से बचता है।

संयुक्त राष्ट्र का मुख्य प्रशासनिक अधिकारी महासचिव होता है, इसे सुरक्षा परिषद् के स्थायी सदस्यों की सिफारिश पर और महासभा के दो-तिहाई मतों द्वारा चुना जाता है। इसका कार्यकाल पाँच साल का होता है, जिसका नवीनीकरण किया जा सकता है। महासचिव के कर्तव्यों में सभी बैठकों में मुख्य प्रशासनिक अधिकारी होना, उन अंगों द्वारा सचिवालय को सौंपे गए कार्यों को पूरा करना और संयुक्त राष्ट्र के बजट की तैयारी की देख-रेख करना प्रमुख है। महासचिव का एक महत्त्वपूर्ण कार्य संगठन के समक्ष अंतरराष्ट्रीय शांति और सुरक्षा को खतरा पैदा करनेवाले किसी भी मामले को लाना है। संयुक्त राष्ट्र और संगठन के विश्व मामलों के बहुसंख्यक आधिकारिक आँकड़ों के लिए वह एक उच्च स्तरीय वार्त्ताकार के रूप में कार्य करता है।

सहायक संगठन

संयुक्त राष्ट्र के संगठनात्मक नेटवर्क में महासभा और स्वायत्त विशिष्ट एजेंसियों द्वारा बनाए गए सहायक अंग भी शामिल हैं। ये सहायक अंग महासभा या आर्थिक और

सामाजिक परिषद् या दोनों को रिपोर्ट करते हैं। इन अंगों में से कुछ संयुक्त राष्ट्र से सीधे धन प्राप्त करते हैं, जबकि अन्य सरकारों या निजी नागरिकों के स्वैच्छिक योगदान से वित्त पोषित होते हैं। अर्थशास्त्र, समाज, संस्कृति, शिक्षा या स्वास्थ्य से संबंधित क्षेत्रों में काम करनेवाले गैर-सरकारी संगठन (एन.जी.ओ.) का संयुक्त राष्ट्र के आर्थिक और सामाजिक परिषद् के साथ परामर्शात्मक संबंध है। ये एन.जी.ओ. महत्त्वपूर्ण हैं, क्योंकि संयुक्त राष्ट्र की विशिष्ट एजेंसियों के काम में इन्होंने सदैव अपनी महत्त्वपूर्ण भूमिका निभाई है, विशेष रूप से मानवाधिकार, शांति व्यवस्था, शरणार्थी मुद्दों और स्वास्थ्य से संबंधित क्षेत्रों में इनकी भूमिका उल्लेखनीय रही है।

विशिष्ट एजेंसियाँ

संयुक्त राष्ट्र चार्टर को अपनाने से पहले मित्र देशों के प्रतिनिधियों ने आर्थिक, सामाजिक, सांस्कृतिक और मानवीय समस्याओं को हल करने तथा अंतरराष्ट्रीय सहयोग विकसित करने के लिए कार्य-उन्मुख एजेंसियों का एक समूह स्थापित किया। ये एजेंसियाँ विशिष्ट एजेंसियाँ हैं, जो संयुक्त राष्ट्र की आर्थिक और सामाजिक परिषद् की देख-रेख में काम करती हैं। विशिष्ट एजेंसियाँ अकसर एक-दूसरे के साथ और संयुक्त राष्ट्र संगठन के विभिन्न अंगों के साथ सहयोग करती हैं। इन एजेंसियों के अपने निर्धारित नियम, लक्ष्य और सिद्धांत हैं, जो संयुक्त राष्ट्र के तहत अन्य अंगों या एजेंसियों के नियम सिद्धांतों से कभी-कभी भिन्न भी होते हैं। इन विशिष्ट एजेंसियों का बजट स्वपोषित होता है। इसको अपने निदेशक मंडल होते हैं, जिन्हें महासभा या महासचिव या स्वतंत्र रूप से एजेंसी प्रमुख नियुक्त करते हैं। संयुक्त राष्ट्र की प्रमुख विशिष्ट एजेंसियों और संबंधित अंगों में निम्नलिखित सम्मिलित होते हैं—

- **संयुक्त राष्ट्र शैक्षिक, वैज्ञानिक और सांस्कृतिक संगठन (यूनेस्को)** 1946 में स्थापित किया गया था और इसका मुख्यालय पेरिस में है। संगठन का मानना है कि शिक्षा, विज्ञान और संस्कृति में सहयोग के माध्यम से विभिन्न देशों की बेहतर समझ हासिल की जा सकती है। यूनेस्को का धन मुख्य रूप से तीसरी दुनिया के देशों में शैक्षिक और वैज्ञानिक विकास से संबंधित परियोजनाओं के लिए समर्पित है।
- **संयुक्त राष्ट्र अंतरराष्ट्रीय बाल कोष (यूनिसेफ)** का मुख्यालय न्यूयॉर्क में है, इसकी स्थापना द्वितीय विश्वयुद्ध के कारण 1946 में तबाह देशों के बच्चों और उनकी माताओं को सहायता प्रदान करने के उद्देश्य से की गई थी। बाल स्वास्थ्य, पोषण और शिक्षा से संबंधित मुद्दों का निबटारा यूनिसेफ करता है। यह संगठन बीमारी से लड़ने के लिए चिकित्सा सहायता और

दवाइयाँ प्रदान करने की दिशा में भी काम करता है, विशेष रूप से दुनिया के अविकसित देशों में यह बाल श्रम जैसी बुराइयों के खिलाफ भी खड़ा है।

- **अंतरराष्ट्रीय श्रम संगठन (ILO)** की स्थापना 1918 में प्रथम विश्वयुद्ध की समाप्ति के बाद की गई थी। बाद में इसे संयुक्त राष्ट्र की एक विशेष एजेंसी के रूप में बदल दिया गया। संगठन का मुख्यालय जिनेवा में है। स्विट्जरलैंड को दुनिया भर में श्रम की स्थितियों में सुधार करने का काम सौंपा गया था। विभिन्न योजनाओं के माध्यम से ILO कई सदस्य देशों को व्यावसायिक प्रशिक्षण देने और छोटे स्तर के हस्तशिल्प सिखाने में मदद करता है। यह मानवाधिकारों और सामाजिक-कल्याण से जुड़े मुद्दों पर भी ध्यान देता है, खासकर महिलाओं और बच्चे से संबंधित मुद्दों पर।
- **विश्व स्वास्थ्य संगठन (WHO)** का मुख्यालय जिनेवा, स्विट्जरलैंड में है। 7 अप्रैल, 1948 को इसे स्थापित किया गया था, जिसे 'विश्व स्वास्थ्य दिवस' के रूप में भी मनाया जाता है। संगठन का मुख्य उद्देश्य दुनिया भर में स्वास्थ्य के मानक में सुधार करना। यह संगठन पौष्टिक भोजन की आपूर्ति, पोषण, सुरक्षित पेयजल और हर किसी के लिए पर्याप्त स्वच्छता पर भी विशेष ध्यान देता है। डब्ल्यू.एच.ओ. का मानना है कि अच्छा स्वास्थ्य प्रत्येक मनुष्य का मौलिक अधिकार है, जिसके लिए यह विभिन्न देशों को अपनी स्वास्थ्य प्रणाली को मजबूत करने में मदद करता है। यह चिकित्सा संबंधों देखभाल के लिए महत्त्वपूर्ण दवाएँ और अन्य आपूर्ति प्रदान करता है और प्रमुख संक्रामक रोगों के खिलाफ टीकाकरण के कार्यक्रम भी चलाता है।
- **खाद्य और कृषि संगठन (एफ.ए.ओ.)** की स्थापना 1945 में हुई थी। इसका मुख्यालय रोम में है। एफ.ए.ओ. के प्रमुख उपक्रमों में कृषि, वानिकी और मत्स्य पालन के विकास से संबंधित कार्यक्रम शामिल हैं। भूख को खत्म करने के अपने उद्देश्य के साथ संगठन ने 'फूड फॉर ऑल' नामक एक कार्यक्रम विकसित किया है।
- **1950 में गठित संयुक्त राष्ट्र विकास कार्यक्रम (UNDP)** का मुख्यालय पेरिस में है। संगठन ने विकासशील देशों को अपने प्राकृतिक और मानव संसाधनों का बेहतर उपयोग करने, उत्पादकता का विस्तार करने और लोगों के जीवन-स्तर में सुधार करने में मदद करने के उद्देश्य से विभिन्न कार्यक्रमों की शुरुआत की है। यह विश्वविद्यालय स्तर पर शैक्षिक प्रणालियों को मजबूत और विस्तारित करने की दिशा में भी काम करता है और नई खोजों के लिए अनुसंधान को प्रोत्साहित करता है। संगठन कई गरीब देशों को ऋण प्रदान

करता है और स्वयं सहायता गतिविधियों को प्रोत्साहित करता है। यह उन एजेंसियों में से एक है, जो एच.आई.वी. और एड्स पर वैश्विक कार्यक्रमों का समर्थन करने के लिए काम करते हैं। इन एजेंसियों के माध्यम से भारत को बहुत लाभ हुआ है।

इनके अलावा दो सबसे शक्तिशाली विशेष एजेंसियाँ और भी हैं, जो संयुक्त राष्ट्र के निर्णय लेने के लिए सबसे अधिक स्वतंत्र हैं। इनके नाम हैं—विश्व बैंक और अंतरराष्ट्रीय मुद्रा कोष (आई.एम.एफ.)। इन सभी विशिष्ट एजेंसियों और सहायक निकायों के साथ-साथ सभी संयुक्त राष्ट्र संगठन संयुक्त राष्ट्र प्रणाली के रूप में संदर्भित होते हैं।

अपनी स्थापना के बाद से संयुक्त राष्ट्र ने अपने अंगों और एजेंसियों की मदद से अपने लक्ष्यों को पूरा करने की दिशा में कई उल्लेखनीय उपलब्धियाँ हासिल की हैं।

□

3

यूनेस्को का स्वरूप

इतिहास

1944 में मित्र देशों की सेनाओं ने विभिन्न प्रकार के कार्य संपादन हेतु सहायक अभिकरणों के एक समूह की स्थापना की थी, संयुक्त राष्ट्र शैक्षिक, वैज्ञानिक और सांस्कृतिक संगठन (यूनेस्को) उनमें से एक है। यूनेस्को को 16 नवंबर, 1945 को हस्ताक्षरित एक संविधान में संयुक्त राष्ट्र (यूएन) की एक विशेष एजेंसी के रूप में उल्लिखित किया गया था। द्वितीय विश्वयुद्ध के बाद 1946 में संविधान लागू होने के साथ संगठन भी अस्तित्व में आ गया, जिसका मुख्यालय पेरिस (फ्रांस) में स्थापित किया गया है।

यूनेस्को की स्थापना के पूर्व इस प्रकार के कार्य करनेवाले संगठन को अंतरराष्ट्रीय समिति (ICIC) कहा जाता था, जिसकी स्थापना 1922 में राष्ट्र संघ के तहत जिनेवा में

हुई थी। ICIC के संस्थापक निदेशक एक जापानी विद्वान् और उस समय लीग के अवर सचिवों में से एक कृषि अर्थशास्त्री जापानी इनाजोनितोबे (Inazo Nitobe) थे। इस संगठन में अल्बर्ट आइंस्टीन और मैरी क्यूरी जैसे कई प्रतिष्ठित विद्वान् भी शामिल थे। आई.सी.आई.सी. द्वारा बनाई गई योजनाओं और नीतियों को लागू करने के लिए 1926 में फ्रांस सरकार द्वारा वित्तीय सहायता की मदद से अंतरराष्ट्रीय बौद्धिक सहयोग संस्थान (IIIC) की स्थापना की गई थी। यह संस्थान विश्वविद्यालयों, पुस्तकालयों और बौद्धिक विकास, जैसे कई क्षेत्रों में परियोजनाओं को प्रोत्साहित करनेवाला एक सक्रिय संस्थान था। संपत्ति, कला, सूचना और मीडिया (जिन्हें द्वितीय विश्वयुद्ध के फैलने के कारण निलंबित कर दिया गया था) इन्हें पुष्ट करना भी इस संस्थान के दायित्वों में से एक था।

1945 में द्वितीय विश्वयुद्ध के बाद 44 देशों के प्रतिनिधियों के साथ एक शैक्षिक और सांस्कृतिक संगठन की स्थापना के लिए लंदन में एक संयुक्त राष्ट्र सम्मेलन बुलाया गया था। एक संगठन का निर्माण शांति और संस्कृति के प्रतीक के रूप में फ्रांस और यूनाइटेड किंगडम के प्रतिनिधियों द्वारा किया गया था। संयुक्त राष्ट्र शैक्षिक, वैज्ञानिक और सांस्कृतिक संगठन की स्थापना सम्मेलन के अंत में हुई थी। 16 नवंबर, 1945 को, यूनेस्को के संविधान पर हस्ताक्षर किए गए थे और इसे 4 नवंबर, 1946 को लागू किया गया। 19 नवंबर से–10 दिसंबर, 1946 तक यूनेस्को का पहला आधिकारिक आम

सम्मेलन पेरिस में 30 देशों के प्रतिनिधियों के साथ आयोजित किया गया था। समय के साथ दुनिया भर में यूनेस्को का महत्त्व बढ़ता गया और भाग लेनेवाले सदस्य राज्यों की संख्या भी बढ़कर अब 195 तक पहुँच गई है। (संयुक्त राष्ट्र में 193 सदस्य हैं। कुक द्वीप और फिलिस्तीन भी यूनेस्को के सदस्य हैं, उनकी संख्या 195 हो जाती है।)

यूनेस्को क्या है?

सदस्य राष्ट्रों के बीच सहयोगात्मक शांति और सुरक्षा को बढ़ावा देने के उद्देश्य से एक विशेष एजेंसी "संयुक्त राष्ट्र शिक्षा, वैज्ञानिक और सांस्कृतिक संगठन (यूनेस्को)' का गठन किया गया था। शिक्षा, विज्ञान और संस्कृति को न्याय के लिए कानून के शासन के लिए और मानव अधिकारों और मौलिक स्वतंत्रता के लिए इसकी एक उपकरण के रूप में संरचना की गई और संयुक्त राष्ट्र चार्टर द्वारा यह निश्चित किया गया कि यह संगठन जाति, लिंग, भाषा या धर्म के आधार पर भेदभाव किए बिना दुनिया के लोगों के लिए काम करेगा। यह भी सुनिश्चित किया गया कि विश्व का कोई भी देश ऐसी शांति सुनिश्चित नहीं कर सकता, जो दुनिया भर के लोगों के हित को सुरक्षित कर सके। इसे मानव जाति की बौद्धिक और नैतिक एकजुटता के आधार पर स्थापित किया जाना चाहिए तथा शैक्षिक, वैज्ञानिक और सांस्कृतिक संबंधों के माध्यम से इसे उन्नत किया जाना चाहिए।

अपनी इस व्यापक दृष्टि का समर्थन करने के लिए यूनेस्को ने लोगों को वैश्विक नागरिक के रूप में नफरत और असहिष्णुता से मुक्त रहने में मदद करने के लिए शैक्षिक उपकरण विकसित किए हैं। संगठन सांस्कृतिक विरासत और सभी संस्कृतियों की समान गरिमा को बढ़ावा देकर राष्ट्रों के बीच संबंधों को मजबूत करता है। यह विकास और सहयोग के लिए प्लेटफॉर्म के रूप में वैज्ञानिक कार्यक्रमों और नीतियों को बढ़ावा देता है। यूनेस्को सदैव अभिव्यक्ति की स्वतंत्रता के पक्ष में खड़ा है और दुनिया भर के देशों को विचारों और ज्ञान के आदान-प्रदान के मुक्त प्रवाह को अपनाने में मदद देता है। यूनेस्को के संविधान के अनुसार, "चूँकि युद्धों की शुरुआत पुरुषों की मानसिकता में होती है तो यह भी पुरुषों की मानसिकता में है कि शांति के बचाव का भी प्रयास होना चाहिए।" (लंदन, नवंबर 1945)

यूनेस्को का संविधान

16 नवंबर, 1945 को भारत, ग्रीस, फ्रांस, चीन सहित बीस देशों द्वारा अनुसमर्थन के बाद 4 नवंबर को यूनेस्को के संविधान पर हस्ताक्षर किए गए, जो 1946 में लागू हुआ। सामान्य सम्मेलन द्वारा संविधान में संशोधन के लिए कई सत्र लगे और अंत में

पंद्रह लेखों वाला एक मसौदा पारित किया गया। संविधान के अनुसार, दोनों विश्वयुद्ध··· महान् और भयानक युद्ध थे, जो मनुष्य की गरिमा, समानता और आपसी सम्मान के लोकतांत्रिक सिद्धांतों के खंडन से संभव हुए, इन युद्धों के दौरान प्रचार द्वारा देशों कि नस्ल, अज्ञानता और पूर्वग्रह के माध्यम से, असमानता के सिद्धांत को बढ़ावा दिया गया और क्योंकि सरकारों के बीच किए जा रहे राजनीतिक और आर्थिक समझौते स्थायी शांति को बनाए रखने या सुरक्षित करने के लिए पर्याप्त नहीं हैं, इसलिए मानवजाति की बौद्धिक और नैतिक एकजुटता की मान्यता के साथ एक संगठन की स्थापना होनी चाहिए। सभी के लिए शिक्षा के पूर्ण और समान अवसर प्रदान करने विचारों और ज्ञान का मुक्त आदान-प्रदान करने संचार के साधनों को बढ़ाने लोगों का आपसी समझ बढ़ाने में इन साधनों को नियोजित करने के लिए और एक-दूसरे के जीवन के बारे में सच्ची तथा अधिक सटीक जानकारी आवश्यक है। इन महती उद्देश्यों को धारण करके ही संयुक्त राष्ट्र शैक्षिक, वैज्ञानिक और सांस्कृतिक संगठन की स्थापना की गई थी। संगठन का उद्देश्य दुनिया भर के लोगों के शैक्षिक, वैज्ञानिक और सांस्कृतिक संबंधों के माध्यम से उन्नति का था। अंतरराष्ट्रीय शांति और मानव जाति का कल्याण—ये प्रमुख मुद्दे थे, जिनकी पूर्ति के लिए संयुक्त राष्ट्र की स्थापना हुई तथा इसका चार्टर आया। यूनेस्को का संविधान और मसौदे संगठन के कार्यों और उद्देश्य के बारे में विस्तार से बताते हैं, साथ ही सदस्यता, संगठन के अंगों, बजट, अन्य विशिष्ट एजेंसियों और संयुक्त राष्ट्र के साथ संबंधों आदि के बारे में भी जानकारी देते हैं।

प्रयोजन और कार्य

संयुक्त राष्ट्र शैक्षिक, वैज्ञानिक और सांस्कृतिक संगठन का उद्देश्य शिक्षा, विज्ञान और संस्कृति जैसे क्षेत्रों के माध्यम से राष्ट्रों के बीच सहयोग को बढ़ावा देकर दुनिया में शांति और सुरक्षा स्थापित करने में योगदान करना है। इस संगठन के माध्यम से, जाति, लिंग, भाषा या धर्म के आधार पर भेदभाव किए बिना, न्याय के लिए, कानून के शासन के लिए और दुनिया के लोगों की मौलिक स्वतंत्रता के लिए कार्य किया जाता है। इस उद्देश्य की दिशा में काम करने वाला यह संगठन जनसंचार के हर माध्यम के द्वारा लोगों के आपसी ज्ञान और समझ को विस्तृत करने तथा इसे आगे बढ़ाने के काम में सहयोग करता है। शब्द और छवि द्वारा विचारों के मुक्त प्रवाह को बढ़ावा देने के लिए अंतरराष्ट्रीय समझौतों की सिफारिश करता है। संगठन का मिशन शांति की स्थापना संस्कृति का उत्थान, गरीबी उन्मूलन, सतत विकास और शिक्षा, विज्ञान, संस्कृति, संचार और सूचना की मदद से पारस्परिक संबंधों को सुदृढ़ करना है।

यूनेस्को का ध्यान सभी के लिए गुणवत्तापूर्ण शिक्षा प्राप्त करने और आजीवन

सीखने, स्थायी विकास के लिए विज्ञान, ज्ञान और नीति संबंधी उन्नत विचारों का प्रसार करने, सांस्कृतिक विविधता को बढ़ावा देने, परस्पर संवाद और शांति की संस्कृति निर्मित करने, सूचना और संचार के माध्यम से समावेशी ज्ञान समाजों का निर्माण करने और उभरते सामाजिक तथा नैतिक संदर्भों को संबोधित करने पर है। यह संगठन इन क्षेत्रों में व्याप्त वैश्विक गैर-बराबरी या विषमताओं को चुनौती देता है। यह अपने प्रयासों के माध्यम से ज्ञान को बनाए रखता है, उसे बढ़ाता और फैलाता है (जैसे कि दुनिया भर में पुस्तकों की विरासत, कला, इतिहास और विज्ञान के कार्यों का संरक्षण आदि)। सभी देशों को प्रदान की जानेवाली ऐसी मुद्रित और प्रकाशित सामग्री को प्रोत्साहित करने में कई राष्ट्रों ने सहयोग किया और इनका प्रकाशन किया। यूनेस्को के संविधान के अनुसार, "राज्यों के सदस्यों की संस्कृतियों और शैक्षिक प्रणालियों की स्वतंत्रता, अखंडता और फलदायी विविधता को संरक्षित करने के उद्‌देश्य से संगठन को उन मामलों में हस्तक्षेप करने से प्रतिबंधित किया जाता है, जो अनिवार्य रूप से उनके घरेलू अधिकार क्षेत्र के भीतर हैं।" प्रत्येक बच्चे को विद्यालय भेजना, सीखने की गुणवत्ता में सुधार, वैश्विक नागरिकता को बढ़ावा देना एवं लैंगिक समानता संगठन की वैश्विक प्राथमिकताएँ हैं और इनपर वह निरंतर काम कर रहा है।

सदस्यता

संयुक्त राष्ट्र संगठन के सदस्यों को संयुक्त राष्ट्र शैक्षिक, वैज्ञानिक और सांस्कृतिक संगठन की सदस्यता प्राप्त करने की अनुमति है, लेकिन संयुक्त राष्ट्र संगठन का सदस्य नहीं होनेवाले राज्यों को कार्यकारी बोर्ड की सिफारिश और सामान्य सम्मेलन के दो-तिहाई बहुमत की आवश्यकता होती है। प्रत्येक सदस्य राज्य द्वारा संगठन के लिए एक स्थायी प्रतिनिधि नियुक्त किया जाता है। संगठन के महानिदेशक के समक्ष सदस्य राज्य के स्थायी प्रतिनिधि की विश्वसनीयता के साथ प्रस्तुत किया जाता है, जो आधिकारिक रूप से अपनी साख की प्रस्तुति के दिन से अपने कर्तव्यों को मान सकता है। यूनेस्को के संविधान के अनुसार, "संगठन के सदस्य, जो संयुक्त राष्ट्र संगठन की सदस्यता के अधिकारों और विशेषाधिकारों के अभ्यास से निलंबित हैं, बाद में इस संगठन के अधिकारों और विशेषाधिकारों से भी निलंबित हो जाएँगे।"

यूनेस्को की संरचना

अपने संविधान के आधार पर संयुक्त राष्ट्र शैक्षिक, वैज्ञानिक और सांस्कृतिक संगठन में एक सामान्य सम्मेलन, एक कार्यकारी बोर्ड और एक सचिवालय शामिल हैं। यूनेस्को का सचिवालय सामान्य सम्मेलन और कार्यकारी बोर्ड के तहत रखा गया

है। संगठन को शिक्षा, प्राकृतिक विज्ञान, मानव और सामाजिक विज्ञान, संस्कृति और आई.सी.टी. के पाँच क्षेत्रों में विभाजित किया गया है, जो अंतविर्द्यावर्ती प्रणाली से एक साथ काम करते हैं।

सामान्य सम्मेलन

सामान्य सम्मेलन संगठन का सर्वोच्च निर्णय लेने वाला निकाय है, जिसमें राज्यों के संगठन के प्रतिनिधि शामिल होते हैं। प्रत्येक सदस्य की सरकार राष्ट्रीय आयोग से परामर्श करने के बाद इन प्रतिनिधियों का चयन करती है। प्रत्येक सदस्य राज्य पाँच से अधिक प्रतिनिधियों की नियुक्ति नहीं कर सकता है। यूनेस्को की सर्वोच्च निर्णय लेनेवाली संस्था होने के नाते, सामान्य सम्मेलन संगठन की कार्य-नीतियों और मुख्य दिशाओं का निर्धारण करता है तथा कार्यकारी बोर्ड द्वारा प्रस्तुत कार्यक्रमों पर निर्णय लेता है। यह जब भी जरूरत हो, शिक्षा, विज्ञान और मानविकी या ज्ञान के प्रसार से संबंधित राज्यों के अंतरराष्ट्रीय सम्मेलन आयोजित कर सकता है। साथ ही समान विषयों पर गैर-सरकारी सम्मेलन या नियमों के अनुसार सामान्य सम्मेलन कार्यकारी बोर्ड द्वारा बुलाया जा सकता है। यह सम्मेलन संयुक्त राष्ट्र के संगठन के लिए प्राथमिकता वाले के मामलों अथवा शैक्षिक, वैज्ञानिक और सांस्कृतिक पहलुओं पर सलाह दे सकता है। यह सभी रिपोर्ट प्राप्त करता है, संगठन के लिए कार्यक्रमों और बजट को मंजूरी देता है। कार्यकारी बोर्ड के सदस्यों का चयन सामान्य सम्मेलन और बोर्ड की सिफारिश पर किया जा सकता है। यह महानिदेशक भी नियुक्त कर सकता है।

जनरल कॉन्फ्रेंस में प्रत्येक सदस्य राज्य के पास केवल एक वोट होता है और सभी निर्णय साधारण बहुमत द्वारा किए जाते हैं, सिवाय उन मामलों के जहाँ संविधान के, प्रावधान या सामान्य सम्मेलन की प्रक्रिया के नियमों के तहत दो-तिहाई बहुमत की आवश्यकता होती है। एक सदस्य राज्य के पास विशेष परिस्थिति में सामान्य सम्मेलन में कोई वोट नहीं होगा, यदि वे संगठन के साथ ऋण में हैं या यदि योगदान राशि सदस्य राज्य द्वारा प्राप्त की गई राशि से कम है। सदस्य सम्मेलन के भुगतान की विफलता के कारण उत्पन्न स्थिति से (जो सदस्य राज्य के नियंत्रण से परे की स्थितियों की वजह से हो सकता है) अगर सामान्य सम्मेलन संतुष्ट हो जाता है तो सदस्य राज्यों को मतदान करने की अनुमति दी जा सकती है। सामान्य सम्मेलन प्रत्येक दो वर्ष में सामान्य सत्रों में मिलता है और प्रत्येक सत्र में इसके अगले सत्र का स्थान भी निर्दिष्ट कर दिया जाता है। प्रत्येक सत्र के दौरान एक राष्ट्रपति और अन्य अधिकारी चुने जाते हैं। इसके उद्देश्यों की पूर्ति के लिए आवश्यक होने पर विशेष और तकनीकी समितियों या सहायक अंगों को स्थापित करने का अधिकार भी सामान्य सम्मेलन को है।

कार्यकारी बोर्ड

कार्यकारी बोर्ड का चयन जनरल कॉन्फ्रेंस द्वारा किया जाता है, जिसमें अड़तालीस सदस्य होते हैं, बोर्ड के सलाहकार के रूप में जनरल कॉन्फ्रेंस के अध्यक्ष भी होते हैं। निर्वाचित राज्य कार्यकारी बोर्ड के सदस्य कार्यकारी बोर्ड के 'सदस्य' कहलाते हैं, जो अपना एक प्रतिनिधि नियुक्त कर सकते हैं। कार्यकारी बोर्ड में 58 देशों के प्रतिनिधिमंडल शामिल हैं और इसकी बैठकें द्विवार्षिक रूप से आयोजित की जाती हैं। प्रतिनिधि को बोर्ड के पास प्रशासनिक और कार्यकारी कर्तव्यों को पूरा करने के लिए आवश्यक अनुभव और क्षमता के साथ यूनेस्को की योग्यता के अनुसार एक या अधिक क्षेत्रों में विशेषज्ञ होना चाहिए। कार्यकारी बोर्ड के सदस्यों को सामान्य सम्मेलन द्वारा संस्कृतियों की विविधता और संतुलित भौगोलिक वितरण को ध्यान में रखते हुए चुना जाता है।

कार्यकारी बोर्ड के सदस्य सामान्य सम्मेलन के सत्र के अंत से कार्य करते हैं। सामान्य सम्मेलन के दूसरे साधारण सत्र के अंत तक की अवधि के लिए उन्हें चुना जाता है। इसके प्रत्येक साधारण सत्र में, सामान्य सम्मेलन सत्र के अंत में होनेवाली रिक्तियों को भरने के लिए कार्यकारी बोर्ड के सदस्यों की आवश्यक संख्या का चुनाव करता है। कार्यकारी बोर्ड के सदस्य पुनः चुनाव के लिए पात्र हो सकते हैं और बोर्ड में अपने प्रतिनिधियों को वे बदल सकते हैं। 1951 में अपनी प्रविष्टि के बाद से जापान लगातार कार्यकारी बोर्ड का सदस्य रहा है।

कार्यकारी बोर्ड के कार्यों में सामान्य सम्मेलन के लिए एजेंडा तैयार करना और सम्मेलन द्वारा अपनाए गए कार्यक्रमों को क्रियान्वित करना शामिल है। बोर्ड संगठन के लिए एक नए सदस्य के प्रवेश के लिए सम्मेलन से सिफारिश कर सकता है। यह अपने सदस्यों के बीच अधिकारियों का चुनाव भी कर सकता है। नियमित सत्र में कार्यकारी बोर्ड की बैठक द्विवार्षिक आधार पर कम-से-कम चार बार होती है। इसे अध्यक्ष द्वारा उनकी पहल पर या कार्यकारी बोर्ड के छह सदस्यों के अनुरोध पर विशेष सत्र में भी मिलाया जा सकता है। बोर्ड की ओर से कार्यकारी बोर्ड के अध्यक्ष तथा सम्मेलन के प्रत्येक साधारण सत्र में महानिदेशक की भूमिका प्रमुख होती है। महानिदेशक संगठन की गतिविधियों पर तैयार की गई रिपोर्ट प्रस्तुत करते हैं।

सचिवालय

सचिवालय में एक महानिदेशक और उसके द्वारा नियुक्त कर्मचारी होते हैं। महानिदेशक को कार्यकारी बोर्ड द्वारा नामित किया जाता है और सम्मेलन द्वारा अनुमोदित शर्तों के तहत चार साल की अवधि के लिए सामान्य सम्मेलन द्वारा नियुक्त किया जाता है। महानिदेशक को चार साल के कार्यकाल के लिए नियुक्त किया जा सकता है, लेकिन बाद के कार्यकाल के लिए उसे पुनः नियुक्त नहीं किया जा सकता। यह संगठन का मुख्य प्रशासनिक अधिकारी होता है। जनरल कॉन्फ्रेंस की सभी बैठकों या कार्यकारी बोर्ड और संगठन की समितियों की बैठकों में महानिदेशक या उनके द्वारा नियुक्त डिप्टी भाग लेता है। वोट देने का अधिकार उसे नहीं होता। महानिदेशक को सम्मेलन और बोर्ड द्वारा की गई उचित काररवाई के लिए प्रस्ताव तैयार करने होते हैं और बोर्ड के समक्ष प्रस्तुत करने के लिए संबंधित बजट अनुमानों के साथ संगठन के लिए कार्य का मसौदा कार्यक्रम भी तैयार करना होता है। उसे संगठन की सभी गतिविधियों के बारे में एक रिपोर्ट भी तैयार करनी होती है। साथ ही उसे सदस्य राज्यों और कार्यकारी बोर्ड के साथ संवाद भी करना होता है। सचिवालय के कर्मचारियों की नियुक्ति महानिदेशक द्वारा अनुमोदित कर्मचारी नियमों के अनुसार महानिदेशक द्वारा की जाती है। कर्मचारियों को ईमानदारी, दक्षता

और तकनीकी क्षमता के उच्चतम मानकों को पर खरा उतरना चाहिए और एक विस्तृत भौगोलिक सीमा से संबंधित होना चाहिए। महानिदेशक और कर्मचारियों की जिम्मेदारियाँ अपने चरित्र में विशेष रूप से अंतरराष्ट्रीय हैं।

संयुक्त राष्ट्र शैक्षिक, वैज्ञानिक और सांस्कृतिक संगठन (यूनेस्को) संयुक्त राष्ट्र (यूएन) की एक विशेष एजेंसी है, जिसने द्वितीय विश्वयुद्ध के बाद (1946)से अपना कार्य शुरू किया था। 16 नवंबर, 1945 को हस्ताक्षरित संविधान में इसके गठन का उल्लेख किया गया था, जिसमें यह घोषित किया गया था कि राष्ट्रों के बीच शांति को बढ़ावा देने के लिए इसकी स्थापना की जा रही है। यूनेस्को की स्थापना इस विश्वास के साथ की गई थी कि अकेले सरकारों के आर्थिक और राजनीतिक समझौते ऐसी शांति को सुनिश्चित नहीं कर सकते, जो दुनिया भर के स्थायी हितों को सुरक्षित कर सके। इसके गठन के पीछे यह धारणा भी निहित थी कि इसे मानव जाति की बौद्धिक और नैतिक एकजुटता पर आधारित होना चाहिए तथा शैक्षिक, वैज्ञानिक और सांस्कृतिक संबंधों से पहले इसका स्थान होना चाहिए। एजेंसी का स्थायी मुख्यालय पेरिस (फ्रांस) में है। यह कार्य-उन्मुख संगठन अप्रैल 1944 में मित्र देशों के प्रतिनिधियों द्वारा स्थापित किया गया था और इसे संयुक्त राष्ट्र चार्टर में शामिल किया गया था।

राष्ट्रीय सहकारी निकाय

यूनेस्को के संविधान के अनुसार हर सदस्य राज्य को अपने उन निकायों को जोड़ने की व्यवस्था करनी चाहिए, जो शैक्षिक, वैज्ञानिक और सांस्कृतिक मामलों से जुड़े संगठन के काम में रुचि रखते हैं। यह एक राष्ट्रीय आयोग के गठन के माध्यम से किया जा सकता है, जो व्यापक रूप से सरकार और ऐसे निकायों का प्रतिनिधित्व करता है। राष्ट्रीय आयोगों या राष्ट्रीय सहकारी निकायों को कार्यकारी मंडल में अपने देशों के प्रतिनिधि और सामान्य सम्मेलन में संबंधित प्रतिनिधिमंडलों के लिए एक सलाहकार के रूप में कार्य करना होता है। संगठन से संबंधित हित वाले मामलों में सरकारों और एजेंसियों के साथ संपर्क करना होता है। यूनेस्को अपने विकास कार्य में सहायता करने के लिए सदस्य राज्य के अनुरोध पर उस राज्य के राष्ट्रीय आयोग में सेवा करने के लिए अपने सचिवालय के एक सदस्य की प्रति-नियुक्ति कर सकता है।

सदस्य राज्य द्वारा रिपोर्ट

प्रत्येक सदस्य राज्य को अपने शैक्षिक, वैज्ञानिक और सांस्कृतिक संस्थानों और गतिविधियों से संबंधित कानूनों, विनियमों और आँकड़ों पर रिपोर्ट प्रस्तुत करनी होती है। उसे संगठन के सामान्य सम्मेलन द्वारा निर्धारित सिफारिशों पर काररवाई करनी होती है।

बजट

यूनेस्को के बजट को संगठन द्वारा स्वीकृत किया जाता है। सामान्य सम्मेलन को बजट की मंजूरी और अंतिम प्रस्ताव देना होता है। इस सम्मेलन में संगठन के सदस्य राज्यों के बीच वित्तीय जिम्मेदारी का प्रावधान है। स्वैच्छिक योगदान, उपहार, वसीयत और अधीनता को महानिदेशक, सरकारों, सार्वजनिक और निजी संस्थानों, संघों और निजी व्यक्तियों से सीधे स्वीकार कर सकते हैं। इंटरनेशनल ब्यूरो ऑफ एजुकेशन ऐंड रिसर्च, फेडरल मिनिस्ट्री के अनुसार, यूनेस्को के पास 2018 और 2019 के लिए 1.2 बिलियन डॉलर का बजट है, जिसमें से 595.2 मिलियन डॉलर सदस्यता शुल्क के माध्यम से प्राप्त हुआ था। जापान और चीन के बाद जर्मनी यूनेस्को में तीसरा सबसे बड़ा योगदानकर्ता है। अक्तूबर 2017 में संयुक्त राज्य अमेरिका ने यूनेस्को से अपनी वापसी की घोषणा की थी, जो 2018 के अंत में प्रभावी हुई।

संयुक्त राष्ट्र शैक्षिक, वैज्ञानिक और सांस्कृतिक संगठन (यूनेस्को) के पास विशेषज्ञता के पाँच क्षेत्र हैं, जिन पर वह अपनी कार्य प्रणाली को केंद्रित करता है। ये पाँच क्षेत्र हैं—शिक्षा, सामाजिक और मानव विज्ञान, प्राकृतिक विज्ञान, संचार और सूचना तथा संस्कृति।

शिक्षा

शिक्षा संयुक्त राष्ट्र शैक्षिक, वैज्ञानिक और सांस्कृतिक संगठन (यूनेस्को) की विशेषज्ञता के पाँच क्षेत्रों में से एक है। शिक्षा में जीवन को बदलने की क्षमता है। यूनेस्को के शांति निर्माण, गरीबी उन्मूलन और सतत विकास को चलाने के मिशन का सबसे महत्त्वपूर्ण हिस्सा शिक्षा है। यूनेस्को का मानना है कि शिक्षा उम्र की परवाह किए बिना सभी के लिए एक मानवाधिकार है और इसमें गुणवत्ता होनी चाहिए। शिक्षा के सभी पहलुओं को कवर करने के लिए जनादेश के साथ संयुक्त राष्ट्र एकमात्र एजेंसी है। शिक्षा के क्षेत्र में यूनेस्को वैश्विक और क्षेत्रीय नेतृत्व प्रदान करता है। यह दुनिया भर में शिक्षा-प्रणाली को मजबूत करने और समानता के अंतर्निहित सिद्धांत के साथ शिक्षा के माध्यम से लैंगिक समानता जैसी समकालीन वैश्विक चुनौतियों का जवाब देने के लिए काम करता है। शैक्षिक विकास के लिए संगठन का काम प्री-स्कूल से लेकर उच्च शिक्षा और उसके बाद भी चलता है। तकनीकी और व्यावसायिक कौशल विकास के साथ वैश्विक नागरिकता, सतत विकास, मानवाधिकार, लैंगिक समानता स्वास्थ्य, एच.आई.वी. और एड्स जैसे विषय 'शिक्षा' के अंतर्गत ही शामिल किए गए हैं। यूनेस्को के शिक्षा-क्षेत्र के महत्त्वपूर्ण पहलू निम्नलिखित हैं—

शिक्षा का अधिकार

एक मौलिक मानव अधिकार के रूप में शिक्षा यूनेस्को मिशन की जीवन-रेखा है। अधिकार के रूप में शिक्षा न केवल मानव अधिकारों की सार्वभौमिक घोषणा (1948) में प्रमुखता के साथ निहित है, बल्कि कई अन्य अंतरराष्ट्रीय मानवाधिकार संबंधी प्रावधानों में भी उसे प्रमुखता के साथ स्थान दिया गया है। यूनेस्को की यह मान्यता है कि पूरे विश्व में लाखों बच्चे और वयस्क सामाजिक, सांस्कृतिक और आर्थिक कारकों के परिणामस्वरूप शिक्षा से वंचित रह जाते हैं, जो उचित नहीं है। शिक्षा का अधिकार एक सशक्त अधिकार है, इतना शक्तिशाली कि इसके माध्यम से आर्थिक और सामाजिक रूप से हाशिए पर पड़े बच्चे तथा वयस्क खुद को गरीबी से बाहर निकाल सकते हैं। यूनेस्को शिक्षा के समान अवसर और उसकी सार्वभौमिक पहुँच के लिए काम करता है। इसने संयुक्त राष्ट्र के साथ अंतरराष्ट्रीय कानूनी दायित्व भी निर्धारित किए हैं, जिनमें प्रमुखतम दायित्व है कि गुणवत्तापूर्ण प्राप्त करने और उसका लाभ उठाने का प्रत्येक व्यक्ति को अधिकार है। इस अधिकार को मूर्त रूप देना पूरे विश्व का कर्तव्य है। यही वजह है कि संगठन के सदस्य राज्य और अंतरराष्ट्रीय समुदाय शिक्षा के अधिकार को लागू करने में

आपात स्थिति में शिक्षा

इस कानूनी ढाँचे को बहुत महत्त्व देते हैं। संगठन नीतिगत ढाँचे को स्थापित करने के लिए उन राज्यों का भरपूर समर्थन करता है, जो गुणवत्तापूर्ण शिक्षा के प्रसार और स्थिरता के लिए नींव बनाने और परिस्थितियाँ निर्मित करने का कार्य कर रहे हैं। इस कानून में सरकारों को सभी के लिए गुणवत्तापूर्ण शिक्षा प्रदान करने के लिए निर्मित नीतियों और रणनीतियों को अधिक प्रभावी ढंग से लागू करने, उनकी सतत निगरानी करने तथा अपने कानूनी और राजनीतिक दायित्वों को पूरा करने के लिए जिम्मेदार ठहराया गया है।

जिन देशों को राष्ट्रीय या अंतरराष्ट्रीय संघर्ष, प्राकृतिक खतरों और महामारी के कारण आपदा जैसी समस्याओं का सामना करना पड़ता है, उन सभी समस्याओं के कारण बच्चों के स्कूलों से **बाहर होने की** सबसे अधिक संभावना है। यूनेस्को, संयुक्त राष्ट्र तहत शिक्षा की एक एजेंसी तथा ऐसी स्थितियों की आपातकालीन प्रतिक्रिया के रूप में दीर्घकालिक व्यवस्था के लिए बच्चों, युवाओं और वयस्कों के लिए आजीवन गुणवत्ता की शिक्षा को बढ़ावा देने में सक्रिय भूमिका निभाता है। आपातकाल की गंभीर परिस्थितियों में जब समुदाय अपना सर्वस्व खो चुके होते हैं, तब सर्वोच्च प्राथमिकताओं में से एक शिक्षा भी है। संगठन बच्चों और उनके परिवारों तक जीवन-रक्षक संदेशों को सुनिश्चित करने के लिए संकट के समय शिक्षा प्रणाली को मजबूत करने में मदद करता है, बच्चों और युवाओं को दुर्व्यवहार और शोषण से बचाता है; शांति बनाने में योगदान देता है और बच्चों को शारीरिक तथा मनोवैज्ञानिक सुरक्षा प्रदान करता है। संकटों के समय शिक्षा में निवेश समुदायों में लचीलापन ले आता है, जो निरंतर रिकवरी के लिए आवश्यक है। एजुकेशन 2030 एजेंडा के तहत यूनेस्को का उद्देश्य ऐसी शिक्षा प्रणालियों को विकसित करना है, जो संघर्ष, सामाजिक अशांति और प्राकृतिक खतरों का सामना करने में अधिक लचीली और उत्तरदायी हों तथा यह सुनिश्चित कर सकें कि आपातकालीन संघर्ष और संघर्ष के बाद की स्थितियों के दौरान शिक्षा के कार्यक्रमों को यथावत् बनाए रखा जाए।

शिक्षा और लिंग समानता

संयुक्त राष्ट्र शैक्षिक, वैज्ञानिक और सांस्कृतिक संगठन (यूनेस्को) की दो वैश्विक प्राथमिकताओं में से एक लिंग समानता है। यह शिक्षा के अधिकार को बढ़ावा देने और सतत विकास लक्ष्यों (एस.डी.जी.) की उपलब्धि का समर्थन करने के अपने प्रयासों से भी अटूट रूप से जुड़ा हुआ है। लिंग आधारित असमानता एक लंबे समय से दुनिया भर के समाजों की समस्या रही है और अभी भी कई जगहों पर मौजूद है। अतीत में ऐसे कई आंदोलन और क्रांतियाँ हुईं, जो इस बुराई के खिलाफ थीं। यूनेस्को की यह मान्यता है कि सभी मानव समान हैं और उनके साथ लिंग, नस्ल या जातीयता के आधार पर अलग-

अलग व्यवहार नहीं किया जाना चाहिए। जेंडर इक्वेलिटी के इस मिशन के तहत संगठन सभी के लिए शिक्षा के लक्ष्य को भी बढ़ावा देता है, क्योंकि प्रगति के बावजूद लड़कों से ज्यादा लड़कियाँ स्कूल से बाहर रहती हैं। यूनेस्को इंस्टीट्यूट ऑफ स्टैटिस्टिक्स के अनुसार 16 मिलियन लड़कियों ने कभी भी कक्षा में पैर नहीं रखा है और 750 मिलियन वयस्कों में से दो महिलाएँ बुनियादी साक्षरता कौशल के बिना ही अपना जीवन-यापन करती हैं।

ऐसी कई बाधाएँ हैं, जो महिलाओं और लड़कियों के रास्ते में खड़ी होकर उन्हें शिक्षा गतिविधियों में भाग लेने, शिक्षा पूर्ण करने और उसका लाभ उठाने के उनके अधिकारों का हनन करती हैं। गरीबी, भौगोलिक अलगाव, अल्पसंख्यक स्थिति, विकलांगता, शीघ्र विवाह और गर्भावस्था इनमें से कुछ प्रमुख बाधाएँ हैं। इसके साथ ही लिंग आधारित हिंसा, महिलाओं की दयनीय स्थिति और समाज में उनकी दोयम दर्जे की भूमिका जैसे पारंपरिक प्रतिगामी दृष्टिकोण भी स्त्री-शिक्षा की बाधाओं में गिने जा सकते हैं।

यूनेस्को का उद्देश्य समावेशी और समान गुणवत्ता वाली शिक्षा सुनिश्चित करना और सभी के लिए आजीवन सीखने के अवसरों को बढ़ावा देना तथा SDG 5के माध्यम से equal लैंगिक समानता हासिल करना और सभी महिलाओं और लड़कियों को सशक्त बनाना है। शिक्षा के लिए 2030 फ्रेमवर्क फॉर एक्शन, एसडीआर4 एक ऐसा दृष्टिकोण है, जो यह सुनिश्चित करता है कि लड़कियों और लड़कों, महिलाओं और पुरुषों को न केवल शिक्षा तक पहुँचने और उसे पूरा करने का अधिकार है, बल्कि लिंग समानता को संभव बनाने या लिंग-समानता को सिद्ध करने का शिक्षा एक प्रभावी उपकरण है, जिसे शिक्षा एजेंडा-2030 ने अपनी मान्यता प्रदान की है।

शिक्षक

यूनेस्को के अनुसार शिक्षा तक सबकी पहुँच और गुणवत्ता के लिए शिक्षक सबसे प्रभावशाली और शक्तिशाली बलों में से एक हैं और स्थायी वैश्विक विकास की वह एक कुंजी भी है, लेकिन अभी तक उनके प्रशिक्षण, भर्ती, प्रतिधारण, स्थिति और काम करने की स्थिति पूर्ववत बनी हुई है। यूनेस्को इंस्टीट्यूट फॉर स्टेटिस्टिक्स (यू.आई.एस.) ने कहा है कि 2030 तक सार्वभौमिक प्राथमिक और माध्यमिक शिक्षा प्राप्त करने के लिए 69 मिलियन शिक्षकों की भर्ती की जानी चाहिए। इसकी कमी है। यूनेस्को ने प्रशिक्षित, समर्थित और योग्य शिक्षकों की आपूर्ति को अपनी सर्वोच्च प्राथमिकताओं में पहला स्थान दिया है। सस्टेनेबल डवलपमेंट गोल 4 : का सूत्र है—क्वालिटी एजुकेशन के अनुसार, जो एजुकेशन 2030 फ्रेमवर्क के माध्यम से फोकस को मजबूत करता है तथा जो योग्य

शिक्षकों के लिए उपलब्ध प्रशिक्षण, भर्ती, रिटेंशन, स्टेटस, काम करने की स्थिति और प्रेरणा की बेहतरी का लक्ष्य रखता है। यह संगठन शिक्षकों के लिए 2030 फ्रेमवर्क पर अंतरराष्ट्रीय टास्क फोर्स की मेजबानी करता है और वे 'शिक्षक अंतराल' को संबोधित करने के लिए एक साथ काम करते हैं, जैसा कि 'इंचियोन घोषणा' में उल्लेख किया गया है, जो सदस्य राज्यों को यह सुनिश्चित करने के लिए कहता है कि "शिक्षकों को सशक्त, पर्याप्त रूप से प्रशिक्षित, पेशेवर रूप से योग्य बनाने के लिए कुशल और प्रभावी ढंग से संचालित प्रणालियों के अंतर्गत प्रशिक्षित किया जाए।"

शिक्षकों के विकास और सशक्तीकरण की दृष्टि से यूनेस्को का काम मुख्य रूप से पाँच क्षेत्रों पर केंद्रित है—

पर्यावरण और विकास पर रियो सम्मेलन के बाद उसकी मुख्य उपलब्धियों में से एक एजेंडा 21 था। 21वीं शताब्दी में वैश्विक सतत विकास के लिए की गई कारवाई पर यह एक अंतरराष्ट्रीय कार्यक्रम था। यूनेस्को ने अपने विस्तृत जनादेश और लंबे अनुभव के कारण UNCED के अनुवर्ती कई पहलुओं को इसके साथ संबद्ध किया है। एजेंडा 21 में जैविक विविधता और जलवायु परिवर्तन पर विशेष बल दिया गया है। यूनेस्को प्राकृतिक विज्ञान क्षेत्र में उन्नति के लिए एजेंडा 21 की उन सिफारिशों को लागू करता है, जो बहु-विषयक वैज्ञानिक कार्यक्रम से प्रशिक्षण, सूचना और अनुसंधान को परस्पर जोड़ते हैं और पर्यावरण तथा विकास के बीच जो इंटरफेस हैं, उन्हें प्राथमिकता देते हैं। शिक्षण (विशेष रूप से विश्वविद्यालय स्तर पर) और बुनियादी विज्ञान तथा इंजीनियरिंग में अनुसंधान पर भी इसमें विशेष ध्यान दिया गया है।

पिछले पचास वर्षों से पर्यावरण और विकास की समस्याएँ संगठन के काम के केंद्र में रही हैं। 1951 में एरीड जोन प्रोग्राम के साथ शुरू होनेवाले कई यूनेस्को कार्यक्रम विशिष्ट पर्यावरण और विकास के मुद्दों, जैसे जल संसाधन प्रबंधन और जैविक विविधता तथा पारिस्थितिक प्रणालियों के संरक्षण के संबंध में अनुसंधान, शिक्षा, प्रशिक्षण और नीति की जरूरतों को संबोधित करने के लिए शुरू किए गए हैं। इसके अंतर्गत द्वीप, उष्णकटिबंधीय वन और शुष्क भूमि संबंधी संरक्षण को प्राथमिकता दी गई है।

2002 में भाग लेनेवाले 129 देशों के सम्मिलन से गठित अंतर सरकारी महासागरीय आयोग (IOC) ने मुख्य रूप से जलवायु और वैश्विक प्रणालियों में महासागर की भूमिका तथा इस क्षेत्र में व्याप्त अनिश्चितताओं को कम करने की ओर अपनी गतिविधियों को केंद्रित किया। इस कार्य को सफल बनाने के लिए IOC ने एजेंडा 21 के संदर्भ में विशेष रूप से समुद्र विज्ञान के क्षेत्र में नई रणनीतियों और कार्य योजनाओं को अपनाया। IOC द्वारा वैश्विक और क्षेत्रीय महासागर विज्ञान से संबंधित कई कार्यक्रम विकसित किए गए हैं, जिनमें से अधिकतर संसाधनों, समुद्री प्रदूषण अनुसंधान और उससे संबंधित निगरानी

पर केंद्रित हैं। इस प्रकार के अनुसंधान ने प्रशांत में अंतरराष्ट्रीय सुनामी चेतावनी प्रणाली की दक्षता को कई गुना बढ़ा दिया था।

1965 में यूनेस्को ने एक और अंतर-सरकारी कार्यक्रम, द इंटरनेशनल हाइड्रो लॉजिकल डिकेड लॉन्च किया, जो 1975 में एक दीर्घकालिक प्रयास के परिणामस्वरूप इंटरनेशनल हाइड्रोलॉजिकल प्रोग्राम (IHP) में तब्दील हो गया। यूनेस्को विश्वव्यापी समन्वित पुनर्विक्रेता सूची और जैव विविधता विज्ञान (IUBS) के सहयोग से जैविक विविधता की निगरानी को बढ़ावा देता है। विज्ञान के सूक्ष्म विवेचन के लिए अंतरराष्ट्रीय परिषद् (SCOPE) की वैज्ञानिक समिति और ICSU (पूर्व में इंटरनेशनल काउंसिल ऑफ साइंटिफिकयूनियंस) तथा बायो टेक्नोलॉजिकल इंफॉर्मेशन एक्सचेंज सिस्टम (BITES) भी संगठन द्वारा विकसित किए गए हैं।

□

4

यूनेस्को : सांस्कृतिक जनादेश

UNESCO संस्कृति के क्षेत्र में एक जनादेश के साथ संयुक्त राष्ट्र के तहत एकमात्र विशेष एजेंसी है। यह इस जनादेश का ही परिणाम है कि यूनेस्को मानव रचनात्मकता को बढ़ावा देने और दुनिया भर की वैविध्यपूर्ण सांस्कृतिक विरासत को सुरक्षित रखने की दिशा में अपनी महती भूमिका निभा रहा है। संविधान के अनुसार यूनेस्को का सांस्कृतिक क्षेत्र वैश्विक नीतियों के विकास में योगदान देने वाली सांस्कृतिक नीतियों और कार्य सूची को विकसित करने वाले सदस्य राज्यों और प्रासंगिक हितधारकों के बीच संवाद को प्रोत्साहित करने के अवसर प्रदान करता है। यूनेस्को की सांस्कृतिक इकाई अचल सांस्कृतिक विरासतों तथा जीवित सांस्कृतिक विरासतों की सुरक्षा तथा इन्हें संभव करने के लिए पारस्परिक संवाद, सामाजिक सामंजस्य और विविधता को बढ़ावा देने की दिशा में काम करती है।

यूनेस्को महानिदेशक एवं फ्रांस के राष्ट्रपति मैक्रॉन बच्चों के साथ

यूनेस्को के सांस्कृतिक क्षेत्र की जिम्मेदारी के अंतर्गत हम महत्त्वपूर्ण सम्मेलनों और सार्वभौमिक घोषणाओं को देख सकते हैं, जैसे कि कन्वेंशन फॉर द इंटैंगिंग ऑफ द अमूर्त सांस्कृतिक धरोहर और सांस्कृतिक विविधता पर सार्वभौमिक घोषणा। संगठन द्वारा परस्पर संवाद को बढ़ावा देने के लिए इन्हें कई क्षेत्रों में लागू किया जाता है। कल्चरल हेरिटेज डिवीजन न केवल अंतरराष्ट्रीय अभियानों का प्रबंधन करता है, बल्कि साइटों और मौखिक और अमूर्त विरासत की उत्कृष्ट कृतियों की सुरक्षा में भी सहायता करता है। यह विश्व धरोहर केंद्र (ICCROM, ICOMOS और ICOM)के सहयोग से परिचालित परियोजनाओं को भी पूरा करता है।

काररवाई के क्षेत्र

अपने मुख्य लक्ष्यों को प्राप्त करने के लिए यूनेस्को संस्कृति क्षेत्र से संबंधित विविध दिशाओं में काम करता है—

हमारी धरोहर की रक्षा और रचनात्मकता को बढ़ावा देने का काम, क्योंकि इस वैश्वीकृत विश्व-संस्कृति में समाजों को बदलने की शक्ति है। संस्कृति हर दिन हमारे जीवन को अनगिनत तरीकों से समृद्ध करती है। स्मारकों और संग्रहालयों से लेकर

पारंपरिक प्रथाओं और समकालीन कला रूपों तक से हमें अविरल सांस्कृतिक परंपरा तथा धरोहरों का भान होता है। विरासत नित परिवर्तनशील और आर्थिक अस्थिरता से बाधित समुदायों के लिए पहचान और संपर्क का एक अजस्र स्रोत है, जबकि रचनात्मकता खुले, समावेशी और बहुलतावादी समाजों के निर्माण में योगदान देती है। जीवंत, अभिनव और समृद्ध ज्ञान समाजों की नींव विरासत और रचनात्मकता दोनों के समन्वय द्वारा ही रखी गई है।

यूनेस्को की मान्यताओं के अनुसार कोई भी विकास एक मजबूत सांस्कृतिक घटक के बिना नहीं रह सकता या टिकाऊ नहीं हो सकता है। आपसी सम्मान और संस्कृतियों के बीच खुला संवाद ही विकास के लिए आतुर मानव निर्मित दृष्टिकोण को मार्ग दिखा सकता है और जिसकी प्रकृति सर्व समावेशी और सर्वथा न्यायसंगत है। यह सुनिश्चित करने के लिए कि संस्कृति, विकास के समीकरणों और रणनीतियों में अपना उपादेय स्थान रखती है, यूनेस्को ने तीन आयामी दृष्टिकोण अपनाया है, जिसमें संस्कृति और विकास के साथ-साथ दुनिया भर में उसकी वकालत करना, नीतियाँ और कानूनी रूपरेखा निर्धारित करना और अंतरराष्ट्रीय समुदाय के साथ काम करना शामिल है। धरोहरों की सुरक्षा, रचनात्मक उद्योगों को मजबूत करने और सांस्कृतिक बहुलता को प्रोत्साहित करने के लिए सरकारों और स्थानीय हितधारकों का समर्थन प्राप्त करने का प्रयास भी यूनेस्को करता है।

प्रसिद्ध सांस्कृतिक सम्मेलन भी यूनेस्को का हिस्सा है, जो अंतरराष्ट्रीय सहयोग के लिए सदस्य राज्यों को एक अनूठा वैश्विक मंच प्रदान करता है और मानव अधिकारों तथा साझा मूल्यों के आधार पर एक समग्र सांस्कृतिक शासन प्रणाली स्थापित करने की मुहिम छेड़ता है। यह मुहिम प्राचीन पुरातात्त्विक स्थलों, अमूर्त और पानी के भीतर की विरासत, संग्रहालय संग्रह, मौखिक परंपराओं और विरासत के अन्य माध्यमों सहित दुनिया की सांस्कृतिक और प्राकृतिक विरासत की रक्षा और सुरक्षा करने का लक्ष्य लेकर चलाई जा रही है। यूनेस्को की यह मुहिम रचनात्मकता, नवाचार और गतिशील सांस्कृतिक क्षेत्रों के उद्भव का समर्थन करती है तथा इनके माध्यम से विश्व-मानव की एकता और उसके विकास का संकल्प लेकर कार्यरत है।

अमूर्त सांस्कृतिक विरासत

'सांस्कृतिक विरासत' शब्द कभी स्मारकों और वस्तुओं के संग्रह के तात्पर्य तक ही सीमित था, लेकिन अब इसमें हमारे पूर्वजों से विरासत में मिली परंपराएँ या जीवित अभिव्यक्तियाँ भी शामिल हो गई हैं। हमारे पूर्वजों द्वारा प्रदत्त धरोहरें, जैसे मौखिक

परंपरा और ज्ञान, लोकनृत्य, विभिन्न कलाएँ, सामाजिक प्रदर्शन प्रथाएँ, अनुष्ठान, उत्सव, प्रकृति और ब्रह्मांड से संबंधित गाथाएँ या पारंपरिक शिल्प निर्माण का ज्ञान और कौशल—ये सभी आ जाती हैं। अमूर्त सांस्कृतिक विरासत का ज्ञान और इसकी जानकारी तथा समुदायों को इसका ज्ञान और इसकी समझ न केवल पारस्परिक संवाद में मदद करती है, बल्कि जीवन के भिन्न पड़ावों पर आपसी सम्मान को भी प्रोत्साहित करती है।

ये परंपराएँ, धरोहरें और कला-कौशल आदि मात्र सांस्कृतिक अभिव्यक्ति नहीं हैं, बल्कि ज्ञान और कौशल का ऐसा खजाना हैं, जो एक पीढ़ी से दूसरी पीढ़ी को अंतरित होता है और अमूर्त सांस्कृतिक विरासत को और भी महत्त्वपूर्ण बनाता है। अल्पसंख्यक समूहों के लिए ज्ञान के इस संचरण का सामाजिक और आर्थिक संदर्भ प्रासंगिक ही नहीं अनमोल भी है। यह समावेशी है और ऐसे समुदायों का प्रतिनिधित्व करता है, जो अपने असाधारण मूल्यों के साथ अलग भी दिखाई देते हैं और जिनकी पूरी मानव-सभ्यता के निर्माण में समन्वयवादी भूमिका हजारों साल पहले भी रही है और आज भी है।

आपातकाल में संस्कृति

वैश्विक धरोहर

वर्ल्ड हेरिटेज कन्वेंशन संयुक्त राष्ट्र शैक्षिक, वैज्ञानिक और सांस्कृतिक संगठन के तहत काम करता है, ताकि दुनिया की प्राकृतिक और सांस्कृतिक विरासत की पहचान और सुरक्षा हो सके। वर्तमान में विश्व धरोहर स्थलों की सूची के तहत 1121 संपत्तियाँ हैं, जिनमें से 868 सांस्कृतिक स्थल हैं, 213 प्राकृतिक स्थल हैं और 39 मिश्रित स्थल हैं। एक सांस्कृतिक साइट उन साइटों को संदर्भित करती है, जो मानव-निर्मित हैं और जिन्होंने अपने गृह देश की संस्कृति को प्रभावित करने में एक स्थायी भूमिका निभाई है। प्राकृतिक साइटें उन साइटों को संदर्भित करती हैं, जो समय के साथ प्रकृति की बेरहमी से बच गई हैं और अभी भी अच्छी स्थिति में हैं। मिश्रित साइटें प्राकृतिक और मानव-निर्मित दोनों पहलुओं के साथ-साथ चलती हैं। इन 1121 साइटों में से 53 खतरे में हैं और उनका संरक्षण किया जा रहा है।

कुंभ स्नान

विश्व धरोहर केंद्र

वर्ल्ड हेरिटेज सेंटर की स्थापना 1992 में की गई थी। यह विश्व विरासत से संबंधित सभी मामलों के लिए यूनेस्को के अंतर्गत एक समन्वयक केंद्र है। यह कन्वेंशन के दिन-प्रति-दिन के प्रबंधन को सुनिश्चित करता है और विश्व धरोहर समिति के वार्षिक सत्रों का आयोजन करता है। वर्ल्ड हेरिटेज सेंटर के तहत ब्यूरो साइट नामांकन की तैयारी में राज्य सदस्यों को सलाह प्रदान करता है तथा उनके अनुरोध पर उनके देश की विश्व धरोहर के लिए अंतरराष्ट्रीय सहायता की व्यवस्था करता है। जब साइटों के अस्तित्व पर खतरा होता है तो यह साइटों की स्थिति पर रिपोर्टिंग करके इनके लिए फंड मुहैया कराता है।

केंद्र कई तकनीकी संगोष्ठियों और कार्यशालाओं का आयोजन भी करता है तथा डेटाबेस और विश्व विरासत सूची को अद्यतन करता है। युवा लोगों के बीच धरोहरों के प्रति जागरूकता बढ़ाने के लिए यह शिक्षण सामग्री विकसित करता है और विश्व विरासत से संबंधित मुद्दों के बारे में जनता को सूचित करता है।

विश्व विरासत सूची नामांकन

जिन देशों ने विश्व विरासत सम्मेलन पर हस्ताक्षर किए हैं, वे अपनी प्राकृतिक और सांस्कृतिक विरासत की रक्षा करने का वचन देते हैं। ये सभी यूनेस्को की विश्व विरासत

सूची में शामिल किए जाने के लिए अपने क्षेत्र की संपत्तियों के नामांकन के लिए प्रस्ताव प्रस्तुत कर सकते हैं।

नामांकन प्रक्रिया

टेंटेटिव लिस्ट : अपने देश की सीमाओं के भीतर स्थित महत्त्वपूर्ण प्राकृतिक और सांस्कृतिक विरासत स्थलों की उस देश द्वारा बनाई गई 'इन्वेंट्री' को टेंटेटिवलिस्ट के रूप में जाना जाता है। यह नामांकन का पहला चरण है। यह सूची (इन्वेंट्री) साइटों का संपूर्ण विवरण प्रस्तुत करती है। कोई भी Sate पार्टी पाँच से दस वर्षों में टेंटेटिवलिस्ट प्रस्तुत करने का निर्णय ले सकती है और इसे कभी भी अपडेट किया जा सकता है। विश्व विरासत समिति, विश्व विरासत सूची में उल्लिखित शिलालेखों के नामांकन पर तब तक विचार नहीं कर सकती, जब तक कि राज्य पार्टी ने संपत्ति को अपनी सूची में शामिल न कर लिया हो। शिलालेख सूची का प्रस्ताव विश्व धरोहर के रूप में मान्यता का एक बहुत महत्त्वपूर्ण हिस्सा है।

नामांकन फाइल : एक टेंटेटिव सूची और चयनित साइटों का विवरण तैयार करने के बाद राज्य पार्टी नामांकन फाइल पेश करने की योजना बना सकती है। वर्ल्ड हेरिटेज सेंटर द्वारा इस फाइल को तैयार करने में राज्य पार्टी को सलाह और सहायता प्रदान की जाती है। फाइल को यथासंभव विस्तृत होना चाहिए, ताकि यह सुनिश्चित हो सके कि आवश्यक नक्शे और दस्तावेज उसमें संलग्न कर दिए गए हैं। वर्ल्ड हेरिटेज सेंटर समीक्षा करके यह सुनिश्चित करता है कि नामांकन के लिए प्रस्तुत फाइल की जाँच नियमानुसार कर ली गई है। विश्व धरोहर नामांकन फाइल के पूरा होने के बाद मूल्यांकन के लिए उसे उपयुक्त सलाहकार निकायों को भेजती है।

द एडवाइजरीबॉडीज : इंटरनेशनल काउंसिल ऑन मॉन्यूमेंट्स ऐंड साइट्स (आई.आई.ओ.एस.ओ.एस.) और इंटरनेशनल यूनियन फॉरकंजर्वेशन ऑफ नेचर (आई.यू.सी.एन.) वर्ल्ड हेरिटेज कन्वेंशन द्वारा गठित दो एडवांटेज बॉडीज हैं, जो स्वतंत्र रूप से किसी नामित संपत्ति का मूल्यांकन करती हैं। ये दोनों विश्व विरासत समिति के पास प्रस्तुत फाइल के आधार पर नामांकित सांस्कृतिक और प्राकृतिक स्थलों का मूल्यांकन करके अपनी रिपोर्ट देती हैं। इंटरनेशनल सेंटर फॉर द स्टडी ऑफ द प्रोटेक्शन ऐंड रिस्टोरेशन ऑफ कल्चरल प्रॉपर्टी (ICCROM) तीसरे सलाहकार निकाय के रूप में एक अंतरसरकारी संगठन है। इसका काम सांस्कृतिक स्थलों के संरक्षण के साथ-साथ प्रशिक्षण गतिविधियों पर विशेषज्ञ सलाह लेना और तदनुसार समितियाँ नियुक्त करना है।

विश्व धरोहर समिति

स्थल के नामांकन और मूल्यांकन के बाद शिलालेख पर अंतिम निर्णय

किसी स्थल के नामांकन और मूल्यांकन के बाद साइट के शिलालेख पर अंतिम निर्णय अंतर-सरकारी विश्व धरोहर समिति का होता है। वर्ष में एक बार समिति यह तय करती है कि किन स्थलों को विश्व धरोहर सूची में अंकित किया जाना है। किसी मामले में यह अपने फैसले को स्थगित भी कर सकता है या स्टेट्स पार्टीज की साइटों के बारे में उनसे अधिक जानकारी माँग सकता है।

चयन के लिए मापदंड : विश्व विरासत सूची में शामिल होनेवाली साइटें सार्वभौमिक मूल्य की होनी चाहिए। विश्व विरासत सम्मेलन द्वारा निर्दिष्ट कम से कम दस चयन मापदंडों पर उन्हें खरा उतरना चाहिए। वर्ल्ड हेरिटेज कन्वेंशन के कार्यान्वयन के लिए परिचालन और इन मापदंडों को विस्तार से समझाया गया है। विश्व धरोहर के विकास की अवधारणा को प्रतिबिंबित करने के लिए समिति द्वारा नियमित रूप से इन मापदंडों को संशोधित किया जाता है।

चयन करने का मापदंड

इन मापदंडों में से दो अत्यंत महत्त्वपूर्ण हैं कि 'विश्व धरोहर' की श्रेणी प्राप्त

करने की इच्छुक कृतियों को मानव की रचनात्मक प्रतिमा का प्रतिनिधित्व करना चाहिए तथा इसके साथ ही कृतियों को मानवीय मूल्यों के आदान-प्रदान का प्रतिनिधित्व करना चाहिए।

इनके अतिरिक्त उसे सांस्कृतिक उत्कृष्टता का गवाह होना चाहिए; एक प्रकार की इमारत (या वास्तुशिल्प या कलाशिल्प या मूल्य-बोध) का उसे एक उत्कृष्ट उदाहरण होना चाहिए, जो मानव इतिहास की कालगत अवस्थाओं को दरशाता हो। उसे पारंपरिक मानव-समुदाय का एक उत्कृष्ट उदाहरण होना चाहिए तथा उत्कृष्ट सार्वभौमिक महत्त्व की घटनाओं या जीवित परंपराओं के साथ सीधे या मूर्त रूप से जुड़ा होना चाहिए।

- समिति का मानना है कि उक्त मापदंडों को अन्य मानदंडों के साथ संयोजित करके उपयोग में लाना चाहिए;
- कृति की विषयवस्तु उत्कृष्ट प्राकृतिक घटना, असाधारण प्राकृतिक सौंदर्य और मानव की सौंदर्य दृष्टि से संबंधित होनी चाहिए;
- कृतियाँ पृथ्वी के इतिहास के प्रमुख चरणों का प्रतिनिधित्व करने का उत्कृष्ट उदाहरण होनी चाहिए;
- उन्हें महत्त्वपूर्ण ऑन-गोइंग पारिस्थितिक और जैविक प्रक्रियाओं का प्रतिनिधित्व करने का उत्कृष्ट उदाहरण होना चाहिए;
- जैविक विविधता अथवा प्राकृतिक विशालता के संरक्षण का उसे प्रमाण होना चाहिए।

2004 के अंत तक साइटों को छह सांस्कृतिक और चार प्राकृतिक मापदंडों के आधार पर चुना गया था, लेकिन विश्व विरासत कन्वेंशन के कार्यान्वयन के लिए संशोधित इन मापदडों के अंतर्गत ही दिशा-निर्देशों को अपनाने के बाद दस मानदंडों में से केवल एक सेट ही मान्य किया गया। इसके अलावा संपत्ति का प्रबंधन, संरक्षण, प्रामाणिकता और अखंडता के विचार भी मापदंडों के निर्धारण में अपनी महत्त्वपूर्ण भूमिका निभाते हैं।

□

5

यूनेस्को की विश्व विरासत सूची

वर्तमान में विश्व धरोहर स्थल की सूची में दुनिया भर के 167 राज्यों की पार्टियों के अंतर्गत आनेवाली 1121 संपत्तियाँ हैं। इन साइटों को तीन वर्गों में बाँटा गया है— सांस्कृतिक, प्राकृतिक और मिश्रित। इस वर्गीकरण के आधार पर ही साइटों को क्रमबद्ध किया गया है। सैकड़ों ऐतिहासिक इमारतें और शहर की साइटें, महत्त्वपूर्ण पुरातात्त्विक स्थल और स्मारक मूर्तिकला या पेंटिंग के काम सभी को सांस्कृतिक धरोहर स्थलों में शामिल किया गया है। अप्राकृतिक विरासत स्थलों में केवल एक ऐसा क्षेत्र शामिल है, जो पृथ्वी के जीवन के रिकॉर्ड को प्रस्तुत करता है या इसकी भूगर्भीय प्रक्रियाएँ, उत्कृष्ट उदाहरण प्रदान करती हैं। चल रही पारिस्थितिक और जैविक विकासवादी प्रक्रियाओं में,

प्रसिद ऐतिहासिक धरोहर—ताजमहल

दुर्लभ या अद्वितीय प्राकृतिक घटनाएँ शामिल हैं या दुर्लभ या लुप्तप्राय जानवरों या पौधों के लिए प्रस्तुत आवास या असाधारण जैव विविधता के स्थल हैं।

मिश्रित विरासत स्थलों में प्राकृतिक और सांस्कृतिक महत्त्व दोनों के तत्त्व शामिल हैं। इन 1121 साइटों में से 53 खतरे में हैं, इसलिए खतरे की विश्व विरासत की सूची में भी शामिल हैं। उन स्थितियों के अंतरराष्ट्रीय समुदाय की ओर इशारा करते हैं, जो किसी संपत्ति के लिए बहुत विशेषताओं को खतरे में डालते हैं, विश्व धरोहर सूची में अंकित किया गया था, डेंजर में विश्व विरासत की इस सूची को बनाया गया था—सुधारात्मक काररवाई को प्रोत्साहित करने के लिए। सशस्त्र संघर्ष और युद्ध, भूकंप और अन्य प्राकृतिक आपदाएँ, प्रदूषण, अवैध शिकार, अनियंत्रित शहरीकरण और अनियंत्रित पर्यटक विकास विश्व धरोहर स्थलों की प्रमुख समस्याएँ हैं। खतरों का पता लगाया जा सकता है, जब एक संपत्ति को खतरों का सामना करना पड़ता है, जो उसके विश्व विरासत मूल्यों पर नकारात्मक प्रभाव डाल सकती है।

साक्षरता

यूनेस्को 1946 से वैश्विक साक्षरता प्रयासों में सबसे आगे है। 'सभी के लिए एक साक्षर दुनिया' इस लक्ष्य के साथ वह आगे बढ़ता है। जीवन में साक्षरता कौशल प्राप्त करने और शिक्षा में सुधार लानेवाली इस संस्था के अनुसार शिक्षा का अधिकार उसका मूल मुद्दा है। उसका यह मानना है कि अपने 'गुणक प्रभाव' के साथ साक्षरता लोगों को सशक्त बनाती है, उन्हें समाज में पूरी सहभागिता और आजीविका में सुधार करने में योगदान देती है। साक्षरता भी सतत विकास के लिए एक प्रेरक शक्ति है, क्योंकि यह श्रम बाजार में अधिक-से-अधिक भागीदारी को संभव बनाती है। बच्चों और परिवार का स्वास्थ्य, पोषण में सुधार गरीबी को कम करता है और जीवन में अवसरों का विस्तार करता है। साक्षरता का तात्पर्य अब पढ़ने, लिखने और गिनती कौशल के एक सेट के रूप में अपनी पारंपरिक अवधारणा से बहुत दूर आ चुकी है। इसे बढ़ती डिजिटल, पाठ-मध्यस्थता, सूचना-समृद्धि और तेजी से बदलती दुनिया की पहचान, समझ, व्याख्या, निर्माण और संचार के साधन के रूप में भी अब देखा जाने लगा है।

हालाँकि विश्व स्तर पर 750 मिलियन से भी अधिक युवा और वयस्क अभी भी पढ़ और लिख नहीं सकते हैं और 250 मिलियन से अधिक छात्र बुनियादी साक्षरता कौशल हासिल नहीं कर सके हैं। साक्षरता की कमी के कारण कम कुशल युवा और वयस्क अपने समुदाय और समाज के विकास में पूरी तरह से अपना योगदान नहीं दे पाते। आजीवन सीखने और अविरल विकास के लिए 2030 एजेंडा के एक अभिन्न अंग के रूप में साक्षरता अभियान का विस्तार करने के लिए दुनिया भर के युवाओं और

वयस्कों को सम्मिलित करते हुए साक्षरता को बढ़ावा देने के लिए, यूनेस्को ने अपना दृष्टिकोण इस प्रकार स्पष्ट किया है—

'बचपन की देखभाल, मजबूत नींव का निर्माण; सभी बच्चों को बुनियादी शिक्षा का अवसर, युवाओं और वयस्कों के लिए, जिनके पास बुनियादी साक्षरता कौशल की कमी है, उन युवाओं-वयस्कों के लिए कार्यक्रम, कार्यात्मक साक्षरता का स्तर बढ़ाना साक्षर वातावरण विकसित करना।'

शिक्षा विषय-वस्तु

यूनेस्को अपने सदस्य राज्यों की उच्च गुणवत्ता और समावेशी शिक्षा प्रणाली विकसित करने में मदद करता है, ताकि शिक्षा नीति को डिजाइन और कार्यान्वित करने के लिए वे अपनी क्षमताओं का समुचित ढंग से निर्माण कर सकें। हम यहाँ कुछ प्रमुख शिक्षा क्षेत्रों (ऊपर उल्लिखित के अलावा) का परिचय यहाँ दिया जा रहा है, जिसपर जहाँ यूनेस्को की गतिविधियाँ केंद्रित हैं—

बचपन की देखभाल और मानवीय मूल्यों की शिक्षा

बचपन की देखभाल और शिक्षा मानवीय मूल्यों का (ई.सी.सी.ई.) प्राथमिक स्कूलों के लिए बच्चों को तैयार करने से ज्यादा महत्त्वपूर्ण है। आजीवन सीखने के एक ठोस और व्यापक आधार बनाने के लिए, बच्चे की भावनात्मक, संज्ञानात्मक और

शारीरिक आवश्यकताओं का समग्र विकास ई.सी.ई.सी. का उद्‍देश्य है। इस कार्यक्रम का ध्यान प्रारंभिक बचपन पर है (जन्म से लेकर आठ वर्ष की आयु तक), क्योंकि यह मस्तिष्क के विकास के साथ व्यक्तित्व के विकास या वृद्धि की उल्लेखनीय अवधि है। यह वह चरण भी है, जहाँ बच्चे पर्यावरण और उन लोगों से प्रभावित होते हैं, जो उनके 'परिवेश' का निर्माण करते हैं।

ग्लोबल सिटिजनशिप एजुकेशन (GCED) को बढ़ावा देने के लिए संगठन का प्रयास प्रलय और नरसंहार की पृष्ठभूमि में शिक्षा 2030 एजेंडे को प्राथमिकता देना है। शिक्षा ज्ञान, कौशल, मूल्यों और दृष्टिकोण को बढ़ावा देते हुए अतीत की हिंसा का सामना करने के लिए एक मंच प्रदान करके नरसंहार को रोकने में यह शिक्षा बहुत महत्त्वपूर्ण भूमिका निभा सकती है। यह वर्तमान में समूह-लक्षित हिंसा को रोकने में भी मदद कर सकती है। इस शिक्षा के लक्ष्यों की प्राप्ति के लिए यूनेस्को शिक्षार्थियों को गंभीर विचारक, जिम्मेदार और सक्रिय वैश्विक नागरिक बनाने के प्रयासों में लगा हुआ है। जो सभी के लिए मानवीय गरिमा और सम्मान को महत्त्व देते हैं। यहूदी विरोधीवाद, नस्लवाद और पूर्वग्रह के अन्य रूपों को अस्वीकार करते हैं, क्योंकि ये हिंसा और नरसंहार को बढ़ावा देनेवाले घातक हथियार हैं।

स्वास्थ्य और कल्याण के लिए शिक्षा को यूनेस्को के लक्ष्य के रूप में उल्लिखित किया गया है। इसका उद्‍देश्य सभी बच्चों और युवाओं में बेहतर स्वास्थ्य और कल्याण के प्रचार के साथ एड्स को समाप्त करना है। एक अच्छी गुणवत्ता की शिक्षा स्वास्थ्य और कल्याण की नींव है, इसलिए लोगों को स्वस्थ और उत्पादक जीवन जीने के लिए, बीमारी को जानने और उसे रोकने के लिए ज्ञान की आवश्यकता होती है। यूनेस्को स्वास्थ्य और शिक्षा के बीच संबंधों को मजबूत करने के लिए प्रतिबद्ध है, ताकि नागरिक स्वस्थ और पूर्ण जीवन जी सकें। निर्णय ले सकें, और स्थानीय तथा वैश्विक चुनौतियों का सामना कर सकें।

वैश्विक नागरिकता शिक्षा (GCED) मानव अधिकारों के उल्लंघन, असमानता और गरीबी जैसी चुनौतियों के प्रतिक्रिया स्वरूप यूनेस्को ने इस शिक्षा-क्षेत्र को आकार दिया है। यह क्षेत्र सभी उम्र के शिक्षार्थियों को यह जानकारी देता है कि ये मुद्‍दे सिर्फ स्थानीय नहीं, बल्कि वैश्विक हैं। ये अधिक शांतिपूर्ण, सहिष्णु, समावेशी, सुरक्षित और टिकाऊ समाज के निर्माण का आधार हैं। सकल घरेलू उत्पाद यूनेस्को के शिक्षा क्षेत्र के कार्यक्रम का एक रणनीतिक क्षेत्र है, जो शांति और मानवाधिकार शिक्षा की दृष्टि से बनाया गया है। इसका उद्‍देश्य शिक्षार्थियों को उन मूल्यों, दृष्टिकोणों और व्यवहारों को समझाना है, जो वैश्विक नागरिकता का समर्थन करते हैं—रचनात्मकता, नवाचार और शांति, मानव अधिकारों और सतत विकास के लिए प्रतिबद्धता के प्रति सचेत करते हैं।

यूनेस्को के शिक्षा क्षेत्र के इन कुछ मुख्य शिक्षा विषयों के अलावा, नेटवर्क, पुरस्कार और चयनित परियोजनाएँ भी हैं, जिनके माध्यम से यूनेस्को दुनिया भर में शिक्षा और इसके महत्त्व को बढ़ावा देता है, इन्हें विकसित करता है।

शिक्षा क्षेत्र के अंतर्गत गतिविधियाँ

यूनेस्को की गतिविधि का सबसे बड़ा क्षेत्र शिक्षा है। यह निरंतरता लिए हुए सतत बदलने वाला क्षेत्र भी है। ये शैक्षिक गतिविधियाँ मूल रूप से यूरोप की शैक्षिक प्रणाली के पुनर्निर्माण के लिए बनाई गई थीं, जो युद्ध के बाद एक विनाशकारी स्थिति में पहुँच चुकी थीं। इनका संयोजन कुछ सामान्य शिक्षा परियोजनाओं को पूरा करने के लिए किया गया था, लेकिन वर्तमान में यूनेस्को ने साक्षरता अभियान, ग्रामीण विकास, विज्ञान शिक्षण, शैक्षिक योजना और प्रशासन तथा शिक्षक प्रशिक्षण जैसी गतिविधियों में, अर्थात् एक बड़े पैमाने पर इनका संचालन करने का बीड़ा भी उठा लिया है।

शैक्षिक प्रणालियों के नवीकरण पर विशेष ध्यान

यूनेस्को की प्रमुख शिक्षा गतिविधियों में बुनियादी शिक्षा, शैक्षिक प्रणालियों के नवीकरण और शैक्षिक उन्नति एवं नीति पर ध्यान केंद्रित किया गया है। 1990 में सभी के लिए शिक्षा पर विश्व सम्मेलन के बाद यूनेस्को ने सदस्य देशों की इस प्रकार की गतिविधियों में सहायता की, जिसमें बुनियादी शिक्षा की जरूरतों का निदान करना, राष्ट्रीय शिक्षा सभी के लिए (ई.एफ.ए.) के उद्देश्यों को निर्धारित करना और प्रभावी रणनीतियों को ई.एफ.ए. की ओर बढ़ना शामिल है। संयुक्त राष्ट्र के कोष फॉर पॉपुलेशन एक्टिविटीज (यू.एन.एफ.पी.ए.) के सहयोग से, यूनेस्को द्वारा अंतरराष्ट्रीय जनसंख्या

और विकास शिक्षा पर इस्तांबुल घोषणा और एक्शन फ्रेमवर्क फॉर द पॉपुलेशन एजुकेशन ऐंड डेवलपमेंट को यूनेस्को द्वारा आयोजित किया गया था।

अफगानिस्तान, अल्बानिया, अंगोला, बोस्निया और हर्जेगोविना, कंबोडिया, क्रोएशिया, इराक, लेबनान, मोजांबिक, स्लोवेनिया और सोमालिया जैसे देशों में शिक्षा के क्षेत्र में आपातकालीन सहायता कार्यक्रम और पुनर्निर्माण कार्य किए गए। फिलिस्तीनी शैक्षिक और सांस्कृतिक संस्थानों के पुनर्निर्माण के उद्देश्य से गतिविधियों की शुरुआत दिसंबर में स्पेन के ग्रेनाडा में हुई, जिन्हें 'शांति के बाद' पर अंतरराष्ट्रीय बैठक के बाद प्रारंभ किया गया था।

शरणार्थी शिक्षा के लिए मानवीय सहायता योजना (SHARE 1993-96) का कार्यक्रम विशेष रूप से शरणार्थी बच्चों की जरूरतों के लिए तैयार किया गया था। यह कार्यक्रम स्थानीय और राष्ट्रीय अधिकारियों के सहयोग से शरणार्थी शिक्षा की सुसंगत नीति विकसित करने के लिए आश्रय, भोजन और दवाएँ प्रदान करने के तत्काल अल्पकालिक लक्ष्य से आज बहुत आगे निकल गया है। कंबोडिया, सोमालिया और अफगानिस्तान में शुरुआती अनुभवों के बाद स्लोवेनिया और क्रोएशिया में इस तरह की साझा गतिविधियाँ भी आरंभ की गईं।

दवाओं, आबादी और पर्यावरण के क्षेत्र में अध्ययन तथा अध्यापन को भी यूनेस्को द्वारा बढ़ावा दिया जाता है। 1991 में, यूनेस्को चेयर कार्यक्रम को ट्विनिंग व्यवस्था के माध्यम से विश्वविद्यालयों के बीच सहयोग को मजबूत करने, ज्ञान के आदान-प्रदान को सुविधाजनक बनाने, शिक्षक प्रशिक्षण को बेहतर बनाने तथा अंतरा विविधता नेटवर्क के विकास को बढ़ावा देने के लिए शुरू किया गया था।

1953 में एसोसिएटेड स्कूल्स प्रोजेक्ट (ASP) को लॉन्च किया गया था। यह एक अंतरराष्ट्रीय नेटवर्क है, जो विश्व समुदाय के सदस्यों के रूप में अपनी भूमिका निभाने के लिए युवा लोगों को तैयार करने में शिक्षा की भूमिका को बढ़ावा देने तथा इसके लिए विकसित तरीकों और साधनों का समुचित उपयोग करने के लिए स्थापित किया गया था। 1999 तक इसमें 5600 से अधिक शिक्षण संस्थान शामिल हो चुके थे, जिन्होंने 162 देशों में शांति की संस्कृति के लिए शिक्षा को बढ़ाने के लिए पायलट परियोजनाओं का संचालन किया। ए.एस.पी. स्कूलों का ध्यान अध्ययन के चार मुख्य विषयों पर था—'विश्व की चिंताएँ और संयुक्त राष्ट्र प्रणाली की भूमिका; मानवाधिकार, लोकतंत्र और सहिष्णुता; इंटरकल्चरल लर्निंग; और पर्यावरण संबंधी चिंता।'

यूनेस्को का काम तीन अलग-अलग संस्थानों द्वारा समर्थित है, जो अनुसंधान और प्रशिक्षण कार्यक्रम आयोजित करते हैं। इन संस्थानों में से पहला अंतरराष्ट्रीय शिक्षा ब्यूरो (IBE) है, जो जिनेवा में स्थित है और तुलनात्मक शिक्षा पर अध्ययन और प्रकाशन

के लिए एक अंतरराष्ट्रीय केंद्र के रूप में कार्य करता है। पेरिस में स्थित इंटरनेशनल इंस्टीट्यूट फॉर एजुकेशनल प्लानिंग (आई.आई.ई.पी.) शिक्षा नियोजकों और प्रशासकों के लिए एक वर्षीय (नौ महीने का) प्रशिक्षण कार्यक्रम आयोजित करता है और शिक्षा के नियोजन, वित्तपोषण और प्रबंधन में प्रशिक्षण पाठ्यक्रम प्रदान करता है। इनमें से अंतिम संस्थान है इंस्टीट्यूट फॉर एजुकेशन (UIE), जो हैम्बर्ग में स्थित है और जो आजीवन सीखने की संकल्पना को वयस्क और गैर-औपचारिक शिक्षा पर कार्य करता है।

यूनेस्को—मानव सुरक्षा और कल्याण के हित में विज्ञान को बढ़ावा

प्राकृतिक विज्ञान

यूनेस्को अपने सदस्य देशों में शांति, सतत विकास, मानव सुरक्षा और कल्याण के हित में विज्ञान को बढ़ावा देने और विकसित करने के लिए कई तरह से सहयोगियों के साथ मिलकर काम करता है। यह संयुक्त राष्ट्र संगठन के तहत एकमात्र ऐसी विशिष्ट एजेंसी है, जिसके पास विज्ञान के लिए विशिष्ट जनादेश है, जो कि यूनेस्को के संक्षिप्त नाम में 'S' द्वारा दिया गया है। 1945 में अपनी स्थापना के बाद से यूनेस्को ने कई अग्रणी वैज्ञानिक यूनियनों और निकायों की स्थापना के लिए एक माध्यम के रूप में काम किया है, जैसे कि यूरोपियन ऑर्गेनाइजेशन फॉर न्यूक्लियर रिसर्च, जिसे 'सर्न' भी कहा जाता है। संगठन ने स्थायी मानव सुरक्षा और कल्याण के लिए दूरगामी निहितार्थों के साथ पहल के लिए एक उत्प्रेरक के रूप में भी काम किया है, जैसे कि यूनेस्को के पहले दशक में शुरू किए गए कार्यक्रम, मैन एंड बायोस्फियर प्रोग्राम, इंटरनेशनल हाइड्रोलॉजिकल प्रोग्राम और इंटर गवर्नमेंटल ओशनो ग्राफिक आयोग आदि।

अंतरराष्ट्रीय सहयोग को उत्प्रेरित कर–नीति निर्माताओं के बीच संवाद को बढ़ावा

काम

यूनेस्को विज्ञान में अंतरराष्ट्रीय सहयोग को उत्प्रेरित करता है और वैज्ञानिकों तथा नीति निर्माताओं के बीच संवाद को बढ़ावा देता है। संगठन विज्ञान को क्षमतावान भी बनाता है और उसकी वकालत भी करता है। वैज्ञानिक विचारों को साझा करने और विज्ञान–मानक स्थापित करने के लिए यह एक मंच के रूप में कार्य करता है। इनके साथ यह पूरी दुनिया में विज्ञान के कार्यक्रमों और परियोजनाओं को भी लागू करता है। संगठन मीठे पानी, समुद्री, पारिस्थितिक, पृथ्वी और बुनियादी विज्ञान में प्रमुख अंतरराष्ट्रीय कार्यक्रमों की मेजबानी करता है। विज्ञान में यूनेस्को के काम का प्रमुख हिस्सा राष्ट्रीय और क्षेत्रीय स्तर पर विज्ञान नीति का निर्धारण है। प्राकृतिक विज्ञान के क्षेत्र में संगठन का जोर की शीर्ष वैश्विक प्राथमिकताओं पर है, जो विकासशील देशों, विशेष रूप से अफ्रीका और विज्ञान में लिंग समानता के लिए है। प्राकृतिक आपदा में कमी, जैव विविधता, इंजीनियरिंग, विज्ञान शिक्षा, जलवायु परिवर्तन और छोटे द्वीपों का विकासशील राज्यों में सतत विकास भी उसकी कार्यसूची के अभिन्न हिस्सा हैं।

एक बहु–क्षेत्रीय प्रतिक्रिया के माध्यम से जलवायु मुद्दों और युवा बेरोजगारी जैसी वैश्विक चुनौतियों का सामना करने की आवश्यकता के साथ यूनेस्को इस संबंध में शिक्षा, संस्कृति, सामाजिक और मानव विज्ञान और संचार में अपने बहु–विषयक जनादेश के संदर्भ में वैज्ञानिक ज्ञान जुटाता है। प्राकृतिक विज्ञान क्षेत्र सहायक महानिदेशक के नेतृत्व

में है और इस दिशा में लगभग 120 लोगों के साथ काम किया जाता है, जो पेरिस और दुनिया भर के अन्य क्षेत्र कार्यालयों में यूनेस्को के मुख्यालय के माध्यम से कार्यक्रमों को लागू करते हैं। क्षेत्रीय जनादेश के साथ विशेष रूप से विज्ञान पर ध्यान केंद्रित करनेवाले कुछ फील्ड कार्यालय नैरोबी (अफ्रीका); जकार्ता (एशिया-प्रशांत), वेनिस (यूरोप और उत्तरी अमेरिका); काहिरा (अरब राज्य); और मेंटेविडियो (लैटिन अमेरिका और कैरेबियन) में हैं।

विज्ञान में यूनेस्को का काम अंतरराष्ट्रीय विज्ञान कार्यक्रमों, जैसे कि इंटर गवर्नमेंटल हाइड्रोलॉजिकल प्रोग्राम (IHP); मैन एंड द बायोस्फियर प्रोग्राम (MAB); इंटरनेशनल जियोसाइंस एंड जियोपार्क्स प्रोग्राम (IGGP) और इंटरनेशनल बेसिक साइंसेज प्रोग्राम (IBSP) पर केंद्रित है। इन कार्यक्रमों के साथ ही इंटर गवर्नमेंटल ओशनो ग्राफिक कमीशन (IOC-UNESCO), यूनेस्को के भीतर कार्यात्मक स्वायत्तता वाला एक निकाय महासागर विज्ञान पर एक विशिष्ट जनादेश देता है।

प्राकृतिक विज्ञान का क्षेत्र भी अपने कार्यक्रमों को यूनेस्को-आई.एच.ई. इंस्टीट्यूट फॉर वाटर एजुकेशन, डेल्फ, नीदरलैंड, अब्दुस सलाम इंटरनेशनल सेंटर फॉर थियोरेटिकल फिजिक्स (आई.सी.टी.पी.), ट्रिएस्ट, इटली, मॉण्ट्रियल में यूनेस्को इंस्टीट्यूट फॉर स्टेटिस्टिक्स के माध्यम से लागू करता है; कनाडा पानी, अक्षय ऊर्जा, विज्ञान नीति, जैव प्रौद्योगिकी, भू-विज्ञान, बुनियादी विज्ञान और रिमोट सेंसिंग के क्षेत्रों में

लगभग 50 संबद्ध केंद्रों का एक नेटवर्क तैयार कर चुका है। इसके अलावा UNESCO/ UNITWIN विश्वविद्यालय की 250 से अधिक 'चेयर्स' विज्ञान से संबंधित हैं।

प्राकृतिक विज्ञान क्षेत्र के अंतर्गत प्रमुख विषय-वस्तु

सतत भविष्य के लिए विज्ञान

वैज्ञानिक ज्ञान और समझ तीव्र आर्थिक, सामाजिक और पर्यावरणीय चुनौतियों की पहचान करने और सतत विकास और हरियाली प्राप्त करने के लिए समाधान खोजने में मानव समाज की मदद करता है। अंतरराष्ट्रीय वैज्ञानिक सहयोग न केवल वैज्ञानिक ज्ञान के विस्तार में, बल्कि शांति के निर्माण में भी अपना योगदान देता है, क्योंकि कोई भी देश अकेले सतत विकास प्राप्त नहीं कर सकता है। यूनेस्को देशों के संगठन के कार्यों के माध्यम से विज्ञान, प्रौद्योगिकी और नवाचार (एस.टी.आई.) में निवेश करने में मदद की जाती है। राष्ट्रीय विज्ञान नीतियों को विकसित करने में, उनकी विज्ञान प्रणालियों में सुधार करने और एस.टी.आई. संकेतकों तथा आँकड़ों के माध्यम से प्रदर्शन की निगरानी और मूल्यांकन करने के लिए क्षमता निर्माण में भी इसकी विशेष भूमिका है। देश-निर्दिष्ट संदर्भों की व्यापक श्रेणी को ध्यान में रखते हुए ये सारे क्रिया-कलाप किए जाते हैं।

अकेले विज्ञान के क्षेत्र में नीतियाँ पर्याप्त नहीं हैं, विज्ञान और इंजीनियरिंग में शिक्षा के सभी स्तर; और सभी देशों द्वारा अपनी विशिष्ट समस्याओं के लिए अपने स्वयं के समाधान विकसित करने तथा अंतरराष्ट्रीय वैज्ञानिक और तकनीकी क्षेत्र में अपनी भूमिका निभाने के लिए अनुसंधान क्षमता की आवश्यकता होती है। एक समाज जो विज्ञान से जुड़ा हुआ है, जिसे विज्ञान की एक सार्वजनिक समझ है और नागरिक वैज्ञानिक गतिविधियों में भाग ले रहे हैं, विज्ञान एक ऐसा क्षेत्र है, जहाँ लोगों को पेशेवर, व्यक्तिगत और राजनीतिक विकल्प बनाने का आवश्यक ज्ञान है तथा खोज की उत्तेजक दुनिया में भाग लेने को उत्सुक है। स्वदेशी ज्ञान प्रणाली, जो आधुनिक विज्ञान पर आधारित प्रकृति के पूरक ज्ञान प्रणालियों के साथ लंबी और करीबी संपर्क से विकसित हुई है, इस संदर्भ में भी विचार करना संगठन की प्राथमिकी का क्षेत्र है।

विज्ञान और प्रौद्योगिकी न केवल समाजों और नागरिकों को सशक्त बनाती है, बल्कि इसमें नैतिक विकल्प भी शामिल हैं। संगठन अपने सदस्य राज्यों से विज्ञान और प्रौद्योगिकी के उपयोग के बारे में प्राप्त निर्णयों को अपनाने के लिए काम करता है—विशेष रूप से बायोएथिक्स के क्षेत्र में।

जल सुरक्षा

पानी जीवन के लिए एक मौलिक प्राकृतिक तत्त्व है। विशेष रूप से मानव जाति के लिए मीठे पानी का स्रोत सबसे महत्त्वपूर्ण संसाधन है। दुनिया भर के समुदायों के लिए जल सुरक्षा सुनिश्चित करना शांति व सतत विकास के लिए आवश्यक है। जलचक्र की जल सुरक्षा वैज्ञानिक समझ सुनिश्चित करने के लिए शहरी जल की सतह और भूजल का वितरण और विशेषताएँ आवश्यक हैं। स्वस्थ पर्यावरण के लिए मीठे पानी के बुद्धिमत्तापूर्ण प्रबंधन में विश्व का योगदान अपरिहार्य है। कमजोर जल प्रणालियों की रक्षा करने की आवश्यकता आज की दुनिया में बढ़ रही है। बाढ़ और सूखे जैसे पानी से संबंधित खतरों के प्रभावों को कम करना, जल कार्यों और सेवाओं तक पहुँच और एक एकीकृत और न्यायसंगत तरीके से जल संसाधनों का प्रबंधन करना दुनिया के देशों की कार्यसूची में प्रमुखता के साथ शामिल कर लिये गए हैं। इस क्रम में मदद करनेवाले देश अपने जल-संसाधनों का प्रबंधन करते हैं। इंटर गवर्नमेंटल हाइड्रो लॉजिकल प्रोग्राम (IHP), UN-वाइड वर्ल्ड वाटर डेवलपमेंट रिपोर्ट की तरह UNESCO पानी पर केंद्रित विश्वव्यापी समस्याओं पर स्थायी रूप से दुनिया भर में वैज्ञानिक ज्ञान का आधार बनाने के लिए काम करता है।

भूविज्ञान, पारिस्थितिकी तंत्र और जैव विविधता

प्रकृति बुनियादी जरूरतों को पूरा करने के लिए मानव जाति को अनेक संसाधन के साथ प्रदान करती है। प्रकृति हर प्रकार के पारिस्थितिक तंत्र और जैव विविधता की सामग्री और सेवाएँ प्रदान करती हैं, जो प्राणी जगत् के लिए बुनियादी, लेकिन महत्त्वपूर्ण हैं। ये गरीबी को कम करने और आर्थिक विकास में मदद करते हैं और अपने स्थायी प्रबंधन के साथ वे वर्तमान समय की चुनौतियों के लिए सुगम मार्ग दिखाते हैं। वर्तमान वैश्विक परिवर्तन और पर्यावरण के संरक्षण और स्थिरता को विकसित करने के महत्त्व के लिए पृथ्वी विज्ञान की आवश्यकता को समझते हुए प्रकृति विज्ञान क्षेत्र के तहत यूनेस्को के पास इन पहलुओं पर काम करनेवाले कई कार्यक्रम हैं।

1972 में बनाया गया इंटरनेशनल जियो साइंस प्रोग्राम (IGCP) विकासशील देशों की परियोजनाओं और भू-अर्थशास्त्रियों पर विशेष जोर देने के साथ भूवैज्ञानिक विज्ञान में अंतरराष्ट्रीय स्तर पर सहयोग को बढ़ावा देता है। यह प्राकृतिक आपदा शमन, चिकित्सा भूविज्ञान और खनिज और भूजल संसाधन निष्कर्षण सहित सतत विकास के लिए एक स्पष्ट सामाजिक अभिविन्यास के साथ ठोस परियोजनाओं को बढ़ावा देता है। अपनी स्थापना वर्ष के बाद से लगभग 150 देशों में पृथ्वी के भूविज्ञान पर 340 से अधिक अंतरराष्ट्रीय सहयोग परियोजनाओं ने भूवैज्ञानिक संसाधनों और प्रक्रियाओं

पर ज्ञान का निर्माण करने और भूवैज्ञानिकों के नेटवर्क बनाने में अपना योगदान दिया है। यूनेस्को ग्लोबल जियो पार्क्स, जो कि 35 देशों में 120 से अधिक संख्या में हैं, अंतरराष्ट्रीय भूवैज्ञानिक मूल्य की साइटों को बढ़ावा देता है और यह मानता है कि ये स्थानीय विकास का टिकाऊ आधार हैं।

मैन एंड बायोस्फियर (एम.ए.बी.) कार्यक्रम 40 वर्षों से अधिक समय से मानव गतिविधियों और जीवमंडल के बाकी हिस्सों तथा मानव और प्रकृति के बीच के अटूट संबंधों पर आधारित है। ऐसा इसलिए है, क्योंकि पृथ्वी की बेहतर समझ जीवन की विविधता को संरक्षित करने और भविष्य में मानव समाज को बनाए रखने में मदद करेगी। विश्व नेटवर्क ऑफ बायो स्फीयर रिजर्व्स (WNBR) के माध्यम से लगभग 120 देशों में 600 से अधिक बायोस्फीयर रिजर्व साइट इसके उदाहरण हैं कि मनुष्य कैसे स्थायी रूप से प्रकृति के साथ रहता है, इस बात को उजागर और प्रचारित किया जाता है। विज्ञान, शिक्षा और भागीदारी दृष्टिकोण के माध्यम से प्राकृतिक पारिस्थितिक तंत्र और जैव-विविधता की सुरक्षा के तरीके इन भंडारों द्वारा प्रदर्शित किए जाते हैं, एक ही समय में अभिनव आर्थिक विकास को बढ़ावा देते हैं तथा जो पर्यावरणीय रूप से टिकाऊ और सामाजिक तथा सांस्कृतिक रूप से लाभकारी हैं। विशिष्ट पारिस्थितिक तंत्र जैवमंडल में आरक्षित है। इसके अंतर्गत एम.ए.बी. में पहाड़, शुष्क भूमि, ऊष्णकटिबंधीय वन, शहरी प्रणाली, आर्द्रभूमि, समुद्री द्वीप और तटीय प्रणाली शामिल हैं। वर्तमान में जलवायु परिवर्तन के साथ-साथ जैव विविधता की हानि महान् वैश्विक चुनौतियों में से एक है, जिसके खिलाफ यूनेस्को ने अपने सभी क्षेत्रों—शिक्षा, प्राकृतिक, सामाजिक और मानव विज्ञान, संस्कृति और संचार के माध्यम से जैव विविधता पर प्रतिक्रिया देने का एक तरीका खोजा है। संगठन जैव विविधता और पारिस्थितिकी तंत्र सेवाओं (IPBES) पर हाल ही में स्थापित अंतर सरकारी पैनल में योगदान देता है, जिसका उद्देश्य नीतिगत निर्णयों और जैव विविधता पर सम्मेलनों को सूचित करने के लिए सटीक, निष्पक्ष और अप-टू-डेट विज्ञान प्रदान करना है, जैसे कि जलवायु परिवर्तन सम्मेलन इंटर गवर्नमेंटल द्वारा प्रदान किए जाते हैं। जलवायु परिवर्तन पर पैनल (आई.पी.सी.सी.) भी अद्यतन वैज्ञानिक जानकारी देनेवाला उपक्रम है।

विज्ञान, प्रौद्योगिकी और नवाचार में निवेश करना

आर्थिक विकास और सामाजिक प्रगति विज्ञान, प्रौद्योगिकी और नवाचार (एस. टी.आई.) निवेश को आवश्यक बनाती है। सभी अनुसंधान और विकास (आर एंड डी) सतत विकास को अपनाने में मदद कर सकते हैं, लेकिन प्रभावी बुनियादी ढाँचे के विकास, प्रौद्योगिकी हस्तांतरण और सार्वजनिक और निजी दोनों प्रकार के आर ऐंड

डी को प्रभावी नीतियों के माध्यम से पोषण और विनियमित करने की आवश्यकता है। देशों को उनकी राष्ट्रीय एस.टी.आई. नीतियों को विकसित करने या संशोधित करने के लिए यूनेस्को द्वारा दिशानिर्देश दिए गए हैं, जिसमें अफ्रीका पर विशेष जोर दिया गया है। यूनेस्को इंस्टीट्यूट फॉर स्टेटिस्टिक्स के माध्यम से, संगठन भी विकासशील देशों के साथ श्रम और वित्तीय संसाधन दोनों के संदर्भ में एस.टी.आई. में निवेश के अपने स्तर को मापने का इच्छुक है। यूनेस्को की विज्ञान रिपोर्ट के माध्यम से संगठन भी दुनिया भर में एस.टी.आई. के लिए समर्थन प्रणाली की स्थिति पर नजर रखता है और हर पाँच साल में इस क्षेत्र में उभरती प्रवृत्तियों का विश्लेषण करता है।

यूनेस्को वर्ल्ड हेरिटेज यूनिवर्सिटी पुर्तगाल

यूनेस्को के ग्लोबल ऑब्जर्वेटरी ऑफ साइंस, टेक्नोलॉजी ऐंड इनोवेशन पॉलिसी इंस्ट्रूमेंट्स (जीओ→एस.पी.आई.एन.) द्वारा एक अंतरराष्ट्रीय, ओपन एक्सेस डेटाबेस की स्थापना के लिए देश प्रोफाइल की एक श्रृंखला प्रकाशित की जानी है, जो इन देशों को उनके नवाचारों की निगरानी और मूल्यांकन करने के लिए दिशा-निर्देश देगा कि वे पारिस्थितिक तंत्र 'और सर्वोत्तम प्रथाओं' की तुलना करें। वैज्ञानिक प्रशासन संरचनाओं और तंत्रों के विकास को सुनिश्चित करे, ताकि यह सुनिश्चित हो सके कि वैज्ञानिक प्रगति को सरकारी निर्णय के सभी स्तरों पर ध्यान में रखा गया है। वैज्ञानिक सलाहकार, विज्ञान और प्रौद्योगिकी नीति के कार्यालय तथा संसदीय वैज्ञानिक समितियाँ इन तंत्रों में शामिल हैं। विश्व विज्ञान मंच का आयोजन यूनेस्को और उसके साझेदारों द्वारा किया जाता है, जो हर दो साल में संपन्न किया जाता है। यूनेस्को अपने लंबे समय के

विश्वविद्यालय उद्योग साझेदारी कार्यक्रम के भीतर विश्वविद्यालयों और उद्योग के बीच घनिष्ठ संबंध को बढ़ावा देता है, क्योंकि नवाचार, वैज्ञानिक ज्ञान और तकनीकी ज्ञान का उपयोगी उत्पादों, सेवाओं और रोजगार में अनुवाद करने के लिए विश्वविद्यालियों की भूमिका अत्यंत कारगर सिद्ध होती है।

विज्ञान और इंजीनियरिंग में बिल्डिंग क्षमता

किसी भी मानव-संदर्भित कार्यक्रम के लिए अकेले विज्ञान की नीतियाँ पर्याप्त नहीं हैं। सभी स्तरों पर विज्ञान और इंजीनियरिंग में शिक्षा का प्रावधान देशों को अपनी समस्याओं के संदर्भ में समस्याओं के वैज्ञानिक समाधान खोजने और विकसित करने चाहिए। अंतरराष्ट्रीय वैज्ञानिक और तकनीकी क्षेत्र में उन्हें अपनी सक्रिय भूमिका निभाने के लिए अनुसंधान क्षमता विकसित करने की भी आवश्यकता है। स्वास्थ्य, कृषि, संचार, ऊर्जा और औद्योगिक और बुनियादी ढाँचे के विकास जैसे क्षेत्रों में सतत विकास देशो की चुनौतियों का समाधान प्रदान करने अत्यंत सहायक सिद्ध हो सकते हैं। इसके लिए उन्हें न केवल अच्छी राष्ट्रीय विज्ञान नीतियों और सरकारी प्रणालियों में निवेश करना होगा, बल्कि वैज्ञानिक अनुसंधान को पूरा करने की क्षमता भी विकसित करनी होगी; जिसका अर्थ है—सभी स्तरों पर उत्कृष्ट विज्ञान शिक्षा तथा इंजीनियरिंग और गुणवत्ता विश्वविद्यालयों और अनुसंधान केंद्रों में प्रभावी शिक्षा और अनुसंधान आज की कई सतत विकास चुनौतियों के लिए उपयुक्त समाधान विकसित करने और चुनने में सक्षम होने के बावजूद, यह महत्त्वपूर्ण नहीं है कि यह स्थानीय और राष्ट्रीय अनुसंधान से उत्पन्न होता है या प्रौद्योगिकी हस्तांतरण के माध्यम से इसे आयात किया जा सकता है। इस स्थिति को विशेष रूप से अफ्रीका में देखा जा सकता है, जहाँ इंजीनियरों की बेहद कमी है,

पांडिचेरी यूनिवर्सिटी से सहयोग

विकासशील देशों को उपयोगी, उत्पादों और सेवाओं का विस्तार करने के लिए विज्ञान और प्रौद्योगिकी का उपयोग करके इंजीनियरिंग में समान क्षमता के माध्यम से उचित समाधान खोजने की ओर प्रवृत्त होना अत्यावश्यक है।

समाज के लिए विज्ञान

विज्ञान समाज के लिए बहुत आवश्यक है, क्योंकि यह न केवल लंबा और स्वस्थ जीवन सुनिश्चित करता है, बल्कि हमारे स्वास्थ्य पर भी नजर रखता है, बीमारियों को ठीक करने के लिए दवा प्रदान करता है, दर्द से राहत देता है और मनुष्य को ऊर्जा प्रदान करता है। जीवन को आसान और मजेदार बनाने में विज्ञान तथा प्रौद्योगिकी का भी योगदान है। यह रोजमर्रा की समस्याओं के लिए समाधान उत्पन्न करता है और ब्रह्मांड के महान् रहस्यों के उत्तर पाता और देता है। विज्ञान ज्ञान का सबसे महत्त्वपूर्ण चैनल है, जिसमें नए ज्ञान का सृजन, शिक्षा में सुधार और जीवन की गुणवत्ता में वृद्धि करके समाज के लाभ के लिए कई प्रकार के कार्य किए जा सकते हैं।

विज्ञान सामाजिक आवश्यकताओं और वैश्विक चुनौतियों का भी जवाब मानव-समाज को देता है। यही कारण है कि सरकारों को स्वास्थ्य और कृषि जैसे क्षेत्रों में गुणवत्तापूर्ण वैज्ञानिक जानकारी के आधार पर निर्णय लेने की आवश्यकता होती है और संसदों को उन सामाजिक मुद्दों पर कानून बनाने की आवश्यकता होती है, जो नवीनतम वैज्ञानिक ज्ञान की आवश्यकता की पूर्ति करते हैं, सार्वजनिक समझ और विज्ञान के साथ जुड़ाव, नागरिक भागीदारी के माध्यम से विज्ञान को लोकप्रिय बनाना, नागरिकों को व्यक्तिगत और पेशेवर विकल्पों की सूचना देना अति आवश्यक है। राष्ट्रीय सरकार को प्रमुख वैश्विक चुनौतियों, जैसे कि जलवायु परिवर्तन, महासागर स्वास्थ्य, जैव विविधता की हानि और मीठे पानी की सुरक्षा के बारे में शोध के माध्यम से ज्ञान प्राप्त करना चाहिए। यह महत्त्वपूर्ण है कि सरकार और नागरिक दोनों विज्ञान की भाषा को समझते हैं और सतत विकास की चुनौतियों का सामना करने के लिए वैज्ञानिक रूप से साक्षर हैं।

प्राकृतिक विज्ञान के लिए सतत विकास लक्ष्य

सतत विकास के लिए विज्ञान, प्रौद्योगिकी और नवाचार (एस.टी.आई.) के योगदान की मान्यता में एक महत्त्वपूर्ण कदम नए 2030 एजेंडा सतत विकास का प्रतिनिधित्व करता है। संयुक्त राष्ट्र टास्क टीम, जिसे यूनेस्को ने उत्तर-दक्षिण, दक्षिण-दक्षिण और त्रिकोणीय क्षेत्रीय और अंतरराष्ट्रीय सहयोग बढ़ाने और विज्ञान, प्रौद्योगिकी और नवाचार तक पहुँच बढ़ाने के लिए सतत विकास लक्ष्यों का समर्थन करने के लिए वैश्विक प्रौद्योगिकी सुविधा तंत्र का नेतृत्व करने अंग बनाया है। पारस्परिक रूप से

सहमत शर्तों पर ज्ञान साझा करने की प्रक्रिया में वैश्विक स्तर पर आशातीत वृद्धि हुई है।

अपने 70 वर्षों के इतिहास में यूनेस्को सहयोग का एक सच्चा सूत्रधार बनकर उभरा है। विकासशील देशों में वैज्ञानिक विशेषज्ञता को आगे बढ़ाने और विज्ञान प्रौद्योगिकी में पिछड़ रहे देशों तथा में युवा वैज्ञानिकों की जरूरतों को को संबोधित करने के वैश्विक प्रयासों के पीछे यूनेस्को एक प्रेरक शक्ति रहा है। इसने अपने प्राकृतिक विज्ञान कार्यक्रमों के माध्यम से सतत विकास लक्ष्यों के समग्र कार्यान्वयन में योगदान दिया है, विकासशील देशों को उनकी वैज्ञानिक और तकनीकी क्षमता को मजबूत करने में सहायता प्रदान की है। स्थानीय और स्वदेशी ज्ञान प्रणालियों सहित सर्वोत्तम उपलब्ध ज्ञान के आधार पर विश्व को जागरूक किया है। सदस्य राज्यों प्रभावी नीतियों को डिजाइन करने के लिए में इसकी भूमिका सराहनीय रही है। यूनेस्को की विज्ञान रिपोर्ट (एसडीजी 9), ग्लोबल ओशन साइंस रिपोर्ट (एसडीजी 14) और संयुक्त राष्ट्र विश्व जल विकास रिपोर्ट (एसडीजी 6) के माध्यम से विशिष्ट सतत विकास लक्ष्यों की ओर यूनेस्को ने ठोस कदम बढ़ाया है। लचीले समुदायों की वैश्विक संस्कृति के निर्माण में भी यूनेस्को ने महत्त्वपूर्ण भूमिका निभाई है। शिक्षा, प्राकृतिक और सामाजिक विज्ञान, संस्कृति और संचार में अपने बहु-विषयक जनादेश के माध्यम से महत्त्वपूर्ण भूमिका निभा रहा है। जलवायु परिवर्तन को समग्र रूप से संबोधित करने की दिशा में इसने अद्वितीय कार्य किए है।

प्राकृतिक विज्ञान क्षेत्र के अंतर्गत गतिविधियाँ

संयुक्त राष्ट्र प्रणाली के तहत यूनेस्को एकमात्र ऐसा संगठन है, जिसके पास बुनियादी विज्ञान के लिए एक जनादेश है। यह जनादेश यूनेस्को की बहुपक्षीय, अंतरराष्ट्रीय और क्षेत्रीय सहयोग से विकासशील देशों के विशेषज्ञों के प्रशिक्षण के लिए (गणित, भौतिकी, रसायन विज्ञान और जीव विज्ञान, जैसे चार मुख्य क्षेत्रों में) बुनियादी अनुसंधान को प्रेरित करना उसकी प्रतिबद्धता का स्वतः प्रमाण है। राष्ट्रीय क्षमता को मजबूत करने के लिए यूनेस्को ने कई कार्यक्रमों और परियोजनाओं को लागू किया है। इन कार्यक्रमों और परियोजनाओं का यह लक्ष्य है कि वैज्ञानिक जानकारी, मानव संसाधन विकास और सतत विकास की दिशा में आगे बढ़ते उनके वास्तविक या संभावित प्रभाव तक विश्व समुदाय की पहुँच हो सके।

इनको क्रमबद्ध और सूचीबद्ध किया गया है—सैकड़ों ऐतिहासिक इमारतों, साइटों, महत्त्वपूर्ण पुरातात्त्विक स्थलों, स्मारकों तथा मूर्तियों या चित्र-कृतियों को भी सांस्कृतिक धरोहर की सूची में शामिल किया गया है। अप्राकृतिक विरासत स्थलों में केवल एक ऐसा क्षेत्र शामिल है, जो पृथ्वी के जीवन के रिकॉर्ड को प्रस्तुत करता है या इसकी

भू-गर्भीय प्रक्रियाओं का, उत्कृष्ट उदाहरण प्रस्तुत करता है। पारिस्थितिकी और जैविक विकासवादी प्रक्रियाओं में दुर्लभ या अद्वितीय प्राकृतिक घटनाएँ भी शामिल हैं अथवा दुर्लभ या लुप्तप्राय जानवरों या पौधों के लिए अतीत में विकसित आवास या असाधारण जैव विविधता वाले स्थल हैं। मिश्रित विरासत स्थलों में वे स्थल भी सम्मिलित हैं, जिनमें प्राकृतिक और सांस्कृतिक दोनों के तत्त्व शामिल हैं। इन 1121 साइटों में से 53 खतरे में हैं, इसलिए इन्हें विश्व विरासत की 'खतरे' वाली सूची में भी शामिल किया गया है। विश्व धरोहर केंद्र ने उन स्थितियों की ओर भी अंतरराष्ट्रीय समुदाय का ध्यान आकर्षित किया है कि वे कौन से कारण हैं, जो इन संपत्तियों को खतरे में डालते हैं। विश्व धरोहर केंद्र द्वारा निर्मित विश्व धरोहर सूची के एक अंग के रूप में अंकित संकटापन्न विश्व विरासत की यह सूची इन संपत्तियों के लिए और सुधारात्मक काररवाई को प्रोत्साहित करने और उनकी देखभाल करने का दायित्व भी उठाती है। सशस्त्र संघर्ष, युद्ध, भूकंप और अन्य प्राकृतिक आपदाएँ, प्रदूषण, अवैध शिकार, अनियंत्रित शहरीकरण और अनियंत्रित पर्यटक विकास विश्व धरोहर स्थलों पर संकट के प्रमुख कारक हैं। विश्व धरोहर केंद्र यह मानता है कि खतरों का पता लगाया जा सकता है और संपत्तियों की इनसे रक्षा भी की जा सकती है। ऐसा करना इसलिए भी अनिवार्य है कि यदि एक भी संपत्ति को खतरों का सामना करना पड़ता है, जो उसके विश्व विरासत मूल्यों पर नकारात्मक प्रभाव पड़ता है। विरासतें साझा होती है, अतः धरोहरों का संरक्षण और उनका बचाव करना पूरे विश्व-समुदाय की जिम्मेदारी है।

अफगानिस्तान

अफगानिस्तान में दो सांस्कृतिक स्थल हैं, जो विश्व धरोहर सूची में शामिल हैं—बामियान घाटी (2003) का सांस्कृतिक परिदृश्य और पुरातात्त्विक अवशेष तथा जाम (2002) की मीनार और पुरातात्त्विक अवशेष। (the Cultural Landscape and Archaeological Remains of the Bamiyan Valley (2003) and the Minaret and Archaeological Remains of Jam (2002))। बामियान घाटी में सांस्कृतिक परिदृश्य और पुरातात्त्विक अवशेष 1 से 13वीं शताब्दी तक हुए कलात्मक और धार्मिक विकास का प्रतिनिधित्व करते हैं। प्राचीन बख्तरिया की यह विशेषता है कि वह विभिन्न सांस्कृतिक प्रभावों को बौद्ध कला के गांधार स्कूल के साथ एकीकृत करता है। यहाँ सामान्य बौद्ध मठ और अभयारण्य मौजूद हैं, साथ ही इसलामी काल में की गई किलेबंदी का भी अस्तित्व है। मीनार और आर्कियोलॉजिकल रिमेंस ऑफ जैम की साइट में 65 मीटर लंबा जाम शामिल है, जो 12वीं शताब्दी की एक सुंदर संरचना है। मीनार के शीर्ष पर नीले टाइल के शिलालेख को विस्तृत ईंटवर्क में कवर किया गया है। यह

अपनी वास्तुकला और सजावट की गुणवत्ता की दृष्टि से आकर्षक तो है ही, इस क्षेत्र के वास्तुशिल्प और कलात्मक परंपरा की उत्कृष्ट परिणति को भी दरशाता है। ये दोनों स्थल डेंजरवाली विश्व धरोहरों की सूची का भी हिस्सा हैं।

अल्बानिया

अल्बानिया की विश्व धरोहर सूची में चार स्थान सम्मिलित हैं, जिनमें से दो सांस्कृतिक हैं, एक प्राकृतिक है और एक मिश्रित है। दो सांस्कृतिक स्थलों में से एक ब्यूट्रिंट (Butrint) है, जो प्रागैतिहासिक काल से बसा हुआ है और जो ग्रीक कॉलोनी, एक रोमन शहर और बिशप का स्थान रहा है। मध्य युग के अंत में ब्यूट्रिंट के प्राकृतिक वातावरण के संरक्षण के लिए शहर का परित्याग कर दिया गया था। इस साइट में आधुनिक अल्बानिया क्षेत्र पर प्राचीन मध्यकालीन सभ्यताओं के मूल्यवान सबूत प्राप्त होते हैं। अन्य सांस्कृतिक स्थल बेरात और गाजरोकास्त्र (Berat and Gjirokastra)के ऐतिहासिक केंद्र हैं। ओटोमन काल के स्थापत्य के ये दुर्लभ उदाहरण हैं। कार्पेथियन और यूरोप के अन्य क्षेत्रों के प्राचीन जंगलों की प्राकृतिक साइट 12 से अधिक देशों में फैली एक पारमार्थिक संपत्ति है। मिश्रित साइट ओहरिड क्षेत्र की प्राकृतिक और सांस्कृतिक विरासत है, जहाँ ओहरिड झील एक शानदार प्राकृतिक धरोहर है, जो अपने मीठे पानी के चलते अपने आस-पास वनस्पतियों की अनेक स्थानिक प्रजातियों तथा जल-जीव की विशाल शरण-स्थली बनी हुई है। ओहरिड शहर यूरोप की सबसे पुरानी मानव बस्तियों में से एक है।

अल्जीरिया

विश्व धरोहर सूची में अल्जीरिया के सात स्थल चिह्नित किए गए हैं। इनमें से एक मिश्रित स्थल है, जबकि अन्य सांस्कृतिक हैं। सांस्कृतिक स्थलों में बेनी हम्माद की अलकाल्हा शामिल हैं। हम्मिद सभ्यता का यह एकमात्र असाधारण गवाह है। अब यह सभ्यता लुप्त हो गई है। जेमिला दुनिया के सबसे खूबसूरत रोमन खँडहरों में से एक है। यह भी उस सभ्यता गवाह है, जो लुप्त हो चुकी है। M'Zab एक घाटी है, जहाँ पारंपरिक मानव आवास, 10वीं शताब्दी में इबादतियों द्वारा उनके पाँचों कौर (गढ़वाले शहरों) के आसपास बनाए गए। ये आज भी बरकरार हैं। अन्य तीन सांस्कृतिक स्थलों में शामिल हैं टिमगढ़, जिसे ईस्वी 100 में सम्राट् ट्रोजन द्वारा एक सैन्य कॉलोनी के रूप में पूर्व निहिलो में बसाया गया था। टिपासा, पुनिक और रोमन सभ्यताओं के असाधारण मेल की यह गवाही देता है। अल्जीरिया का कसाब पारंपरिक मानव बस्ती का एक उत्कृष्ट उदाहरण है। यह भू-मध्य सागरीय मुसलिम संस्कृति का प्रतिनिधित्व करते हुए अन्य कई

परंपराओं के संश्लेषण का इकलौता उदाहरण है। मिश्रित साइट Tassili n'Ajjer चित्रों की प्रभावशाली सरणी के लिए विश्व-धरोहर की श्रेणी में रखा गया है। विभिन्न अवधियों की रॉक उत्कीर्णन दुनिया का अद्‌भुत संसार यहाँ रचा हुआ दिखाई देता है।

अंडोरा

अंडोरा में केवल एक सांस्कृतिक स्थल है—मद्रिउ-पेरेफिता-क्लेरोर घाटी, जो विश्व विरासत सूची में अंकित है। घाटी भूमि प्रबंधन की प्राचीन प्रणाली को दरशाती है, जो 700 से अधिक वर्षों से जीवित है। यह दरशाता है कि पिछली सहस्राब्दी के दौरान निवासियों ने पहाड़ की पृष्ठभूमि में स्थायी रूप से रहने और प्राकृतिक वातावरण को बनाए रखने के लिए उच्च पायरेनीस के दुर्लभ पहाड़ों की कटाई की है। इसकी अखडता भौगोलिक और ऐतिहासिक विशिष्टता पर आधारित है, जो विश्व धरोहर की दृष्टि से इसे और भी महत्त्वपूर्ण बनाती है।

अंगोला

म्बांजाकोंगो की सांस्कृतिक साइट, पूर्व किंगडम ऑफ कोंगो की राजधानी वेस्टीज विश्व धरोहर सूची में शामिल अंगोला की एकमात्र साइट है। यह म्बांजाकोंगो का राजनीतिक और धार्मिक केंद्र है, जो स्थापत्य कलाकारों के कौशल का उत्कृष्ट उदाहरण प्रस्तुत करता है। यह उन गहन परिवर्तनों का आभास कराता है, जो ईसाई धर्म की शुरुआत से क्रमशः आए और उनका भी, जो 15वीं शताब्दी में पुर्तगालियों के मध्य अफ्रीका में आने से पैदा हुए थे। 15वीं शताब्दी में उपजे संबंधों ने न केवल धर्म, बल्कि मध्य अफ्रीका और यूरोप (विशेष रूप से इटली और पुर्तगाल) के बीच व्यापार, ज्ञान-साझा और सत्ता संपर्क से उत्पन्न सांस्कृतिक आदान-प्रदान का एक मोहक स्वरूप निर्मित किया।

अंतिगुया और बार्बूडा

एंटी गुआने वलडॉकयार्ड और संबंधित पुरातत्त्व स्थल (2016) विश्व धरोहर सूची में पंजीकृत एकमात्र साइट है। यह एक सांस्कृतिक स्थल है, जिसमें जॉर्जियाई शैली की नौसैनिक इमारतों और संरचनाओं का एक पूरा समूह शामिल है। यह दीवारों से घिरे एक बाड़े के भीतर स्थित है। यह साइट कैरिबियन कॉमनवेल्थ के बाकी हिस्सों के मूल्यों, वास्तुकला, प्रौद्योगिकी और प्राकृतिक दृष्टि से मानवीय मूल्यों का आदान-प्रदान भी प्रदर्शित करती है।

अर्जेंटीना

अर्जेंटीना में कुल ग्यारह स्थल हैं, जो विश्व विरासत सूची में अंकित हैं। इनमें से पाँच प्राकृतिक स्थल और बाकी छह सांस्कृतिक स्थल हैं। सांस्कृतिक स्थलों में Cueva de las Manos, Río Pinturas (1999) शामिल हैं, जिसमें प्रागैतिहासिक रॉक कला का उत्कृष्ट संग्रह मिलता है। दक्षिण अमेरिका, जेसुइट ब्लॉक और कॉर्डोबा के एस्टनियास (2000) मानव समाजों की सम्मिश्र संस्कृति का गवाह है, जो असाधारण है। दक्षिण अमेरिका में यूरोपीय काल और गुआरानियों के जेसुइट मिशनों के दौरान यूरोपीय और स्वदेशी मूल्यों और संस्कृतियों के संलयन का उदाहरण सैनइग्ने सियोमिनी, सांता एना, नुस्ट्रास नोराडी लोरेटो और सांता मारिया मेयर (अर्जेंटीना), साओमिगेल दास मिस्सू के खँडहर (ब्राजीलिया) (1983-1984) हैं। जो अर्जेंटीना और ब्राजील के इतिहास में एक महत्त्वपूर्ण काल का चित्रण करनेवाले और स्थापत्य कलाकारों की मेधा का उदाहरण हैं। अन्य तीन सांस्कृतिक स्थल हैं—Qhapaq Andan, Andean Road System (2014), Quebrada de Humahuaca (2003) और आर्किटेक्चरल वर्क ऑफ ले कोर्बुसीयर।

प्राकृतिक स्थलों में इगाजु राष्ट्रीय उद्यान (1984) शामिल है, जो ब्राजील और उससे सटे संरक्षित क्षेत्रों में इगुआकु राष्ट्रीय उद्यान की सन्निहित विश्व धरोहर संपत्ति के साथ मिलकर परानासेन उपोष्ण कटिबंधीय वर्षा वन का सबसे बड़ा एकल संरक्षित अवशेष है। तलमपाया प्राकृतिक पार्क (2000) वैज्ञानिक महत्त्व का है, जो जीवाश्म महाद्वीपीय अवसादों को एक पूरा क्रम प्रदान करता है और भूगर्भीय इतिहास (वर्तमान से 250-200 मिलियन वर्ष पहले) के त्रिआयामी काल का प्रतिनिधित्व करता है। शेष तीन साइटें हैं—लॉसएलेरेंस नेशनल पार्क (2017), लॉसग्लेशियर्स नेशनल पार्क (1981) और पेनिंसुलावल्डस (1999)।

आर्मीनिया

आर्मीनिया में सांस्कृतिक दृष्टि से धरोहर साइटें केवल तीन हैं। कैथेड्रल और चर्च ऑफ इचमात्सिन और ज्वार्टनॉट्स (2000) पुरातात्त्विक स्थल के रूप में तथा विलक्षण वास्तुकला के विकास को दरशाने वाला साइट है। हागपत और सनहिन (1996-2000) के मठ विलक्षण वास्तुकला के उत्कृष्ट उदाहरण हैं, जो 10वीं से 13वीं शताब्दी में आर्मीनिया में विकसित हुए थे। गेगार्ड का मठ और ऊपरी अजात घाटी (2000) अपने उल्लेखनीय रॉक-कट चर्चों और कब्रों के साथ, मध्यकालीन आर्मेनियाई मठ, वास्तुकला और सजावटी कला की असाधारण संरचना है। यह अच्छी तरह से संरक्षित

है और इसकी कई नवीन विशेषताएँ हैं, जैसे कि इस क्षेत्र के बाद के घटनाक्रमों का भी इसमें अंकन मिलता है।

ऑस्ट्रेलिया

विश्व धरोहर सूची में शामिल ऑस्ट्रेलिया के कुल बीस स्थल हैं, जिनमें से चार सांस्कृतिक स्थल हैं, **बारह** प्राकृतिक हैं और चार मिश्रित हैं। सांस्कृतिक स्थलों में से एक ऑस्ट्रेलियाई **कन्वेंशन** साइट (2010) प्रायद्वीप प्रणाली का गवाह है, जिसके कई उद्‌देश्य थे। इसमें गंभीर सजा से लेकर पुरुषों, महिलाओं और बच्चों का जबरन श्रमिक के रूप में इस्तेमाल और श्रम के माध्यम से दोषियों का पुनर्वास और अनुशासन आदि दरशाए गए हैं। बुडजबिम कल्चरल लैंडस्केप (2019) गुंडितजमारा की सांस्कृतिक परंपराओं, ज्ञान, प्रथाओं और सरलता की दृष्टि से उल्लेखनीय है। रॉयल प्रदर्शनी भवन और कार्लटन गार्डन (2004) 19वीं और 20वीं शताब्दी के अंतरराष्ट्रीय आंदोलन के वैश्विक प्रभाव को दरशाता है, जिसमें तकनीकी, नवाचार और परिवर्तन को प्रदर्शित किया गया है। इसने ज्ञान और विचारों के आदान-प्रदान के माध्यम से औद्योगिकीकरण और अंतरराष्ट्रीय व्यापार में वृद्धि को बढ़ावा देने में मदद की। सिडनी ओपेरा हाउस (2007) भी 20वीं शताब्दी का एक महान् वास्तुशिल्प है, जो रचनात्मकता के कई किस्सों की प्रस्तुति करता है। वास्तुशिल्प, संरचनात्मक डिजाइन और शहरी मूर्तिकला का उत्कृष्ट समन्वय इस विश्व प्रसिद्ध और प्रतिष्ठित इमारत में साफ-साफ देखा जा सकता है।

ऑस्ट्रेलिया के मिश्रित स्थलों में काकाडू नेशनल पार्क (1981, 1987, 1992) है, जो अपने अनूठी गुफा-चित्रों, रॉक नक्काशियों और अपने जटिल पारिस्थितिकी तंत्र के लिए जाना जाता है। तस्मानियन वाइल्डरनेस (1982, 1989) जहाँ 20,000 से अधिक वर्षों के अवशेष चूना पत्थर की गुफाओं में स्थापित हैं। उलुरु-काटा तजुता नेशनल पार्क (1987, 1994) में शानदार भूवैज्ञानिक संरचनाएँ हैं, जो मध्य ऑस्ट्रेलिया और विलेंद्रालेक्स क्षेत्र (1981) के विशाल लाल रेतीले मैदान पर फैली हैं। यहाँ जीवाश्म झीलों और रेत-संरचनाओं की एक शृंखला के अवशेष भी हैं।

आस्ट्रिया

विश्व धरोहर सूची में आस्ट्रिया के दस स्थान हैं, जिनमें से 9 सांस्कृतिक स्थल हैं और एक प्राकृतिक स्थल है। सांस्कृतिक स्थल में सिटी ऑफ ग्राज—ऐतिहासिक केंद्र और श्लॉसए गगेनबर्ग (1999, 2010) शामिल है, जो कलात्मक और वास्तुशिल्प

संबंधी उन आंदोलनों को दरशाता है, जो जर्मनिक और बाल्कन तथा भूमध्य सागरीय क्षेत्र से उत्पन्न हुआ था। यह सदियों से एक चौराहे के रूप में खड़ा है। फर्टो/नेउसीडेलर्स सांस्कृतिक लैंडस्केप (2001) आठ सहस्राब्दियों तक विभिन्न संस्कृतियों का मिलन-स्थल रहा है। अन्य सांस्कृतिक स्थल हैं हॉलस्टैट-डचेस्टीन/साल्जक ममेरगुट कल्चरल लैंडस्केप (1997), जो तीन से अधिक सदियों से बसा हुआ है। साल्जबर्ग शहर का ऐतिहासिक केंद्र (1996) कई दृष्टियों से महत्त्वपूर्ण है। इसने इतालवी और जर्मन संस्कृतियों के बीच आदान-प्रदान में महत्त्वपूर्ण भूमिका निभाई, जिसके परिणामस्वरूप दो संस्कृतियाँ साथ-साथ फली-फूलीं और उनके बीच लंबे समय तक आदान-प्रदान हुआ। Schönbrunn (1996) के महल और उद्यान, बारोक रियासत के आवास पहनावे को संरक्षित किए हुए हैं। ये भवन और उद्यान कला रूपों, शिल्प और स्थापत्य का उत्कृष्ट उदाहरण हैं। एल्प्स (2011) के आसपास प्रागैतिहासिक पाइलड्वेलिंग, सेमरिंग रेलवे (1998) और वाचाऊ कल्चरल लैंडस्केप (2000) अपना-अपना महत्त्व रखते हैं और विशिष्ट हैं। वियना का ऐतिहासिक केंद्र (2001) जो दूसरी सहस्राब्दी के दौरान मूल्यों के निरंतर आदान-प्रदान का साक्षी रहा है। यह भी 'डेंजर श्रेणी' में विश्व धरोहर स्थलों की सूची का हिस्सा है। आस्ट्रिया में प्राकृतिक स्थल कॉरपेथियन और यूरोप के अन्य क्षेत्रों के प्राचीन जंगल भी 'धरोहर' की श्रेणी में आते हैं (2007, 2011, 2017)।

अजरबैजान

विश्व विरासत की दृष्टि से अजरबैजान के तीन सांस्कृतिक स्थल सूचीबद्ध हैं। ये स्थल हैं—गोबस्टनरॉक आर्ट कल्चरल लैंडस्केप (2007), जिसमें रॉक उत्कीर्णन हैं, जीवन के ये मानव असाधारण साक्ष्य हैं। ये धीरे-धीरे नष्ट हो रहे हैं। हिस्टोरिक सेंटर ऑफ शेकीविद द खान पैलेस (2019) रेशम के कीड़ा प्रजनन द्वारा उत्पन्न संपदा को दरशाता है। 18वीं सदी के अंत से 19वीं शताब्दी तक रेशम के कोकून व्यापार में खास जगह थी। शिरवंशशाह के महल और मातादीन टॉवर (2000) के साथ बाकू की वाल्डसिटी सांस्कृतिक निरंतरता में जोरास्ट्रियन, सास्यानियन, अरबी, फारसी, श्रावणी, तुर्क और रूसी उपस्थिति के अनेक प्रमाणों की साक्षी है।

बहरीन

बहरीन में तीन सांस्कृतिक स्थल हैं, जो विश्व विरासत सूची में अंकित हैं। इन साइटों में दिलमुन दफन टीले (2019) शामिल हैं, जो 450 पुरानी दिलमुन सभ्यता का प्रतिनिधित्व करते हैं। पियरलिंग, एक द्वीप अर्थव्यवस्था की गवाही (2012), नाशपाती

की सांस्कृतिक परंपरा के अंतिम उत्कर्ष को दरशाने वाला एक असाधारण गवाह है। कालतअल-बहरीन—प्राचीन हार्बर और दिलमुन की राजधानी (2005) इस क्षेत्र की सबसे प्राचीन सभ्यताओं में से एक दिलमुन सभ्यता की राजधानी थी।

बांग्लादेश

बांग्लादेश में तीन स्थल हैं, जिनमें से दो सांस्कृतिक स्थल हैं और शेष एक प्राकृतिक स्थल है। सांस्कृतिक स्थल बागेरहाट (1985) ऐतिहासिक मसजिद का शहर है, जिसमें बंगाल में मुसलिम वास्तुकला के विकास की प्रारंभिक अवधि की कुछ सबसे महत्त्वपूर्ण इमारतें भी शामिल हैं। पहाड़पुर (1985) में बौद्ध विहार के खँडहर हैं, जहाँ सममित लेआउट और एक बड़ा मठ है। प्राकृतिक स्थल सुंदरवन (1997) पारिस्थितिक प्रक्रियाओं का एक महत्त्वपूर्ण उदाहरण प्रस्तुत करता है, क्योंकि यह डेल्टा गठन और नए गठित डेल्टा द्वीपों तथा संबंधित मैंग्रोव समुदायों के बाद के उपनिवेशण की प्रक्रिया का प्रतिनिधित्व करता है।

बारबाडोस

हिस्टोरिक ब्रिजटाउन और इसका गैरीसन (2011) बारबाडोस का एकमात्र सांस्कृतिक स्थल है। इस साइट ने अटलांटिक वर्ल्ड में अंग्रेजी कॉलोनियों के विकास में एक महत्त्वपूर्ण भूमिका निभाई थी। ब्रिटिश साम्राज्य में प्रशासन, व्यापार, संचार, विज्ञान, संस्कृति और प्रौद्योगिकी से संबंधित विचारों के प्रसारण का यह एक प्रमुख केंद्र था।

बेलारूस

विश्व विरासत सूची के तहत बेलारूस के चार स्थल हैं, जिनमें से तीन सांस्कृतिक और एक प्राकृतिक स्थल है। Nesvizh (2005) के सांस्कृतिक स्थलों में रैडजविल परिवार के वास्तुशिल्प, आवासीय और सांस्कृतिक परिसर शामिल हैं, जो 16वीं और 17वीं शताब्दी के दौरान नए भवन-निर्माण विज्ञान और मध्य यूरोपीय वास्तुकला के इतिहास में एक महत्त्वपूर्ण चरण का प्रतिनिधित्व करते हैं। मीर कैसल कॉम्प्लेक्स (2000) डिजाइन और लेआउट (गोथिक, बैरोक और पुनर्जागरण) के संयोजन से क्रमिक सांस्कृतिक प्रभावों को दरशाते हुए केंद्रीय यूरोपीय महल का एक असाधारण उदाहरण बन गया है। सामंजस्यपूर्ण स्मारक के रूप में यह बार-बार अपनी ओर आकर्षित करता है। स्ट्रुवजियो डेटिकआर्क (2005) तकनीकी का एक उत्कृष्ट उदाहरण है, जो मेरिडियन माप के त्रिकोणीय बिंदुओं को प्रस्तुत करता है।

प्राकृतिक स्थल बियालियोवेक्स फॉरेस्ट (1979, 1992, 2014) संरक्षित वन पारिस्थितिक तंत्रों के विविध परिसर का संरक्षण करता है। मध्य यूरोपीय मिश्रित वन स्थलीय पर्यावरणीय क्षेत्र, संबंधित गैर-वन निवासों, गीली घास के मैदान, नदी सहित कई घाटियों और अन्य आर्द्रभूमि इसके अंतर्गत आते हैं। यह जैव विविधता संरक्षण के लिए भी एक अनूठा क्षेत्र है। अपने आकार, संरक्षण की परंपरागत प्रणाली और पर्याप्त रूप में प्राकृतिक वैभव के कारण यह जैव-विविधता को दरशाने वाला एक अद्‍भुत क्षेत्र है।

बेल्जियम

बेल्जियम के पास विश्व विरासत सूची में तेरह स्थल हैं, जिनमें से बारह सांस्कृतिक और एक प्राकृतिक स्थल है। सांस्कृतिक स्थल हैं—बेल्जियम और फ्रांस के बेल्फ्रीज (1999, 2005), जो शहरी वास्तुकला का असाधारण उदाहरण हैं। यह वास्तुकला तत्कालीन राजनीतिक और आध्यात्मिक आवश्यकताओं के अनुकूल है। फ्लेमिश बेगुइनेज (1998) सांस्कृतिक परंपरा की गवाह है। मध्य युग में उत्तर-पश्चिमी यूरोप में धार्मिक महिलाएँ और ब्रुग का ऐतिहासिक केंद्र (2000) अपने वास्तुशिल्प और सजावट का एक उत्कृष्ट उदाहरण है। वास्तुकला के विकास पर भिन्न प्रभावों और आदान-प्रदान का भी यह गवाह है। लंबे समय से अस्तित्व में रहने के कारण इसकी ईंटें कमजोर और गंदी हो रही हैं। ला ग्रैंड-प्लेस, ब्रुसेल्स (1998) न केवल वास्तुशिल्प के उदार और अत्यधिक सफल सम्मिश्रण का एक उत्कृष्ट उदाहरण है, बल्कि एक कलात्मक शैली का उदाहरण भी है। वह कलात्मक शैली, जो इस क्षेत्र की संस्कृति और समाज की विशेषता है। मेजर माइनिंग साइट्स ऑफ वालोनिया (2012) अपने औद्योगिक और तकनीकी घटकों, अपने शहरी और वास्तुशिल्प विकल्पों और सामाजिक मूल्यों के लिए विशेष ध्यान आकर्षित करते हैं। बोइस-डु-काजियर (1956) आपदा के बाद के समय को जीवंत करता है। अन्य साइटों में आर्किटेक्ट विक्टर होर्टा (ब्रुसेल्स), मैजिनी (2000), नोट्रे-डेमकैथेड्रल (2000), प्लांटिन-मोरेटस हाउस (2005), स्टोकलेट हाउस (2009), ले कार्बसियर (2016) ला ल्युएरे और ले रोएलेक्स (हैनॉट) चार लिफ्टें (1998) प्रमुख हैं। बेल्जियम में प्राकृतिक स्थल कॉरपेथियन और यूरोप के अन्य क्षेत्रों के प्राचीन जंगल हैं। (2007, 2011, 2017)

बेलीज

बेलीज के पास विश्व धरोहर सूची में सूचीबद्ध केवल एक प्राकृतिक स्थल

है—बेलीज बैरियर रीफ रिजर्व सिस्टम (1996)। बेलीज बैरियर रीफ रिजर्व सिस्टम (BBRRS) उत्तरी और पश्चिमी गोलार्ध में सबसे लंबा बैरियर रीफ है और यह अपने आकार, रीफ के प्रकार और कोरल की विविधता के कारण विशिष्ट है। ये कोरल अत्यंत प्राचीन स्थिति में पनपे हैं। यह साइट रीफ्स और रीफ सिस्टम के विकासवादी इतिहास का एक उत्कृष्ट उदाहरण है।

बेनिन

बेनिन की सूची में दो साइटें हैं, जिनमें से एक सांस्कृतिक स्थल है और दूसरा प्राकृतिक। द रॉयल पाल्सेस ऑफ अबोमी (1985) सांस्कृतिक स्थल है, जिसमें महान् ऐतिहासिक और सांस्कृतिक मूल्य के स्मारकों का एक समूह शामिल है। इन स्मारकों का निर्माण उन स्थितियों के कारण किया गया है, जिनके पीछे वे घटनाएँ प्रेरक रही हैं, जिनका यह देश साक्षी रहा है। प्राकृतिक स्थल W-Arly-Pendjari Complex (1996, 2017) है, जिसमें पश्चिमी अफ्रीकी सवानाबेले थे। स्थलीय, अर्ध-जलीय और जलीय पारिस्थितिक तंत्र की सबसे बड़ी और महत्त्वपूर्ण निरंतरता दिखाई पड़ती है।

बोलीविया

विश्व विरासत सूची के तहत बोलीविया की सात साइटें हैं, जिनमें से छह सांस्कृतिक स्थल हैं और एक प्राकृतिक। पोटोसी के शहर (1987) को पोटोसी के 'इंपीरियलसिटी' के रूप में भी जाना जाता है। एंड्रो के मध्य क्षेत्र में वास्तुकला और स्मारकीय कलाओं के विकास का स्थायी प्रभाव दिखाई देता है। बारो शैली के रूपों में भारतीय प्रभाव के समन्वय को भी साफ देखा जा सकता है। फ्यूरटेडीसमिपटाटा (1998) विकसित धार्मिक परंपराओं के साथ संस्कृति के सहअस्तित्व को रॉक मूर्तियों के रूप में नाटकीय ढंग से दिखाता है। ऐतिहासिक शहर सुकरे (1991) में यूरोप से आयातित शैलियों के साथ स्थानीय स्थापत्य परंपराओं का अद्भुत सम्मिश्रण है। चीकिटोस (1990) के जेसुइटमिशन्स पारंपरिक वास्तुशिल्प परंपराओं का नमूना है, जो 1953 में कृषि सुधार के बाद कमजोर पड़ गए हैं। अन्य सांस्कृतिक स्थलों में Qhapaq, an, Andean Road System (2014) और Tiwanaku: Tiwanaku संस्कृति का आध्यात्मिक तथा राजनीतिक केंद्र (2000) प्रमुख हैं। प्राकृतिक स्थल नोएल केंफमर्कडो नेशनल पार्क (2000) न केवल विश्व के सबसे बड़े (1,523,000 हेक्टेयर) पार्कों में से एक है, बल्कि अमेजन बेसिन में सबसे अधिक संरक्षित और अपेक्षाकृत कम क्षतिग्रस्त पार्क भी है। सदाबहार वर्षावनों, ताड़ के जंगलों, सेराडो, दलदलों, सवानाओं सहित यह पार्क

प्राणियों के निवास के भिन्न प्रकारों की एक सरणी भी बनाता है, जैसे गैलरी वन, और अर्ध पर्णपाती शुष्क वन।

बोस्निया और हर्जेगोविना

बोस्निया और हर्जेगोविना में तीन सांस्कृतिक स्थल हैं, जो विश्व विरासत सूची में अंकित हैं। Višegrad में मेहमद पक्का सोकोलोविस ब्रिज (2007) तुर्क साम्राज्य के शास्त्रीय युग के apogee का एक उल्लेखनीय वास्तु प्रमाण है। मानव जाति के इतिहास में अर्जित मूल्यों और उपलब्धियों के एक विशेष चरण को यह चिह्नित करता है। मोस्टार ओल्ड सिटी का पुराना पुल क्षेत्र (2005) विभिन्न सांस्कृतिक, जातीय और धार्मिक पृष्ठभूमियों के सुंदर समन्वय से निर्मित है। स्टीवर्सी मेडम स्टोन कब्रिस्तान (2016) कब्रिस्तानों का एक समूह है। विभिन्न मानव समुदायों के सह-अस्तित्व का यह एक प्रतीक है। ये प्रतीक ऐतिहासिक और सांस्कृतिक परंपराओं को गहराई से व्याख्यायित करते हैं। विश्वासों और मान्यताओं से जुड़े अर्थों के महत्त्व को भी यह कब्रिस्तान प्रदर्शित करता है।

बोत्सवाना

बोत्सवाना में दो स्थान हैं, एक सांस्कृतिक और दूसरा प्राकृतिक। त्सोडिलो (2001) एक सांस्कृतिक स्थल है, जिसने कई सहस्राब्दियों तक मानव समुदायों द्वारा संपन्न यात्राओं को देखा है। प्रकोपों का मानव समुदायों के लिए सदा से प्रतीकात्मक और धार्मिक महत्त्व रहा है। यह स्थल यात्रा के बीच आनेवाली आपदाओं के धार्मिक एवं प्रतीकात्मक संदर्भों को व्यक्त करता है। जीवित प्राकृतिक साइट ओकावांगो डेल्टा (2014) शुष्क प्राकृतिक परिवेश में एक जीवंत आर्द्रभूमि के अस्तित्व का ज्वलंत उदाहरण है। सर्दियों के मौसम में विशाल रेतीले, सूखे और भूरे रंग के अवसादों का यहाँ चमत्कारी रूपांतर दिखाई देता है, जिससे वन्यजीवों को प्रजनन में मदद मिलती है।

ब्राजील

ब्राजील में विश्व विरासत सूची में कुल बाईस साइटें हैं, जिनमें से चौदह सांस्कृतिक और सात प्राकृतिक तथा एक मिश्रित स्थल है। सांस्कृतिक स्थलों में ब्रासीलिया (1987) शामिल है, जो 20वीं शताब्दी में शहरी नियोजन का अनूठा उदाहरण है। सल्वाडोर डेबाहिया (1985) एक ऐतिहासिक केंद्र है, जो शहरी संरचना का एक उत्कृष्ट नमूना है। यह संरचना यह भी स्पष्ट करती है कि रक्षात्मक, प्रशासनिक और

आवासीय उद्देश्यों के लिए इस्तेमाल किए जानेवाले औपनिवेशिक साइट रक्षात्मक, प्रशासनिक और आवासीय उद्देश्य के लिए अनुकूल हैं या नहीं। शहर के निचले हिस्से में और बंदरगाह के चारों ओर घूमने वाली व्यावसायिक गतिविधियाँ भी परंपरा और आधुनिकता का रोचक मेल पेश करती हैं। साओलुइस (1997) एक ऐतिहासिक केंद्र है, जो पुर्तगाली औपनिवेशिक सभ्यता का परिचय देता है। Diamantina के शहर का ऐतिहासिक केंद्र (1999) भी Diamantina के शहरी और स्थापत्य समूह को दरशाता है, जो पूरी तरह से एक जंगली परिवेश में एकीकृत है। Goiás (2001) एक ऐतिहासिक केंद्र है, जो एक यूरोपीय शहर का उत्कृष्ट उदाहरण है। मध्य दक्षिण अमेरिका की जलवायु तथा भौगोलिक और सांस्कृतिक बाधाओं को समझने के लिए ओलंदिंडा शहर का ऐतिहासिक केंद्र (1982) महत्त्वपूर्ण है, जिसमें कई इमारतें हैं, जो अपनी वास्तुकला और सजावट की दृष्टि से दर्शनीय हैं। ऐतिहासिक शहर ओउरओटो (1980) पुर्तगाली औपनिवेशिक शासन के तहत अग्रणी खनन संपदा पर निर्मित समाज की रचनात्मक प्रतिभा का गवाह है। शेष सांस्कृतिक स्थल जेसानीय मिशनों ऑफ गुआरानिस : सैनइग्नासियोमिनी, सांताएना, नुस्तेरासनोराडीलोरेटो और सांतामारिया मेयर (अर्जेंटीना), साओमिगुएल दास मिसोस (ब्राजील) के अवशेष (1983-1984); पंपुल्हामॉडर्नएन्सेंबल (2016); रियोडीजेनेरो : माउंटेन और सी (2012) के बीच कारियोकालैंडस्केप्स; अभयारण्य ऑफ बोमजीससकांगोन्हास (1985); साओक्रिस्टोवो (2010) के टाउन में साओफ्रांसिस्कोस्क्वायर; सेरादाकैपीवारा नेशनल पार्क (1991) और वलंगो घाट आर्कियोलॉजिकल साइट (2017) प्रमुख हैं।

प्राकृतिक स्थलों में अटलांटिक फॉरेस्ट साउथ-ईस्ट रिजर्व्स (1999); ब्राजील के अटलांटिक द्वीप समूह : फर्नांडोडेनोरोन्हा और एटोल दास रोकासरिजर्व्स (2001); केंद्रीय अमेजन संरक्षण परिसर (2000-2003); सेराडो संरक्षित क्षेत्र : चपड़ा डॉसवेडेरियोस और एमस नेशनल पार्क (2001); डिस्कवरीकोस्ट अटलांटिक फॉरेस्टरिजर्व (1999); इगुआकु राष्ट्रीय उद्यान (1986) और पैंटानल संरक्षण क्षेत्र (2000) और मिश्रित साइटपैराटी और इल्हाग्रांडे—संस्कृति तथा जैव विविधता (2019) है, जो पर्यावरण के साथ मानव के सामंजस्य का एक उत्कृष्ट प्रमाण है।

बुल्गारिया

विश्व धरोहर सूची के तहत बुल्गारिया में दस स्थल हैं, जिनमें से सात सांस्कृतिक स्थल हैं और शेष तीन प्राकृतिक। सांस्कृतिक स्थलों में प्राचीन शहर नेस्सेबर (1983) शामिल है, जो पुनर्जागरण से संबंधित संरक्षित बल्गेरियाई संरचना और वास्तुशिल्प

परिसर का एक अनूठा उदाहरण है और चट्टानी प्रायद्वीप के उत्कृष्ट प्राकृतिक विन्यास के साथ सद्भाव से भरपूर एक समरूप इकाई बनाता है। इसी के साथ जुड़ा हुआ है भूमि के लंबे सँकरे भागवाला एक महाद्वीप; बोयानाचर्च (1979), जो पारंपरिक चर्च का सुंदर उदाहरण है, जिसमें गुंबद के साथ एक ग्रीक क्रॉस ग्राउंड-प्लान है, जिसमें सिरेमिक तत्त्वों और मदार राइडर (1979) की सजावट की गई है, जो कला डेटिंग की शुरुआत से ही (8वीं शताब्दी) एक असाधारण काम है। अन्य सांस्कृतिक स्थलों में रीला मठ (1983), इवानोव (1979) का रॉक-हेवनचर्च, कजानलाक का थ्रेसियन मकबरा (1979) और स्वेश्टारी (1985) का थ्रेसियन मकबरा है।

प्राकृतिक स्थलों में कॉरपेथियन और यूरोप के अन्य क्षेत्रों (2007, 2011, 2017) में प्राचीन जंगल और पिरिन नेशनल पार्क (1983, 2010) प्रमुख हैं, जिसमें ग्लेशियल झीलों, झरनों, गुफाओं और शंकुधारी जंगलों के साथ विविध चूना-पत्थर के विविध पहाड़ी शामिल हैं। श्रीबरनानेचर रिजर्व (1983) आर्द्रभूमि का एक महत्त्वपूर्ण उदाहरण है, जो अतीत में बुल्गारिया में व्यापक क्षेत्र तक फैला हुआ था।

बुर्किनाफासो

बुर्किनाफासो में तीन साइटें हैं, जो विश्व विरासत सूची में अंकित हैं, जिनमें से दो सांस्कृतिक हैं और एक प्राकृतिक स्थल है। सांस्कृतिक स्थलों में बुर्किनाफासो (2019) की प्राचीन फेरस धातुकर्म साइटें शामिल हैं, जो लौह अयस्क गलाने की एक अनूठी परंपरा को संजोए हुए हैं। आज के बुर्किनाफासो समुदायों के लिए एक समृद्ध तकनीकी और सांस्कृतिक विरासत लोरोपनी के अवशेष (2009) हैं, जो कि पश्चिम अफ्रीका के एक विस्तृत भाग में संरक्षण तथा सोने के परंपरागत खनन की परंपरागत व्यवस्था से हमें परिचित कराते हैं। यह पूरा खनन क्षेत्र कम-से-कम सात शताब्दियों से संरक्षित किया गया लगता है। प्राकृतिक स्थल W-Arly-Pendjari Complex (1996, 2017) पश्चिम-अफ्रीकी सवाना बेल्ट में स्थलीय, अर्ध-जलीय और जलीय पारिस्थितिकी प्रणालियों की सबसे महत्त्वपूर्ण निरंतरता को दरशाता है।

काबोवर्डे

Cidade Velha, हिस्टोरिक सेंटर ऑफ रिबेराग्रांडे (2009), कैबोवर्डे की एकमात्र साइट है, जिसे वर्ल्ड हेरिटेज लिस्ट में शामिल किया गया है। यह सांस्कृतिक स्थल मूल और आधुनिक काल के अटलांटिक व्यापार में दासों की स्थिति को तीन शताब्दियों के विकास-क्रम में दरशाता है।

कंबोडिया

विश्व धरोहर सूची के तहत कंबोडिया की तीन साइटें सूचीबद्ध हैं। ये तीनों ही सांस्कृतिक स्थल हैं। अंगकोर (1992) 9वीं से 14वीं शताब्दी तक की खमेर कला की पूरी शृंखला का प्रतिनिधित्व करता है, जिसमें कई निर्विवाद कलात्मक कृतियाँ भी शामिल हैं। प्रीहविहेयर का मंदिर (2008) खमेर वास्तुकला की उत्कृष्ट कृति है। यह अपनी निर्माण योजना में अद्वितीय है। प्राचीन ईशानपुरा (2017) के पुरातात्त्विक स्थल सांभोरप्री कुक के मंदिर क्षेत्र में कई मंदिर स्थित हैं, जिनमें से दस दक्षिण-पूर्व एशिया में अष्टकोणीय मंदिर शिल्प के अद्वितीय नमूने हैं। क्षेत्र के अन्य हिस्सों के लिए यहाँ विकसित कला और वास्तुकला अंगकोर काल की अनूठी खमेर शैली के जीवंत प्रमाण हैं।

कैमरून

कैमरून के पास दो प्राकृतिक स्थल हैं—Dja Faunal Reserve (1987) और Sangha Trinational (2012), जो वर्ल्ड हेरिटेज सूची में अंकित हैं। Dja Faunal Reserve अपने क्षेत्र के 90 प्रतिशत हिस्से को अफ्रीका के सबसे बड़े और सबसे सुरक्षित रेनफॉरेस्ट में से एक है। इसमें 107 स्तनपायी प्रजातियाँ अपना भरण-पोषण करती हैं, जिनमें से पाँच लुप्तप्राय प्रजातियों के अंतर्गत आती हैं। संज्ञा कई लुप्तप्राय प्राणियों से संबंधित एक मिश्रित साइट है, जो जी-गनेवेंडमंगगिदकिमिनान (भूमि को बनाए रखना) की सतत अनिशिनाबे सांस्कृतिक परंपरा से संबद्ध है।

केंद्रीय अफ्रीकन गणराज्य

विश्व धरोहर सूची में मध्य अफ्रीकी गणराज्य के दो प्राकृतिक स्थल हैं। Manovo-Gounda St Floris National Park (1988) में देश की सबसे समृद्ध वनस्पतियाँ और जीव-जंतु शामिल हैं, जिनमें स्तनधारियों की लगभग 57 प्रजातियाँ देखी जा सकती हैं। इन्हें अच्छी तरह से संरक्षित किया गया है। इस साइट को डेंजर विश्व विरासत की सूची में भी सूचीबद्ध किया गया है। अन्य साइट संघ त्रिनेत्रिक (2012) है, जो मानव गतिविधियों से अभी तक अप्रभावित है। इसमें समृद्ध वनस्पतियों और जीवों के साथ नम उष्णकटिबंधीय और उष्णकटिबंधीय वन पारिस्थितिकी तंत्र की एक विस्तृत शृंखला है। इसमें शिकारी जल-जीव नील मगरमच्छ और गोलियथ टाइगर फिश बड़ी संख्या में मिलते हैं।

चाड

विश्व विरासत स्थलों में सूचीबद्ध चाड से दो साइटें हैं, एक प्राकृतिक है और दूसरी

मिश्रित। प्राकृतिक स्थल ओयंग्यांग (2012) रेगिस्तान में स्थायी झीलों के प्राकृतिक अस्तित्व को दरशाता है। जहाँ रेगिस्तान के बीच झीलों का होना एक ऐसी जलभृत और संबंधित जटिल प्रतिक्रिया प्रणाली को दरशाती है, जिसे अभी भी पूरी तरह से समझा जाना बाकी है। मिश्रित साइट एनेडी मासिफ : प्राकृतिक और सांस्कृतिक लैंडस्केप (2016) समय-समय पर पानी और हवा के कटाव द्वारा घाटी और घाटियों की विशेषता वाले पठारों में तराशा गया है। इसका शानदार परिदृश्य आश्चर्य में डाल देता है।

चिली

विश्व धरोहर सूची में चिली के छह सांस्कृतिक स्थल हैं। इनमें चेलो के चर्च (2000) लैटिन अमेरिका में लकड़ी के विलक्षण वास्तुशिल्प का एक अनूठा रूप है। यह 19वीं शताब्दी के अंत में लैटिन अमेरिका के वलपरिसो के सीपोर्टसिटी का ऐतिहासिक क्वार्टर था। शहरी और स्थापत्य विकास और हंबरस्टोन और सांता लॉरासाल्ट पीटर वर्क्स (2005) अपनी भाषाओं, संगठन, रीति-रिवाजों और रचनात्मक अभिव्यक्तियों के साथ-साथ तकनीकी उद्यमिता भी प्रदर्शित करता है। इसका विकास एक बड़े और अनोखे शहरी समुदाय में हुआ था। अन्य साइटें Qhapaq Ñan, Andean Road System (2014) हैं, जो न केवल माल और संचार के आदान-प्रदान की महत्त्वपूर्ण प्रक्रियाओं को प्रदर्शित करती है, बल्कि इस क्षेत्र में दुनिया के सांस्कृतिक क्षेत्रों की कई सांस्कृतिक परंपराएँ भी द्रष्टव्य हैं, जो 4,400 किमी. के विस्तार में अपना विशाल साम्राज्य बनाती हैं। रापानुई नेशनल पार्क (1995), संस्कृति के एक अद्वितीय चरण एवं विशेष चरित्र का प्रमाण है।

चीन

चीन में कुल पचपन साइटें हैं, जो विश्व-धरोहर सूची में सम्मिलित की गई हैं। इनमें से सैंतीस सांस्कृतिक स्थल हैं, चौदह प्राकृतिक और चार मिश्रित। वुडांग पर्वत (1994) का प्राचीन भवन परिसर लगभग एक हजार वर्ष पूर्व की चीनी कला और वास्तुकला के उच्चतम मानकों का प्रतिनिधित्व करता है। वास्तु शैलियों और टाउन प्लानिंग के माध्यम से प्राचीन शहर पिंगयाओ (1997) विभिन्न जातीयताओं और चीन के अन्य हिस्सों से उनके पाँच शताब्दियों के सहयोग और योगदान से संभव हुए इंपीरियल चीन के विकास को दरशाता है। दक्षिणी अनहुइ में स्थित प्राचीन गाँव—Xidi और Hongcun (2000) एक समृद्ध व्यापारिक अर्थव्यवस्था के आधार पर विभिन्न प्रकार के मानव निस्तारण तथा इसके विभिन्न प्रकारों को ग्राफिक और चित्रों के माध्यम से दरशाता है।

लिआंगझू सिटी (2019) का पुरातात्त्विक खँडहर लिआंगझू संस्कृति की शक्ति और विश्वास का केंद्र था। यह चावल की खेती वाले कृषि क्षेत्र को आर्थिक आधार देने तथा विश्वास प्रणाली के साथ जीवन-यापन करनेवाले क्षेत्रीय राज्य का हमें परिचय देता है। द कैपिटल सिटीज एंड टॉम्ब्स ऑफ द प्राचीन कोगुरो किंगडम (2004) अपने दीवार चित्रों और संरचनाओं के लिए मानव की रचनात्मक प्रतिभा की उत्कृष्ट कृति माना जाता है। सुजो के शास्त्रीय उद्यान (1997, 2000) पारंपरिक चीनी निवासों के प्रकृति के साथ सामंजस्यपूर्ण संबंध के उत्कृष्ट उदाहरण हैं। हांगहे हनी राइसटैरेस (2013), डजूरॉक नक्काशियों (1999), फुजियानतुलू (2008), हिस्टोरिक सेंटर ऑफमकाओ (2005), हिस्टोरिकन सेंबल ऑफ द पोटापैलेस, ल्हासा (1994, 2000) की सांस्कृतिक परिदृश्य जैसी अन्य साइटें हैं। 'स्वर्ग और पृथ्वी का केंद्र' (2010) में डेंगफेंग का ऐतिहासिक स्मारक, बीजिंग में मिंग और किंग राजवंशों का शाही महल और शेनयांग (1987, 2004) और मिंग और किंग राजवंशों की शाही कब्र (2000, 2003), 2004) विश्व धरोहर की श्रेणी में आते हैं।

सांस्कृतिक स्थलों में काइपिंगडियालौ और विलेजेज (2007), कुलंगसू, हिस्टोरिक इंटरनेशनल सेटलमेंट (2017), लोंगमेनग्रोट्सो (2000), लुशान नेशनल पार्क (1996), प्रथम किन सम्राट का मकबरा (1987), मोगोकेव्स (1987) माउंट किंगचेंग और दुजियान इरिगेशन सिस्टम (2000) तथा माउंट वुताई (2009) भी शामिल हैं।

चेंगडे (1994) प्राकृतिक वातावरण में इमारतों के चीनी एकीकरण का एक उत्कृष्ट उदाहरण है, जिसका परिदृश्य डिजाइन पर गहरा प्रभाव पड़ा है। ओल्ड टाउन ऑफ लिजिआंग (1997) इस प्रमुख वाणिज्यिक और रणनीतिक साइट को असमान स्थलीकृति आपदाओं से बचाने के लिए पूरी तरह से अनुकूलित किया है और इस प्रकार उच्च गुणवत्ता और प्रामाणिकता के साथ इस ऐतिहासिक टाउनशिप को बरकरार रखा गया है। जौकोडियन (1987) पेकिंग मैनसाइट न केवल एशियाई महाद्वीप के पूर्व-ऐतिहासिक मानव समाजों का एक असाधारण अनुस्मारक है, बल्कि यह उन मानव समुदायों की विकास प्रक्रिया को भी दरशाता है। सिल्क रोड्स : चंगान-तियानशान कॉरिडोर (2014) रूट नेटवर्क साझा मूल्य परंपरा, लंबी दूरी के व्यापार और बड़े पैमाने पर शहरी विकास का एक उत्कृष्ट उदाहरण है। Xanadu की। साइट (2012) मंगोलियाई और हान चीनी मूल्यों और जीवन-शैली का प्रेरक उदाहरण है। बीजिंग का इंपीरियल गार्डन (1998) चीनी उद्यानकला की रचनात्मकता की एक उत्कृष्ट अभिव्यक्ति है, जिसमें मानव और प्रकृति का अटूट संबंध जगह-जगह उजागर है।

चीन के कुछ अन्य सांस्कृतिक स्थलों में से कन्फ्यूशियस की कलाप्रियता और प्रकृति के साथ उसकी निकटता को बहुविध ढंग से दरशाया गया है। मंदिर और कब्रिस्तान तथा कुफू (1994) में प्रमुख है—कोंग फैमिली मेंशन, स्वर्ग का मंदिर और बीजिंग के शाही बलिदान से साक्षात्कार करानेवाला कब्रिस्तान। अल्टार (1998), द ग्रैंडकैनाल (2014), द ग्रेट वॉल (1987) भी उल्लेखनीय हैं, तुसीसाइटें (2015), हांग्जो के वेस्ट लेक कल्चरल लैंड स्केप (2011), यिन जू (2006), युंगंगग्रोटोस (2001) और जुओ जियांग हुआशान रॉक आर्ट कल्चरल लैंडस्केप (2016) भी चीन की पहचान बन चुके है। यहाँ के समर पैलेस पर भी मनुष्य और प्रकृति के सामंजस्यपूर्ण अस्तित्व और जीवन-शैली का गहरा प्रभाव दिखाई देता है।

चीन में चौदह प्राकृतिक स्थल हैं, जिनमें चेंग्जियांग फॉसिल साइट (2012), प्रारंभिक कैंब्रियन अवधि के दौरान पृथ्वी पर जीवन के विविधीकरण का मानो एक दस्तावेज ही है । 530 मिलियन वर्ष पहले चीन डेंक्सिया (2010) प्रभावशाली भी है और लाखों वर्ष पहले की प्राकृतिक सुंदरता का अनूठा स्वरूप प्रदर्शित करता है। द फैंजिंगशन (2018) में 791 प्रजातियों के साथ समृद्ध ब्रायो फाइट्स का संग्रह है, जिनमें से 74 चीन के हैं। इनमें से 36 प्रजातियाँ जिम्नोस्पर्मों की समृद्ध सांद्रता से संबंधित हैं। हुआंगलोंग दर्शनीय और ऐतिहासिक ब्याज क्षेत्र (1992), हुबेईशेंओंगजिया (2016), जियुझाईगू घाटी दर्शनीय और ऐतिहासिक ब्याज क्षेत्र (1992), माइग्रेटरी बर्ड सैंक्चुरीज ऑफ कोस्ट ऑफ येलो सी-बोहाईगल्फ ऑफ चायना : चरण (2019), माउंटसन किंग्सन नेशनल पार्क (2008) और किन्हाईहोह Xil (2017) भी चीन के प्राकृतिक स्थल हैं।

सिचुआन विशालकाय पांडा अभयारण्य—वोलोंग, माउंटसिगुनयांग और जियाजिन पर्वत (2006), यह अभयारण्य विश्व की पांडा जनसंख्या में से 30 प्रतिशत का भरण-पोषण करता है। यह पूरी दुनिया और दक्षिण चीन कस्ट (पांडा चीन) में पांडा निवास का सबसे बड़ा (2007, 2014), युन्नान संरक्षित क्षेत्र (2003), विलिंगयुअनसीनिक ऐंड हिस्टोरिक इंटरेस्टएरिया (1992) और झिंजियांगतियानशान (2013) तीन समानांतर नदियों वाले क्षेत्र हैं। यह उपोष्णकटिबंधीय क्रस्टलैंड स्केप के लिए नम उष्णकटिबंधीय के सह-अस्तित्व की दृष्टि से दुनिया की सबसे शानदार विश्व धरोहर है। ये सभी चीन में प्राकृतिक स्थलों के अंतर्गत आते हैं।

चीन के मिश्रित स्थलों में माउंटएमी दृश्य क्षेत्र शामिल है, जिसमें लेशान का विशाल बुद्ध क्षेत्र भी (1996) है। इस क्षेत्र में तीस से अधिक मंदिर हैं और इसकी उच्च पुष्प विविधता रोमांच से भर देती है। माउंट हुआंगशान (1990) का संरक्षण विज्ञान के

लिए विशेष महत्त्व को देखते हुए किया गया है। इसकी प्राकृतिक संपदा में बड़े पैमाने पर ग्रेनाइट बोल्डर और प्राचीन देवदार वृक्ष शामिल हैं, जो अकसर बादल और धुंध के प्रभाव से ढक जाते हैं। माउंट ताईशान (1987) चीन में पर्वतों की स.बसे अधिक वंदनीय श्रेणी है। माउंट वूई (1999) को इसके मोहक सौंदर्य और प्राचीनत। (बारह सौ वर्ष) के कारण विश्व-धरोहर सूची में स्थान मिला है। इसका संरक्षण भी किया जा रहा है।

कोलंबिया

कोलंबिया में नौ ऐसी साइटें हैं, जिन्हें वर्ल्ड हेरिटेज सूची के तहत अंकित किया गया है। इनमें से छह सांस्कृतिक स्थल हैं, दो प्राकृतिक और एक मिश्रित। कॉफी कल्चरल लैंडस्केप ऑफ कोलंबिया (2011) एक सांस्कृतिक स्थल है। यह निरंतर भू-उपयोग का एक उत्कृष्ट उदाहरण है। इसके निर्माण में कैंपेसिनो परिवारों की कई पीढ़ियों का सामूहिक प्रयास रहा है, जिन्होंने अद्‌भुत ढंग से प्राकृतिक संसाधनों के अभिनव प्रबंधन और इनसे जुड़ी परंपरागत प्रविधियों और प्रथाओं का सम्मिलन कराया है। सांताक्रुज डेमोंपॉक्स (1995) का ऐतिहासिक केंद्र भी एक सांस्कृतिक स्थल है। यह स्पेनिश विजय के दौरान औपनिवेशिक पैठ और प्रभुत्व की प्रक्रियाओं का एक अभिन्न हिस्सा रहा है। यह 17वीं से 19वीं शताब्दी की शुरुआत में संचार और वाणिज्य जैसे क्षेत्रों में हुए विकास को भी बताता है। नेशनल आर्कियोलॉजिकल पार्क ऑफ टियरेडेंट्रो (1995), पोर्ट, किले और स्मारकों का एक आकर्षक समूह है। कार्टाजेना (1984), Qhapaq, an, एंडियन रोड सिस्टम (2014) और सैनअगस्टिन आर्कियोलॉजिकल पार्क (1995) भी कोलंबिया के सांस्कृतिक स्थलों के अंतर्गत आते हैं।

दो प्राकृतिक स्थलों में लॉसकैटिओस नेशनल पार्क (1994) अमेरिका और मालपेलोफौना और फ्लोरा अभयारण्य (2006) ने जैव-भौगोलिक इतिहास में अपनी एक प्रमुख भूमिका निभाई है और आज भी निभा रहा है। इसमें रेमेटिक चट्टानों, रॉक संरचनाओं, गुफाओं और सुरंगों के साथ ही प्रचुर मात्रा में समुद्री जीवन का वैविध्य इसकी प्राकृतिक सुंदरता को और भी बढ़ा देता है। चिरिबिकेटे राष्ट्रीय उद्यान—'जगुआर का मलोक' (2018) मिश्रित स्थल है, जो बड़ी संख्या में दुर्लभ टपुईरॉक संरचनाओं तथा रॉक आश्रयों के लिए जाना जाता है।

कांगो

कांगो की विश्व धरोहर सूची में संघ त्रिनेत्र (2012) केवल एक साइट है। यह एक प्राकृतिक स्थल है, जो नम उष्णकटिबंधीय जंगलों के विस्तृत परिदृश्य का प्रतिनिधित्व

करता है। यह क्षेत्र मध्य अफ्रीका के कांगो बेसिन की प्रजातियों से भरा हुआ है। इनमें से कई प्रजातियाँ लुप्तप्राय हैं, अत: 'त्रिनेत्र' इन्हें सुरक्षा प्रदान करता है तथा इनके संरक्षण का हरसंभव प्रयास करता है।

कोस्टारिका

विश्व धरोहर सूची में कोस्टारिका के चार स्थल आते हैं। इनमें से एक सांस्कृतिक स्थल है और अन्य तीन प्राकृतिक स्थल हैं। प्रिकॉम्बियन चीफ सेक्शन ऑफ द ड्रिकस (2014) प्रीकोलंबियन चीफ डेमसेटलमेंट्स की उन जटिल राजनीतिक, सामाजिक और उत्पादक संरचनाओं के साक्ष्य से संबंधित है, जो पिछड़े समाज के सपनों और आकांक्षाओं को प्रेरक ढंग से प्रतिबिंब करते हैं। कोस्टारिका के प्राकृतिक स्थलों में से एक एरिया डेकंसर्व सियोन गुआना कास्ट (1999, 2004) है, जिसमें पारिस्थितिकी तंत्र और निवास विविधता के दर्शन होते हैं। प्रशांत महासागर की सबसे ऊँची चोटियों से कैरेबिया के निचले क्षेत्रों तक ये सब निर्बाध ढाल के माध्यम से जुड़े हुए हैं। कोकोस द्वीप राष्ट्रीय उद्यान (1997, 2002) जो जंगल, पहाड़ों, नदियों, झरनों, मुहल्लों, चट्टानों, रेतीले और चट्टानी समुद्र तटों और विविधता वाली प्रवालभित्तियों और चट्टानों का ऐसा दुर्लभ और जटिल संयोजन है कि ऐसा लगता है, जैसे जमीन और समुद्र के मेल से पच्चीकारी कर दी गई हो। ला अमिस्ताद नेशनल पार्क (1983, 1990) असाधारण रूप से सुंदर पहाडी क्षेत्र है। इस क्षेत्र के विशाल जंगलों में बीहड़ इलाकों की अधिकता है। असामान्य ऊँचाई पर घास के मैदान इस पूरे असाधारण मनोरम दृश्य को और भी आकर्षक बना देते हैं।

कोटेडी आइवर

कोटेडी आइवर में चार साइटें हैं, जो विश्व धरोहर सूची में अंकित हैं, इनमें से एक सांस्कृतिक स्थल है और अन्य तीन प्राकृतिक स्थल हैं। ऐतिहासिक शहर ग्रैंड-बासम (2012) की सांस्कृतिक साइट औपनिवेशिक पूँजी, क्षेत्रीय वाणिज्यिक केंद्र और प्रशासनिक केंद्र के रूप में अपनी भूमिका से जुड़ी एक महत्त्वपूर्ण सांस्कृतिक परंपरा का परिचय देनेवाली पूरी तरह से संरक्षित शहरी संगठन की गवाह है—अफरिक ओक्सी डेंटेल फ्रैंकेइस। कोटेडी आइवर के प्राकृतिक स्थलों में कोमो नेशनल पार्क (1983) अपनी भौगोलिक स्थिति और प्राकृतिक संसाधनों के संरक्षण के लिए समर्पित विशाल क्षेत्र के कारण विशेष महत्त्व की पारिस्थितिक इकाई के रूप में ख्यात है। माउंटनिंबा प्रकृति रिजर्व (1981, 1982)। पश्चिमी अफ्रीका की दुर्लभ पहाड़ी श्रृंखलाओं का

हिस्सा है। यह एक रोलिंगपैनोरमा के ऊपर 1,752 मीटर की ऊँचाई तक और निचले मैदानों से लेकर वनों के मैदानों तक बढ़ता चला जाता है। तीसरी प्राकृतिक साइट है Taï National Park (1982), जो पश्चिमी अफ्रीका के उष्णकटिबंधीय वन के बचे हुए अवशेषों में से एक है।

क्रोएशिया

क्रोएशिया में कुल दस स्थल हैं, जो विश्व धरोहर सूची में अंकित हैं। इनमें से आठ सांस्कृतिक स्थल हैं और दो प्राकृतिक-सांस्कृतिक स्थलों में पोरेल के ऐतिहासिक केंद्र (1997) में यूफ्रेशियन बेसिलिका का एपिस्कोपल कॉम्प्लेक्स शामिल है, जो पोरेल का ऐतिहासिक केंद्र है। यूफ्रेशियन बेसिलिका के कारण इसकी पूर्णता और अनूठे बेसिलिकन कैथेड्रल के कारण इसकी साझेदारी और महत्त्व और भी बढ़ जाता है। ऐतिहासिक शहर ट्रोगिर (1997) हेलेनिस्टिक और रोमन शहर के लेआउट के साथ निर्मित **एक** मध्यकालीन शहर है, जिसने अपने शहरी परिवेश आधुनिक हस्तक्षेपों के बावजूद **पूर्ण**तः संरक्षित किया है। ऐतिहासिक परिसर डायोक्लेशियन के महल के साथ स्प्लिट (1979) मध्य युग में बसाया गया था। इस पूरे परिसर के निर्माण में प्राचीन मकबरे से सामग्री लेकर उसका पुनः उपयोग किया गया है।

अन्य सांस्कृतिक स्थलों में से कुछ हैं—ओल्डसिटी ऑफ डबरोवनिक (1979, 1994), स्टारी ग्रैडप्लेन (2008), स्टेओ सीमेडी वलटॉम्बस्टोन ग्रेवयार्ड्स (2016), द कैथेड्रल ऑफ सेंट जेम्स इन ikibenik (2000) और वेनिस वर्क्स ऑफ डिफेंस और 17वीं शताब्दी : स्टेटोदा टेरा—वेस्टर्न स्टेटोदा मार्च (2017)।

दो प्राकृतिक स्थलों में कॉरपेथियन और यूरोप के प्राचीन बीच के जंगल (2007, 2011, 2017) और प्लिटविस लेक नेशनल पार्क (1979, 2000) शामिल हैं। इस पार्क में चूना पत्थर और चाक पर बहनेवाले पानी ने हजारों वर्षों के दौरान ट्रैवर्टीन बैरियर जमा कर दिए हैं। इस बैरियर ने प्राकृतिक बाँधों, सुंदर झीलों, गुफाओं और झरनों की एक श्रृंखला बना दी है।

क्यूबा

क्यूबा के नौ स्थल हैं, जो विश्व धरोहर सूची में शामिल हैं, जिनमें से सात सांस्कृतिक स्थल हैं और दो प्राकृतिक। सांस्कृतिक स्थलों में क्यूबा (2000) के दक्षिण-पूर्व के कॉफीप्लांटेशन के आर्कियोलॉजिकल लैंडस्केप शामिल हैं और सिएरा मेस्ट्रा की तलहटी में 19वीं सदी के कॉफीप्लांटेशन के बचे हुए साक्ष्य हैं, जो कृषि की प्राचीन

पद्धति के अद्वितीय प्रमाण हैं। एक कठिन इलाके में कैमागुय का ऐतिहासिक केंद्र (2008) लैटिन अमेरिका के उत्कृष्ट शहरी विकास को वास्तुशिल्प के माध्यम से दर्शित करता है। इसके शहरी लेआउट-सर्पिल सड़कें, गलियाँ, शहरी ब्लॉक और भूखंड प्रणाली इसके नगरीय के विकास की अनूठी पद्धति का परिचय देते हैं। ओल्डहवाना और इसका फोर्टिफिकेशन सिस्टम (1982) ने अपने इतिहास की विभिन्न अवधियों के वैविध्यपूर्ण चरित्र और इनकी एकता को बनाए रखा है। अन्य सांस्कृतिक स्थलों में सासनपेड्रोडी ला रोका कैसल, सैंटियागोडी क्यूबा (1997), त्रिनिदाद और वैलीडी लॉसइन जेनियोस (1988), सियान फ्यूगोस का अर्बन हिस्टोरिक सेंटर (2005) और वियेल्स वैली (1999) शामिल हैं।

प्राकृतिक स्थलों में अले जांद्रो डेबोल्ट नेशनल पार्क (2001) शामिल है, जो क्यूबा और डेसंबार कोडेलग्रांमा नेशनल पार्क (1999) में स्थलीय और मीठे पानी की जैव विविधता के संरक्षण तथा प्राकृतिक आवासों की व्यवस्था के लिए प्रसिद्ध है।

साइप्रस

साइप्रस में तीन सांस्कृतिक स्थल हैं, जो विश्व विरासत सूची में अंकित हैं। चियोइरोकितिया (1998) अच्छी तरह से संरक्षित एक पुरातात्त्विक स्थल है, जो एशिया से भूमध्यसागरीय सभ्यता के प्रसार के संबंधों का वैज्ञानिक डेटा प्रदान करता है। अन्य दो साइटों में एक टूडोस क्षेत्र (1985, 2001) में चर्च शामिल हैं, जो अपने चित्रों के माध्यम से निकेतारी और लागोएरा के दासों की चित्रकला के इकलौते साक्षी हैं। पापहोस (1980) बीजांटिन सभ्यता से संबंधित विश्व-धरोहर है। यह नव पाषाण काल से पहले Aphrodite के पंथ तथा पूर्व-हेलेनिक प्रजनन देवताओं का केंद्र था।

चेकिया

चेकिया में कुल चौदह सांस्कृतिक स्थल हैं, जो विश्व विरासत सूची में अंकित हैं। Erzgebirge/KrušnohoMiningí खनन क्षेत्र (2019) रेनांसा आधुनिक युग तक प्रौद्योगिकी और वैज्ञानिक नवाचारों का एक महत्त्वपूर्ण केंद्र है। बोहेमिय पर्वत की संपदाओं के कारण यह अत्यंत महत्त्वपूर्ण माना जाता है। Kroměříž (1998) के गार्डन और कैसल राजसी निवास का अच्छी तरह से संरक्षित धरोहर का उत्कृष्ट उदाहरण है, जिन्होंने बारोक उद्यान और महलों के डिजाइन के लिए मध्य यूरोप में अपनी एक महत्त्वपूर्ण भूमिका निभाई। KreskýKrumlov (1992) का ऐतिहासिक केंद्र अपनी संरचना और इमारतों के लिए जाना जाता है, जो मध्य युग के आर्थिक

वैभव का प्रदर्शन करते हैं। प्रागैतिहासिक केंद्र प्राग (1992) मध्य यूरोप में ईसाई धर्म के मध्ययुगीन विकास में उत्कृष्ट भूमिका निभाने वाला केंद्र है। शहरी स्थापत्य कला के उत्कृष्ट और गुणवत्तापूर्ण नमूने यहाँ भरे पड़े हैं।

टेलीकॉम का ऐतिहासिक केंद्र (1992) राजनीतिक नियंत्रण और आर्थिक विस्तार के मध्य बस्तियों के बीच 'वृक्षारोपण' का सबसे अच्छा जीवित उदाहरण है। इस वन-क्षेत्र का विकास मध्य यूरोप में किया गया था। होलासोविस हिस्टोरिक विलेज (1998) एक पारंपरिक यूरोपीय गाँव है, जिसे अच्छी तरह से संरक्षित किया गया है। ओलोमौक (2000) में पवित्र ट्रिनिटी कॉलम मध्य यूरोप की बरूए कलात्मक अभिव्यक्ति 'एपोगी' के असाधारण उदाहरणों से संपन्न है। इनके अलावा सेंट प्रोकोपियस' बेसिलिका इन टीबिक (2003) में यहूदी क्वार्टर, ऐतिहासिक टाउन सेंटर और सेडेलक (1995) में सेंट बारबरा चर्च, लेडी के कैथेड्रल; (2019) में सेरेमोनियल कैरिज हॉर्स के प्रजनन और प्रशिक्षण के लिए लैंडस्केप; लेडनिस-वाल्टिस कल्चरल लैंडस्केप (1996); में लिटो माइकल कैसल (1999); जेलेंकाहोरा (1994) में सेंट जॉन ऑफ नेपोमुक का तीर्थयात्रा चर्च और ब्रनो (2001) में तुगेंदतविला भी अत्यंत महत्त्वपूर्ण हैं।

कोरिया डेमोक्रेटिक पीपुल्स रिपब्लिक

डेमोक्रेटिक पीपुल्स रिपब्लिक ऑफ कोरिया में केवल दो साइटें हैं, जो वर्ल्ड हेरिटेज साइट सूची में अंकित हैं। दोनों सांस्कृतिक स्थल हैं। कगुरोटॉम्ब्स का कॉम्प्लेक्स (2004) तीसरी शताब्दी ईसा पूर्व से 7वीं शताब्दी ईस्वी के बीच का है। इस अवधि में कोगुरो पूर्वोत्तर चीन के सबसे मजबूत राज्यों में से एक था और कोरियाई प्रायद्वीप का आधा हिस्सा था। यह कोगुरो के रीति-रिवाजों और टाइपोलॉजी का महत्त्वपूर्ण उदाहरण है, जिसने जापान सहित क्षेत्र की अन्य संस्कृतियों को भी प्रभावित किया। कोगुरो की कब्रों की दीवार और पेंटिंगकोगुरो साम्राज्य के सांस्कृतिक युगका परिचय देनेवाली चित्रकला की उत्कृष्ट धरोहरें हैं।

कासॉन्ग (2013) के ऐतिहासिक स्मारक और स्थल देश के दक्षिणी क्षेत्र में स्थित हैं, जो 10वीं से 14वीं शताब्दी तक के कोरियो राजवंश के इतिहास और संस्कृति का गवाह है। यहाँ बौद्ध धर्म ने पूर्वी एशिया में नव-कन्फ्यूशीवाद को जन्म दिया था। यह स्मारक विभिन्न राज्यों के सांस्कृतिक, आध्यात्मिक और राजनीतिक मूल्यों को आत्मसात् करने की मानव प्रकृति का दिग्दर्शन कराता है। कोरिओ से पहले प्रायद्वीप में पाँच शताब्दियों के दौरान अन्य पड़ोसी राज्यों के साथ मूल्यों के आदान-प्रदान को भी ये स्मारक प्रकट करते हैं।

डेमोक्रेटिकरी पब्लिक ऑफ द कांगो

कांगो लोकतांत्रिक गणराज्य में पाँच साइटें हैं, जिन्हें विश्व विरासत स्थलों की सूची के तहत अंकित किया गया है। ये सभी विश्व विरासत की डेंजर सूची में भी दर्ज हैं। गरबा राष्ट्रीय उद्यान (1980) में व्यापक सवाना, घास के मैदान, वुडलैंड्स, नदी के किनारे गैलरी वन और दलदली घाटियाँ हैं, जहाँ हाथी, जिराफ, दरियाई घोड़ा और सफेद गैंडे जैसे कई वन-पशु रहते हैं। काहुजी-बेजा नेशनल पार्क (1980) विलुप्त ज्वालामुखियों, काहुजी और बेजेगा के प्रभुत्व वाले उष्णकटिबंधीय वन से आच्छादित विशाल क्षेत्र है, जिसमें विविध प्रकार के जीव प्रचुर मात्रा में निवास करते हैं। यह पूर्वी तराई की गोरिल्ला प्रजाति के अंतिम समूहों में से एक का घर है। लोकतांत्रिक गणराज्य कांगो के उत्तर-पूर्व में इटुरी वन का पाँचवाँ हिस्सा ओकापी वन्यजीव अभ्यारण्य (1996) प्राइमेट्स और पक्षियों की खतरे वाली प्रजातियों की शरण स्थली है। इस जंगल में लगभग 30,000 ओकेपी में से 5,000 जीवित हैं। सालॉन्गा नेशनल पार्क (1984) मध्य अफ्रीका के दुर्लभ मौजूदा बायोटोप्स में से एक है। विरुंगा नेशनल पार्क (1979) अफ्रीका का सबसे शानदार माउंटेन लैंडस्केप है, जिसमें आवासों की विविधता, दलदल और स्टेप्स आश्चर्य में डाल देते हैं।

डेनमार्क

डेनमार्क में वर्ल्ड हेरिटेज साइट्स की सूची में दस साइटें हैं, जिनमें से सात सांस्कृतिक हैं और तीन प्राकृतिक स्थल हैं। आसिवसुइट—निपिसैट। आर्कटिकसर्कल के अंदर स्थित आइस एंड सी (2018) के बीच इनुइटहंटिंग ग्राउंड में 4,200 साल के मानव इतिहास के अवशेष हैं। कई सहस्राब्दियों से अक्षुण्ण और गतिशील प्राकृतिक परिदृश्य से यह भरा-पूरा है। सांस्कृतिक विरासत और इनुइट के लोगों द्वारा शिकार और उनके मौसमी संघर्षों से संस्कृति और प्रकृति के बीच के संबंधों का परिचय देनेवाले अनेक स्थल यहाँ मौजूद हैं। क्रिश्चियन फेल्ड एक मोरवियन चर्च सेटलमेंट (2015) एक नियोजित आदर्शवादी प्रोटेस्टेंट कॉलोनी है, जो जेलिंगमोयड्स का एक उत्कृष्ट उदाहरण है। रूनिकस्टोंस और चर्च (1994) बुतपरस्त नॉर्डिक संस्कृति का एक उत्कृष्ट उदाहरण है। क्रोन बॉर्गकैसल (2000) ने डेनमार्क के इतिहास में एक महत्त्वपूर्ण भूमिका निभाई है। पुनर्जागरण युग का यह एक आकर्षक महल है। कुजता ग्रीनलैंड : आइसकैप (2017) के किनारे पर नॉर्स और इनुइटफार्मिंगया सबआर्केटिक खेती के विलक्षण परिदृश्य हैं। 10वीं शताब्दी के आसपास इस क्षेत्र में प्रवेश करनेवाले नॉर्स किसान-शिकारी समूह के सांस्कृतिक इतिहास को इसमें देखा जा सकता है। रोसकिल्ड कैथेड्रल (1995) उत्तरी यूरोप में ईंट की सबसे बड़ी इमारतों में से एक है।

पूरे क्षेत्र में इस उद्देश्य के लिए ईंट के प्रसार पर गहरा प्रभाव पड़ा है और उत्तरी अफ्रीका में पैरा बल शिकार परिदृश्य एक सांस्कृतिक स्थल भी है, जिसमें स्टोरडायरेव और ग्रिब्सकोव के दो शिकार वन शामिल हैं, साथ ही इस क्षेत्र में जॉस्बोर्गहेगन/जोस्बर्गडाइरेवे के शिकार पार्क भी हैं।

डेनमार्क के तीन प्राकृतिक स्थलों में इल्यूलिसैट आइसफॉर्ड (2004) चौथी शताब्दी के अंतिम हिमयुग का एक उत्कृष्ट उदाहरण है। स्टीवंसक्लिंट (2014) पृथ्वी पर जीवन के इतिहास और वेडन सी (2009, 2014) उल्कापिंड के प्रभाव की गवाही देनेवाली धरोहरें हैं। इन दोनों को देखने से यह आभास होता है कि विश्व के कई हिस्सों में प्राकृतिक प्रक्रियाएँ किस तरह एक लंबे अरसे तक अबाधित जारी रहती हैं।

डोमिनिका

डोमिनिका में मोर्नेट्रॉइसपिटन्स नेशनल पार्क (1997) एकमात्र साइट है, जिसे वर्ल्ड हेरिटेज साइट की सूची में स्थान दिया गया है। इस संपत्ति में ज्वालामुखी के विस्फोटों की निरंतर श्रृंखला के परिणामस्वरूप निर्मित जियो मॉर्फोलॉजिक संरचनाओं की असाधारण सरणियाँ अद्भुत हैं। यह दुर्लभ वन क्षेत्रों में से एक है, जो अभी तक इंसुलर कैरिबियन क्षेत्र में बचा हुआ है।

डोमिनिकन गणराज्य

औपनिवेशिक सिटी ऑफ सेंटो डोमिंगो (1990) डोमिनिकन गणराज्य की एकमात्र साइट है, जिसे वर्ल्ड हेरिटेज साइट की सूची में जगह मिली है। यह 1492 में क्रिस्टोफर कोलंबस के इस द्वीप पर आने के समय कैथेड्रल अस्पताल, सीमा शुल्क घर और विश्वविद्यालय की जगह थी। इस शहर की स्थापना 1498 में हुई थी और इसे एक ग्रिड पैटर्न पर बनाया गया था, जो बाद में नई दुनिया के निर्माण के समय लगभग सभी सरकारी योजनाकारों के लिए मॉडल बन गया था।

इक्वाडोर

इक्वाडोर के पाँच स्थलों को विश्व विरासत स्थल सूची में रखा हैं, जिनमें से तीन सांस्कृतिक शहर हैं और दो प्राकृतिक। क्विटो शहर (1978) इक्वाडोर की राजधानी है, जिसे 16वीं शताब्दी में इंका शहर के खँडहरों पर स्थापित किया गया था। यह 2,850 मीटर की ऊँचाई पर स्थित है। यह लैटिन अमेरिका का उत्तम ढंग से संरक्षित और बहुत कम परिवर्तित ऐतिहासिक केंद्र है। सेंटा एना डेलॉसरिओस डेक्युने का (1999) का

ऐतिहासिक केंद्र अमेरिका में पुनर्जागरण और शहरी नियोजन को दरशाता है। एंडियन रोड सिस्टम (2014) ने ग्रामीण और दूरस्थ क्षेत्रों के लिए असाधारण तकनीकी और इंजीनियरिंग कौशल की मदद से ऐसी कामकाजी संचार और व्यापार प्रणाली बनाई है, जो तकनीशियनों और कलाकारों की मेधा का स्वत: प्रमाण है। कठिन भौगोलिक परिस्थिति में संरचित दो प्राकृतिक स्थलों में गैलापागोस द्वीप समूह (1978, 2001) और संगे नेशनल पार्क (1983) अपना अलग ही स्थान रखनेवाली धरोहरें हैं।

मिस्र

मिस्र में सात स्थल हैं, जो वर्ल्ड हेरिटेज साइट्स सूची में शामिल किए गए हैं। इनमें से छह सांस्कृतिक स्थल हैं और एक प्राकृतिक स्थल। अबूमेना का सांस्कृतिक स्थल (1979) डेंजर की विरासत की सूची में भी दर्ज है। मकबरे के ऊपर अलेक्जेंड्रिया के शहीद मेनास (जिनकी मृत्यु A.D. 296 में हुई) के जीवन की कथा अंकित है। यह प्रारंभिक ईसाई धर्म का पवित्र शहर है। नेक्रोपोलिस (1979) के साथ प्राचीन थियोस को देवता अमोन के शहर के रूप में भी जाना जाता है। मध्य और नई रियासतों की अवधि के दौरान यह मिस्र की राजधानी थी, जो मिस्र सभ्यता का एक उल्लेखनीय साक्ष्य था। ऐतिहासिक काहिरा (1979) अपनी प्रसिद्ध मसजिदों, मदरसों, हमामों और फव्वारों के लिए जाना जाता है। यह दुनिया के सबसे पुराने इसलामी शहरों में से एक है। द मेम्फिस ऐंड इट्सनेक्रोपोलिस-पिरामिड फील्ड्स इन गिजा से दहशूर (1979) दुनिया के सबसे महत्त्वपूर्ण स्मारकों में से एक है और प्राचीन दुनिया का एकमात्र जीवित आश्चर्य है। यह स्थल उन धार्मिक मान्यताओं से भी जुड़ा हुआ है, जो राजाओं द्वारा पवित्र किए गए नेक्रोपोलिस 'पटा' के भगवान् से संबंधित हैं। अबूसिंबल से फिलै (1979) न्युबियन स्मारक एक उत्कृष्ट पुरातात्त्विक क्षेत्र है, जिसमें अबूसिंबल में टेम्स ऑफ रामसेस द्वितीय और फिलिस में आइसिस के अभयारण्य जैसे शानदार स्मारक शामिल हैं। संेट कैथरीन एरिया (2002) में कलात्मक खजाने और एक बीहड़ परिदृश्य में इसके घरेलू एकीकरण का संयोजन है, जो इसे मानव की रचनात्मक प्रतिभा का एक उत्कृष्ट उदाहरण बनाता है। वाडीअल-हितान (व्हेलवैली) (2005) मिस्र की एकमात्र प्राकृतिक साइट है, जो ह्वेल के विकास को प्रदर्शित करने के लिए दुनिया भर में प्रसिद्ध धरोहर स्थल बन चुकी है।

एलसाल्वाडोर

जोयाडेसेरेन आर्कियो लॉजिकल साइट (1993) एलसाल्वाडोर का एकमात्र सांस्कृतिक स्थल है, जो विश्व विरासत स्थल सूची में शामिल है। इटली में पोंपेई और

हरकुलेनियम की तरह जोयाडेसेरेन एक पूर्व-हिस्पैनिक कृषि समुदाय था, जो लगुनाकाल्डेरा ज्वालामुखी के विस्फोट के कारण दफन हो गया था। 600 साइट अवशेषों की असाधारण स्थिति के कारण यह साइट मध्य अमेरिका के आम लोगों के दैनिक जीवन की अनूठी कहानी कहती है, जो दैनिक-कार्य करने के दरमियान ही जीवित जीवाश्म बन गए थे।

इरीट्रिया

अस्मारा : एक आधुनिकतावादी अफ्रीकी शहर (2017) इरीट्रिया का एकमात्र साइट है, जिसे विश्व विरासत सूची में सम्मिलित किया गया है। अस्मारा इरीट्रिया की राजधानी है। यह अफ्रीकी संदर्भ में योजना बनाने, ज्ञान के आदान-प्रदान और और मनुष्य के भौतिकीकरण को दरशाने वाला एक उत्कृष्ट उदाहरण था।

एस्तोनिया

एस्टोनिया में दो साइटें हैं, जो विश्व विरासत सूची में रखी गई हैं। ये दोनों सांस्कृतिक स्थल हैं। तेलिन (1997) का ऐतिहासिक केंद्र (ओल्ड टाउन) लगभग 13वीं शताब्दी में अस्तित्व में आया था और यह सामंती अधिपति और हंसेटिकट्रेडिंग सेंटर की सीट के सह-अस्तित्व के कई प्रकरणों का प्रतिबिंब है। द स्ट्रूवेजियो डेटिक आर्क (2005) तकनीकी कौशल का एक उत्कृष्ट उदाहरण है—मेरिडियन की माप के त्रिभुज बिंदुओं को प्रस्तुत करना इसकी विशेषता है।

इथियोपिया

इथियोपिया में कुल नौ साइटें हैं, जो वर्ल्ड हेरिटेज में अपनी जगह बनाती हैं। इनमें से आठ साइटें सांस्कृतिक स्थल हैं और एक प्राकृतिक स्थल। इथियोपिया की उत्तरी सीमा में पाए जानेवाले अक्सुम (1980) प्राचीन शहर के खँडहर हैं, जो तीसरी और चौथी शताब्दी के अति सुंदर नक्काशीदार मोनोलिथिकस्टेले के लिए प्रसिद्ध हैं। ये मानव की रचनात्मक प्रतिभा की अनूठी कृतियाँ हैं। 16वीं और 17वीं शताब्दी के दौरान फासिलघेबी, गोंदर क्षेत्र (1979) इथियोपियाई सम्राटों का निवास स्थान था। शहर के महल, चर्च, मठ और अद्वितीय सार्वजनिक और निजी इमारतें हिंदू और अरब प्रभावों के सामंजस्य को प्रस्तुत करती हैं। देश के पूर्वी भाग में स्थित हरारजुगोल, फोर्टिफाइड हिस्टोरिक टाउन (2006) रेगिस्तान और सवाना से घिरा हुआ है। यह इसलाम धर्म का चौथा सबसे पवित्र शहर है। इस पवित्र मुसलिम शहर के आसपास की दीवारें 13वीं और 16वीं शताब्दी के बीच बनाई गई थीं। अन्य साइटों में कोंसो सांस्कृतिक लैंडस्केप

(2011) द लोअर वैली ऑफ द एवाश (1980), ओमो की निचली घाटी (1980), रॉक-हेवनचर्च, लालिबेला (1978) और टिया (1980) और सिमीयन नेशनल पार्क (1978) प्रमुख हैं। सिमीयन नेशनल पार्क कई दृष्टियों से महत्त्वपूर्ण है, जहाँ लाखों वर्षों से हो रहे कटाव के परिणामस्वरूप उत्तरी इथियोपिया में 1,500 मीटर की ऊँचाई पर दाँतेदार पर्वत शिखर, गहरी घाटियाँ और तेज बहाव पैदा हो गए हैं।

फिजी

लेवुका हिस्टोरिकल पोर्ट टाउन (2013) फिजी का एकमात्र साइट है, जो विश्व विरासत सूची में अंकित है। यह शहर 19वीं सदी में प्रशांत द्वीपों के भू-सांस्कृतिक क्षेत्र में यूरोपीय समुद्री विस्तार के कारण हुए मानवीय मूल्यों के आदान-प्रदान और सांस्कृतिक संपर्क के महत्त्वपूर्ण पहलुओं को दरशाता है।

फिनलैंड

विश्व धरोहर सूची के तहत फिनलैंड में सात स्थल हैं, जिनमें से छह सांस्कृतिक स्थल हैं और एक प्राकृतिक स्थल। सेमल्ला हडेनमाकी (1999) का कांस्य युग दफन स्थल, तीन सहस्राब्दियों पहले उत्तरी यूरोप की सामाजिक और धार्मिक संरचनाओं के साथ-साथ 30 से अधिक ग्रेनाइट दफन गुफाओं के माध्यम से अंतिम संस्कार प्रथाओं की अद्वितीय अंतर्दृष्टि का प्रमाण देता है। स्वीडन द्वारा 18वीं शताब्दी के उत्तरार्ध में निर्मित सुलेमांलन्ना (1991) का किला उस कालावधि के दुर्गीकरण या दुर्ग निर्माण की कला का एक उत्कृष्ट उदाहरण है। यह गढ़ स्थापत्य की विशेषताओं को भी प्रदर्शित करता है। ओल्डराउमा (1991) फिनलैंड के पेटाजेवी ओल्ड चर्च (1994) सबसे पुराने बंदरगाह पर अवस्थित है, जो उत्तरी यूरोप में लकड़ी के चर्चों की स्थापत्य परंपरा का एक उत्कृष्ट उदाहरण है। स्ट्रूजियो डेटिकआर्क (2005), वेरला ग्राउंड वुड और बोर्ड मिल (1996) और हाई कोस्ट/क्वार्कन द्वीप समूह (2000, 2006) भी विश्व धरोहर सूची का हिस्सा हैं।

फ्रांस

फ्रांस में कुल पैंतालीस साइटें हैं, जो वर्ल्ड हेरिटेज सूची में अपना स्थान बनाती हैं। इनमें से उनतालीस सांस्कृतिक स्थल, पाँच प्राकृतिक स्थल और एक मिश्रित स्थल है। सेंटर-वैल-डी-लॉयर क्षेत्र में स्थित चाटरिस कैथेड्रल (1979) को यूरोप के सबसे महान् गोथिक कैथेड्रल में से एक माना जाता है, जो 'फ्रेंचगोथिक' कला के सर्वश्रेष्ठ रूप

को दरशाता है। नोर्मंडी के तट से 600 मीटर की दूरी पर स्थित मोंट-सेंट-मिशेल और इसकी खाड़ी (1979) अद्वितीय प्राकृतिक स्थल है और मध्ययुगीन ईसाई सभ्यता के सबसे महत्त्वपूर्ण स्थलों में से एक है। बॉरदॉ, पोर्ट ऑफ द मून (2007) दक्षिण-पश्चिम फ्रांस में गेरोन नदी पर स्थित 'द पोर्ट ऑफ द मून' है, जो उत्कृष्ट नगरीय वास्तुशिल्प का नमूना है। दो हजार से अधिक वर्षों के मानवीय मूल्यों के आदान-प्रदान को यह बहुत स्पष्टता के साथ दरशाता है।

वेजले, चर्च और हिल (1979) को **9वीं** शताब्दी में स्थापित किया गया था। इसकी नींव रखे जाने के थोड़े समय के बाद एक मध्ययुगीन भिक्षु ने यहाँ मैरीमैग्डलीन के अवशेष जमा किए, जिन्हें 1058 में पोपस्टीफन IX ने प्रामाणिक घोषित किया। इसके बाद वैजले कैथोलिक तीर्थयात्रा का एक महत्त्वपूर्ण स्थान बन गया। पेरिस बैंक ऑफ द सीन (1991) शहर का एकमात्र धरोहर स्थल है, जो एक प्रमुख यूरोपीय शहर के रूप में पेरिस के विकास को दरशाता है। लौवर, एफिलटॉवर, नोट्रेडेम के कैथेड्रल, सैंटेचैपलचर्च, प्लेसडे ला कॉनकॉर्ड, ग्रैंडपलासी अन्य कई ऐसी ऐतिहासिक और वास्तुशिल्प की दृष्टि से शानदार इमारतें हैं, जिन्हें पेरिस के सबसे प्रतिष्ठित स्थलों में गिना जाता है।

वर्साइल के पैलेस और पार्क में (1979) लुई XIV से लुई XVI तक सभी फ्रांसीसी राजाओं का आवास था। यह स्थान मूर्तिकारों, वास्तुकारों और कलाकारों की कई पीढ़ियों के कार्यों से सुशोभित है। यह एक सदी से अधिक समय तक आदर्श शाही निवास के रूप में प्रतिष्ठित था। वर्साइल का पैलेस वह जगह है, जहाँ वर्साय की संधि हुई थी, जिसके चलते जर्मनी और मित्र राष्ट्रों के बीच प्रथम विश्वयुद्ध के अंत की आधिकारिक घोषणा की गई थी। फॉनटेनब्लियू का महल और पार्क (1981) वह एकमात्र शाही महल है, जो सात शताब्दियों तक लगातार बसा रहा था, जबकि फ्रेंचकिंग्स के कई निवास अकसर शिकार लॉज के रूप में भी इस्तेमाल किए जाते थे। 16वीं शताब्दी में किंग फ्रैंकोइस ने इस महल को बदल दिया, इसका विस्तार किया और इसे 'न्यूरोम' बनाने की महत्त्वाकांक्षा में ढाल दिया गया।

कुछ अन्य सांस्कृतिक स्थलों में सेंट-सविन सुर गार्टमपे (1983) अमियंस कैथेड्रल (1981); बेल्जियम और फ्रांस के बेलफ्रीज (1999,2005); बॉर्जकैथेड्रल (1992); कैनलडूमिडी (1996); नॉट्रे-डेम के कैथेड्रल, सेंट-रेमी के पूर्व अभय और ताऊ के महल, रिम्स (1991) और शैंपेन हिल्साइड, मकान और सेलर्स (2015) शामिल हैं।

प्रोविंस, टाउन ऑफ मेडशियन मेल्स (2001) पेरिस से लगभग 57 मील की दूरी

पर शैंपेन के शक्तिशाली काउंट्स के पूर्व क्षेत्र में स्थित है। यह क्षेत्र अंतरराष्ट्रीय व्यापार का एक महत्त्वपूर्ण केंद्र था और अपने मध्यकालीन व्यापार मेलों और ऊन उद्योग के लिए भी जाना जाता था। ऑग्रेपेरेट (2005) द्वारा सिटीरीबिल्ड, ले हवरे की स्थापना 1517 में नॉर्मेंडी के तट पर किंगफ्रांस्वा द्वारा की गई थी। यह शहरी नियोजन और वास्तुकला के पुनर्निर्माण द्वितीय विश्वयुद्ध का प्रमाण है। वौबन की किलेबंदी (2008) पश्चिमी किलेबंदी निर्माण के उस शिखर का गवाह है, जो पश्चिमी सैन्य वास्तुकला की खासियत रही है।

Sully-sur-Loire और Chalonnes (2000) के बीच लॉयर घाटी का सांस्कृतिक परिदृश्य से संबंधित सौंदर्य दिखाई देता है। यहाँ कई ऐतिहासिक कस्बों और गाँवों, महान् स्थापत्य स्मारकों और आबादी के चिह्न मौजूद हैं। पर्यावरण और खेती के शताब्दियों पुराने प्रमाण यहाँ मिलते हैं, जिसमें नदी ने अपनी महत्त्वपूर्ण भूमिका निभाई है। बॉर्ग्स कैथेड्रल (1992) को गोथिक कला की महान् कृतियों में से एक माना जाता है। डिजाइन की दृष्टि से अनुपात और समन्वय के लिए इसकी प्रशंसा की जाती है। इसकी इमारत शानदार है। आगंतुक इसकी शीशे की खिड़कियों की प्रशंसा करते हैं। रोमनस्क्यू ने इसके नक्काशीदार पोर्टल्स और अग्रभाग बनाए हैं। यह गॉथिक कला की महान् कृतियों में से एक है। यह अपनी योजना और डिजाइन की अखंडता संरक्षित किए हुए है। इसकी कलात्मकता भी अक्षुण्ण है।

ग्रेट साल्टवर्क्स से ओपन-पैन साल्ट (1982,2009) नमक के उत्पादन को दरशाता है। प्रबुद्ध युग में प्रगति का यह आदर्श नमूना है। क्लाइमैट्स, बरगंडी (2015) के टेरीओर्स विशिष्ट प्राकृतिक परिस्थितियों के कारण एक-दूसरे से अलग हैं, साथ ही 'वेला' के प्रकारों को मानव खेती के लिए यहाँ आकार दिया गया है। Fontenay (1981) की सिस्टरियन, सिस्टरियन भिक्षुओं के उन प्रारंभिक समुदायों के आदर्शों का परिचय देते हैं, जो आत्मनिर्भरता के आदर्श में विश्वास करते थे। 'नैतिक और सौंदर्यवादी आदर्शों का भौतिक रूप' पश्चिमी इतिहास में ईसाई धार्मिक समुदाय के प्रयासों से कई बार पनपा था।

पोंट की सजावटी गुफा d'Arc, जिसे Grotte Chauvet-Pont d'Arc, Ardèche (2014) के रूप में जाना जाता है; एपिस्केलसिटी ऑफ एल्बी (2010); हिस्ट्रीशीटर फोर्टिफाइड सिटी ऑफ कारकैसन (1997); ल्योन का ऐतिहासिक स्थल (1998); सेंट-एमिलियन का अधिकार क्षेत्र (1999); नॉर्ड-पास डीकैलाइस माइनिंग बेसिन (2012); प्लेसस्टैनिस्लास, प्लेसडे ला कैरीयर और प्लेसडी 'नेल्सन इन नैंसी (1983) और आल्प्स (2011) के आसपास प्रागैतिहासिक धरोहरों की सूची का हिस्सा हैं।

रोमन थिएटर 'विजयीआर्क' (1981) दुनिया के रोमन थिएटरों में से एक है। एविग्नन का ऐतिहासिक केंद्र : पापलपै लेस, एपिस्कोपल एन्सेंबल और एविग्नन ब्रिज (1995) अपनी मध्यकालीन वास्तुकला और पहाड़ों के लिए बहुत प्रसिद्ध हैं। 14वीं शताब्दी के दौरान एविग्नॉनपापेसी की सीट बन गया था, जिसने उस समय शहर में बहुत अधिक संपत्ति अर्जित की। द पोप्स ने 1403 तक (एक सदी से अधिक समय तक) एविग्नन में निवास करना जारी रखा। अर्ल्स, रोमन और रोमन स्कमोनुमेंट्स (1981) एक प्राचीन शहर के मध्ययुगीन शहर बनने का अच्छा उदाहरण है। 11वीं और 12वीं शताब्दी के दौरान इसे दक्षिणी यूरोप के सबसे खूबसूरत शहरों में से एक माना जाता था।

पोंटडुगार्ड (रोमन एक्वाडक्ट : 1985) नामक रोमन एक्वाडक्ट का निर्माण मार्कस वीपसानीसए ग्रीप्पा, (ऑगस्टस के दामाद) के नेतृत्व मेंकिया गया था। Vézère Valley (1979) न केवल नृवंश विज्ञान और नृविज्ञान के अनेक साक्ष्य प्रदान करता है, बल्कि इसके गुफा चित्रों में एक सौंदर्यवादी दृष्टि भी दिखाई देती है। वेजेयर घाटी में 147 प्रागैतिहासिक स्थल और 25 सुंदर गुफाएँ हैं, जो पुरापाषाण युग से आज भी बरकरार हैं।

कुछ अन्य सांस्कृतिक स्थलों में सैंटियागोडी कॉम्पोस्टेला के मार्ग (1998), स्ट्रासबर्ग, ग्रांडे-इले और नेस्टाड (1988,2017); टुटापुआतिया (2017); ले कार्बूजियर के वास्तुशिल्प कार्य है और भूमध्य कृषि-देहाती सांस्कृतिक लैंडस्केप (2011) प्रमुख हैं।

फ्रांस में प्राकृतिक स्थल Chaîne des Puys, (2018); फ्रेंच ऑस्ट्रेलियाई भूमि और समुद्र (2019); न्यू कैलेडोनिया के लैंस : रीफ डाइवर्सिटी और एसोसिएटेडइको सिस्टम (2008) और पीटंस, सियरीज एंड रीयूनियन आइलैंड (2010) के अवशेष प्रमुख हैं। पोर्टो की खाड़ी : पिआना की कैलंच, जिरोलता की खाड़ी, स्कैंडोला रिजर्व (1983) 118.0 किमी. के क्षेत्र में फैली हुई है। यह पर्वत और समुद्र के साथ-साथ भूवैज्ञानिक संरचनाओं को भी कवर करती है, और डेंजर सूची का भी हिस्सा है। फ्रांस में एकमात्र मिश्रित साइट पिरामिड है—मॉण्टपेरु (1997, 1999), जो मैदानी, झीलों, गुफाओं, पहाड़ों और जंगलों के साथ एक असाधारण परिदृश्य प्रस्तुत करता है।

गैबॉन

लोपे-ओकंडा (2007) की इकोसिस्टम और रिलीफ कल्चरल लैंड स्केप गैबॉन में एक मिश्रित साइट है, जो विश्व विरासत सूची में अंकित है। साइट इतिहास के 4,00,000 वर्षों से निरंतर विकासमान वनों और सवाना के वातावरण के बीच एक असामान्य इंटरफेस प्रदर्शित करती है।

गांबिया

गांबिया में दो स्थल हैं, जो विश्व विरासत सूची में शामिल किए गए हैं। ये दोनों सांस्कृतिक स्थल हैं। कुंटाकिन्टेह द्वीप और संबंधित साइटें (2003) अफ्रीका और यूरोप के बीच गांबिया नदी के साथ मुख्य अवधियों के अवशेषों से भरा पड़ा हैं, ये सभी पूर्व-औपनिवेशिक और पूर्व-गुलामी से स्वतंत्रता तक फैली निरंतरता को अपने भीतर समेटे हुए हैं। सेनेगंबिया (2006) के स्टोन सर्किलों में शिलालेख उत्कीर्ण पत्थर के चार बड़े समूह शामिल हैं, जो कि महापाषाण-युग की समग्रता का प्रतिनिधित्व करते हैं। इनमें मानव समूहों के जीवनयापन और अंत्येष्टि प्रथाओं की अनूठी अभिव्यक्ति मिलती है। एक बड़े भौगोलिक क्षेत्र में फैली यह धरोहर सहस्राब्दियों पहले के परिष्कृत और उत्पादक समाज के जीवन-क्रम को दरशाती है।

जॉर्जिया

जॉर्जिया में तीन सांस्कृतिक स्थल हैं, जो विश्व विरासत सूची में शामिल हैं। गलाती मठ (1994, 2017) जॉर्जिया के 'स्वर्ण युग' की वास्तुकला की उत्कृष्ट कृति है। इसकी स्थापत्य शैली उत्कृष्ट है। संतुलित अनुपात और बाहरी सजावट के साथ बड़े ब्लॉक की संरचना इसे और भी विशिष्ट बनाती है। इसकी मेहराब शिल्प कला का उत्कर्ष है। मत्सखेता (1994) के विशाल स्मारक जॉर्जिया के लुप्त हो रहे साम्राज्य के उच्च स्तर की गवाही देते हैं, जिसने अपने क्षेत्र के मध्ययुगीन इतिहास में उत्कृष्ट भूमिका निभाई थी। अपर सेनेटी (1996) पहाड़ी परिदृश्य का एक उत्कृष्ट उदाहरण है, जो अद्वितीय रक्षात्मक टॉवर घरों के साथ संरक्षित गाँवों का प्रतिनिधित्व करता है। ये गाँव और घर मध्ययुगीन वास्तुकला तथा अन्य कलाओं के उदाहरण हैं।

जर्मनी

जर्मनी में कुल 46 स्थल हैं, जो विश्व धरोहर सूची में शामिल किए गए हैं। इनमें से केवल तीन प्राकृतिक स्थल हैं और शेष सांस्कृतिक स्थल हैं। आचेन कैथेड्रल (1978) औलियन चैपल के परिवार का एक उत्कृष्ट और अनूठा उदाहरण है। लोबस (1991) के एब्बे और अल्टेन मुस्टर, कैरोलिंगियन युग के दुर्लभ वास्तुशिल्प, वास्तुकला और हेडेबी के पुरातात्त्विक सीमा परिसर डेनविर्के (2018) हेडेबी का गवाह है। डेनविर्के शहरी व्यापारिक केंद्र है, जो 8वीं से 11वीं शताब्दी तक समुद्र और भूमि के प्रमुख व्यापारिक मार्गों की रक्षात्मक प्रणाली का परिचय देते हुए यह जताता है कि प्राचीन धरोहरों का संरक्षण किस पद्धति से करना चाहिए।

वाइमर, डेसाउ और बर्ना (1996,2017) में बॉहॉस और इसकी साइटें आधुनिक समय के सांस्कृतिक प्रस्फुटन की गवाही देती हैं। ये संस्कृतियाँ यहाँ शुरू हुईं और फिर क्रमशः दुनिया भर में इसका प्रसार हुआ। बर्गपार्क विल्हेल्मोशे (2013) आधुनिक यूरोप के निरपेक्ष युग का एक असाधारण प्रतीक है। बर्लिन के आधुनिक आवास (2008) नए शहरी और स्थापत्य प्रकारों का असाधारण पुंज हैं। ये बेहतर सामाजिक जीवन की स्थितियों को दरशाते हैं। कैरोलींगियन वेस्टवर्क और सिविटस कॉर्वे (2014) कैरोलिंगियन भवन निर्माण कला और मठ-संस्कृति की गवाही देता है, जो केवल धार्मिक अभिव्यक्ति का माध्यम ही नहीं, बल्कि संप्रभुता को सुरक्षित रखने और देश के विकास का साधन भी थीं।

जर्मनी में ब्रूसल (1984) के महल और ब्रुकल में फॉकलेनस्टल के महल, रोकोको वास्तुकला के शुरुआती उदाहरणों में से एक है। स्वाबीजुरा (2017) में गुफाएँ और बर्फ कला यूरोप में बसने वाले आधुनिक मनुष्यों की संस्कृति का गवाह हैं। 18वीं और 19वीं शताब्दी के उत्तरार्ध में शास्त्रीय वीमर (1998) ने कई लेखकों और विद्वानों को विशेष रूप से गोए थे और शिलर को आकर्षित किया था। यह सांस्कृतिक फैलाव का प्रकटीकरण करता है। कैलिडिएट चर्च, कैसल और ओल्ड टाउन ऑफ क्विडलिनबर्ग (1994) यूरोपीय शहर का एक उत्कृष्ट स्वरूप प्रस्तुत करता है। मध्ययुगीन नींव कला और लकड़ी की इमारतों का स्थापत्य इसकी विशेषता है।

Erzgebirge/KrušnohoMiningí खनन क्षेत्र (2019) रैडिसन और सैक्सोन-बोहेमियन से लेकर आधुनिक युग तक तकनीकी और वैज्ञानिक नवाचारों के केंद्र के रूप में अपनी उत्कृष्ट भूमिका को जताने वाला साक्ष्य है। रोमन साम्राज्य के फ्रंटियर्स (1987, 2005, 2008); डेसौ-वॉर्लिट्ज (2000) के गार्डन किंगडम; लांसेकसिटी ऑफ ल्यूबेक (1987) और हिस्टोरिक सेंटर्स ऑफ स्ट्राल सुंड एंड विस्मर (2002) भी कुछ खास विश्व धरोहरें हैं।

Eisleben और Wittenberg (1996) लूथर मेमोरियल उच्च गुणवत्ता और कलात्मकता से भरा-पूरा स्मारक है। इसकी साज-सज्जा में दुनिया के एक ऐतिहासिक युग और उस युग के विलक्षण महत्त्व को ज्वलंत चित्रों के माध्यम से अंकित किया गया है। मारग्रेवियल ओपेरा हाउस बेयथ (2012) बारोक कोर्ट थिएटर का एक उत्कृष्ट उदाहरण है। मौलब्रोन मठ परिसर (1993) को आल्प्स के उत्तर में भव्य मध्ययुगीन मठ परिसर माना जाता है। रमेल्सबर्ग की खान, गोस्लर का ऐतिहासिक शहर और ऊपरी हर्ज जल प्रबंधन प्रणाली (1992, 2010) में खनन नेटवर्क है, जो खनन तकनीकों के क्षेत्र में उत्कृष्ट ज्ञान से संपन्न है। इसकी व्यापक और उन्नत तकनीकी व्यवस्था जल निकासी,

बिजली और जल का प्रबंधन जैसे क्षेत्रों को संभव करने का प्रमाण देती है।

म्यूजियम सिनसेल (संग्रहालय द्वीप), बर्लिन (1999) संग्रहालय की इमारतों की एक अनूठी संरचना है, जो एक सदी से भी पहले के आधुनिक संग्रहालय डिजाइन के विकास को दरशाती है। मस्क्यूअर पार्क/पार्क मुआकोव्स्की (2004) यूरोपीय पार्क का एक असाधारण उदाहरण है, जिसने मानव निर्मित पार्कों के विकास के लिए मार्गदर्शक का काम किया है। नंबुर्ग कैथेड्रल (2018) से वास्तुकला और मूर्तिकला के क्षेत्र में नवाचारों का अग्रदूत माना जाता है। यह पवित्र रोमन साम्राज्य की सांस्कृतिक परंपराओं को सामने लानेवाली विश्व धरोहर है।

एम्स (2011) के आसपास स्थित एंपायर एजेस और प्रीहिस्टोरिक पाइलड वेलिंग्स की स्थलियाँ अपनी संरचना में अत्यंत आकर्षक हैं। यह यूरोप में 5,000 से 500 ईसा पूर्व की अवधि में प्रारंभिक कृषि समाजों के अध्ययन के लिए सबसे महत्त्वपूर्ण पुरातात्त्विक स्रोतों में से एक है।

कुछ अन्य सांस्कृतिक स्थलों में कोलोन कैथेड्रल (1996) रेइचेनौ का मठवासी द्वीप (2000); पॉट्सडैम और बर्लिन के महल और पार्क (1990, 1992, 1999); पिल्ग्रिमेज चर्च ऑफ वाइज (1983) और वोल्क्लिंगन आयरन वर्क्स (1994) भी विश्व-धरोहर सूची में शामिल हैं।

रोमन मोन्यू मेंट्स, सेंट पीटर के कैथेड्रल और ट्राइ ऑफ अवर लेडी इन ट्रायर (1986) पहली शताब्दी ईस्वी में एक रोमन उपनिवेश था, जो दूसरी शताब्दी में प्रमुख व्यापारिक केंद्र बन गया। तीसरी शताब्दी के अंत में यह टेट्रार्की की राजधानियों में से एक बन गया और इसे 'दूसरारोम' कहा जाने लगा। चिलीचौस (2015) के साथ स्पीचेर स्टेड और कोंटोरहास डिस्ट्रिक्ट में विभिन्न इमारतों और कॉम्प्लेक्स के उत्कृष्ट उदाहरण शामिल हैं, जो 19वीं सदी के अंत और 20वीं शताब्दी की शुरुआत में अंतरराष्ट्रीय व्यापार में तेजी से वृद्धि के परिणामों का प्रतीक हैं। 11वीं और 12वीं शताब्दी में स्पेयर कैथेड्रल (1981) की वास्तुकला ने रोमन स्क्यू के विकास को प्रभावित किया। साथ ही 18वीं शताब्दी से जर्मनी, यूरोप और दुनिया भर में बहाली के सिद्धांतों के प्रसार में भी इसकी उल्लेखनीय भूमिका रही है। सेंट मैरी कैथेड्रल और सेंट माइकल चर्च हिल्डेसिम (1985) ने मध्ययुगीन वास्तुकला के विकास पर बहुत प्रभाव डाला है।

आधुनिक आंदोलन (2016) में अपना उत्कृष्ट योगदान देनेवाले Le Corbusier का वास्तुशिल्प मानव की रचनात्मक प्रतिभा को दरशाने वाली एक उत्कृष्ट कृति है। इसने 20वीं शताब्दी की वास्तुकला को मार्ग दिखाया। टाउन हॉल और रोलैंड ऑन द मार्केट प्लेस ऑफ ब्रेमेन (2004) पवित्र रोमन साम्राज्य में नागरिक स्वायत्तता और

संप्रभुता के विकास का असाधारण गवाह है। टाउन ऑफ बामबर्ग (1993) मध्य यूरोप के एक प्रारंभिक मध्ययुगीन शहर के रूप में ख्यात है। इसका ढाँचा पुराने ढाँचों की सामग्री से खड़ा किया गया है।

ऊपरी मध्य राइन घाटी (2002) वार्टबर्ग कैसल (1999), ऑग्सबर्ग (2019) की जल प्रबंधन प्रणाली, कोर्ट गार्डन और रेजिडेंस स्क्वायर (1981) के साथ वुर्जबर्ग निवास और एस्सेन (2001) में जोल्वरिन कोलमाइन इंडस्ट्रियल कॉम्प्लेक्स भी जर्मनी के कुछ सांस्कृतिक स्थल हैं। जर्मनी के प्राकृतिक स्थलों में कॉरपेथियन और यूरोप के अन्य क्षेत्रों के प्राचीन बीच जंगल शामिल हैं (2007, 2011, 2017); मेसेलपिट जीवाश्म साइट (1995) को सबसे अच्छी साइट माना जाता है। यह एकमात्र साइट है, जो ईओसिन की समझ को बढ़ावा देती है, प्रमुख भूमि पारिस्थितिक तंत्र और वेडन सी (2009, 2014) में स्तनधारियों की अनेक दुर्लभ प्रजातियाँ अपना भरण-पोषण करती हैं।

घाना

घाना में दो सांस्कृतिक स्थल हैं, जिन्हे विश्व विरासत सूची में स्थान दिया गया है। द एसेंट ट्रेडिशनल बिल्डिंग्स (1980) महान् असांते किंगडम की अनूठी स्थापत्य शैली की अंतिम गवाही है। फॉट्र्स एंड कैस्टल्स, वोल्टा, ग्रेटरअक्रा, सेंट्रल और वेस्टर्न रीजन (1979) यूरोपीय-अफ्रीकी संपर्क के भावनात्मक प्रतीक हैं। इनसे अफ्रीकी आबादी के यूरोप में प्रवास की प्रारंभिक अवस्था का भी पता मिलता है।

यूनान

ग्रीस के कुल अठारह स्थल विश्व धरोहर सूची में सूचीबद्ध हैं। इनमें से सोलह सांस्कृतिक और दो मिश्रित स्थल हैं। एक्रोपोलिस, एथेंस (1987) ने न केवल प्राचीन सभ्यता पर, बल्कि समकालीन ग्रीस पर भी प्रभाव डाला है। इन्हें अभी तक एक अनुकरणीय मॉडल के रूप में सम्मान दिया जाता है। भारतीय पुरातात्त्विक स्थल Aigai (आधुनिक नाम Vergina 1996) यूरोपीय सभ्यता के विकास के दौरान शास्त्रीय शहर-निर्माण और रोमनकाल की शाही संरचना के बीच के संक्रमण का प्रतिनिधित्व करता है। डेल्फी के पुरातात्त्विक स्थल (1987) का प्राचीन दुनिया पर व्यापक प्रभाव था। राजाओं, राजवंशों, शहर-राज्यों के परिचय और ऐतिहासिक आकृतियों से सज्जित विभिन्न प्रसादों से इसकी श्रेष्ठता का अंदाजा लगाया जा सकता है। इन पुरातात्त्विक स्थलों में रहनेवालों का यह विश्वास था कि भगवान् उनके लिए मूल्यवान् उपहार भेजने के सदैव पक्ष में रहते हैं।

अभयारण्य

मिस्ट्रस का पुरातात्त्विक स्थल (1989) बीजांटिन शहर, नगरीय संरचना का एक अनूठा उदाहरण है। यह बीजान्टिन साम्राज्य के अंतर्गत विकसित शहरी समाज के उत्कर्ष को अभिव्यक्त करता है। पुरातात्त्विक स्थल ओलंपिया (1989) अपनी प्राचीनता और गुणवत्ता दोनों ही दृष्टियों से पेलोपोन्नी की प्राचीन सभ्यताओं को जानने का एक महत्त्वपूर्ण साधन है। द आर्कियोलॉजिकल साइट ऑफ फिलिप्पी (2016) विभिन्न प्रकार के स्थापत्यों का समन्वय करता है। यह रोमन और प्रारंभिक ईसाई काल के दौरान वास्तुकला के विकास की सूक्ष्मताओं को जानने का अवसर हमें प्रदान करता है। आर्कियोलॉजिकल साइट्स ऑफ माइकेने और टिरिन (1999) मानव की रचनात्मक प्रतिभा का अद्भुत साक्ष्य है। डेलोस (1990) 314 ईसा पूर्व के एक वास्तुशिल्प का रूप है, जो समृद्ध महानगरीय भूमध्य बंदरगाह की छवि को बहाल किए हुए है।

मध्यकालीन शहर रोड्स (1988) स्थापत्य कलाकारों के समूहों की प्रतिभा का एस नमूना है, जिसमें सैन्य/अस्पताल के आदेश पर जीवित रहने के लिए संघर्ष करते रहने का संदेश दिया गया है। पूर्वी भूमध्य क्षेत्र में धर्मयुद्ध के जुनूनी भय के कारण इसे स्थापित किया गया था। डैफनी की मठियाँ, होइसलुकास और चीओस की नेआमोनी (1990) मध्यकाल की बाइजेंटाइन धार्मिक वास्तुकला और उनकी निर्माण विशेषता को दरशाते हैं। कॉल्डफू (2007) काकोल्ड टाउन सार्वभौमिक मूल्यों के आधार पर विकसित वास्तुशिल्प के गठन का परिचायक है।

थिसालोनिका (1988) के पेलियो क्रिस्टियन और बीजांटिन स्मारकों की प्रारंभिक ईसाई कला की महान् कृतियों में गणना की जाती है। समोस (1992) पाइथागोरियन और हेरायन के ग्रीक और रोमन स्मारक एक शानदार सुरंग-एक्वाडक्ट और साथियन के मंदिर के लिए जाना जाता है। इसके साथ ही प्राचीन गढ़वाले बंदरगाह, पाइथागोरियन के अवशेष भी यहाँ मिलते हैं। एपिडॉरस (1988) में एस्केलपियोस के अभयारण्य ने हेलेनिक दुनिया के सभी एस्केलेपिया पर और बाद में एस्क्लेप के सभी रोमन अभयारण्यों पर अपना प्रभाव डाला। बासाए में अपोलो एपिक्यूरियस का मंदिर (1986) हेलेनिक वोटर अभयारण्य की ग्रामीण सेटिंग में स्थापित है। ऐतिहासिक केंद्र सेंट-जॉन द होलोग्रियन के मठ और पॉटमोस द्वीप पर एपोकैलिप्स की गुफा (1999) इसके साथ हैं। पारंपरिक ग्रीक तीर्थयात्रा केंद्र के रूप में इस मंदिर का आकर्षक वास्तुशिल्प अपने आप में एक उदाहरण है।

दो मिश्रित स्थलों में से एक मेटाओरा (1988) मठ हैं, जिससे 11वीं शताब्दी में इन आकाश 'स्तंभों' पर बसे भिक्षुओं का पता चलता है। माउंट एथोस (1988) में

पारंपरिक मानव आवास संरक्षित हैं। ये आवास भूमध्य सागर की कृषि-संस्कृतियों का प्रतिनिधित्व करते हैं।

ग्वाटेमाला

ग्वाटेमाला में तीन साइटें हैं, जो वर्ल्ड हेरिटेज लिस्टमें रखी गई हैं। इनमें से एक मिश्रित साइट है और शेष दो सांस्कृतिक स्थल हैं। एंटीगुआ ग्वाटेमाला (1979) लैटिन अमेरिका के शहर नियोजन के प्रारंभिक स्वरूप का साक्षी है, जिसमें 1543 से डेटिंग की मूल ग्रिड योजना को बनाए रखा गया है। इसमें प्रमुख स्मारकों के साथ स्पेनिश संस्कृति के कई स्मारक भी शामिल हैं, जो 18वीं शताब्दी की बारोक शैली का सुंदर उदाहरण हैं। आज भी ये खँडहर के रूप में संरक्षित हैं। आर्कियो लॉजिकल पार्क और खँडहर क्विरिगुआ (1981) माया संस्कृति की कला कृतियों का सबसे बड़ा कोष है। ग्वाटेमाला की मिश्रित साइटटिकल नेशनल पार्क (1979) इस अर्थ में अद्वितीय है कि यह टिकल वंश का कालक्रम में उनके ऐतिहासिक, पौराणिक और जीवन संबंधी तथ्यों के साथ परिचय प्रदान करता है।

गिन्नी

माउंटनिम्बा सख्त प्रकृति रिजर्व (1981, 1982) गिनी की एकमात्र ऐसी जगह है, जो विश्व विरासत सूची और खतरे में विश्व विरासत की सूची में भी अंकित है। इस साइट का अपनी विशिष्ट भौगोलिक परिस्थिति और जलवायु के कारण विशेष स्थान है। इसकी जैव-भौगोलिक पृष्ठभूमि पूरे पश्चिम अफ्रीकी क्षेत्र की सबसे उल्लेखनीय विविधताओं में से एक निंबा श्रृंखला का प्रतिनिधित्व करती है।

हैती

राष्ट्रीय इतिहास पार्क : गढ़, संससौकी, रामियर्स (1982) हैती में एकमात्र स्थल है, जो विश्व विरासत सूची में अंकित है। यह स्वतंत्र हैती की ऐतिहासिक स्थिति को दरशाने वाला अनूठा स्थल है।

होली सी

होली सी के दो सांस्कृतिक स्थल विश्व विरासत सूची में शामिल हैं। सैनपा ओलो फुओरी ले मुरा (1980, 1990) की स्थापना रोमंस और रेमस ने 753 ईसा पूर्व की थी। पहले यह रोमन गणराज्य का केंद्र था, फिर रोमन साम्राज्य बना और बाद में यह चौथी

शताब्दी में ईसाई दुनिया की राजधानी बन गया। यह साइट इतिहास की तीन सहस्राब्दियों की निर्बाध निरंतरता की गवाही देता है। वेटिकन सिटी (1984) ईसाई जगत् के सबसे पवित्र स्थानों में से एक है। यह महान् धार्मिक समुदायों के इतिहास और एक दुर्जेय आध्यात्मिक संसार का प्रतीक है। इसने 16वीं शताब्दी से ही ईसाई कला के विकास पर अपना गहरा प्रभाव डाला है। वेटिकन ने पुनर्जागरण और बारोक कला के विकास में अपनी यादगार भूमिका निभाई है।

होंडुरस

होंडुरास में दो स्थल हैं, जो विश्व विरासत सूची में अंकित हैं। इनमें से एक सांस्कृतिक स्थल है और दूसरा प्राकृतिक। कोपा की माया साइट (1980) सबसे शानदार उपलब्धियों में से एक है, जो क्लासिक माया से संबंधित स्थापत्य की दृष्टि से अति महत्त्वपूर्ण है मूर्तिकला और स्मारकों की संख्या। रियोप्लांटानो बायोस्फीयर रिजर्व (1982) में दो मुख्य भू-वैज्ञानिक क्षेत्र शामिल हैं। ये खड़ी पर्वत-शृंखलाएँ हैं, जो समतल तटीय मैदानों को समतल करती हैं। रियोप्लाटनो के हेडवाटर भी हैं। यह साइटडेंजर वाली विश्व धरोहरों की सूची में भी दर्ज है।

हंगरी

हंगरी में कुल आठ स्थल हैं, जो विश्व विरासत सूची में शामिल हैं, जिनमें से सात सांस्कृतिक स्थल हैं और एक प्राकृतिक स्थल है। बुडापेस्ट, डेन्यूब के किनारे सहित बुडाकैसल क्वार्टर और आंद्रेसी एवेन्यू (1987, 2002) 19वीं शताब्दी के दूसरे भाग की विरासत और गुणवत्ता के कारण एक महत्त्वपूर्ण केंद्र बन गया था। क्रिश्चियन नेक्रोपोलिस ऑफ पेक्स (सोपियाना) (2000) में सोपियाना कब्रिस्तान के दफन कक्ष और स्मारक चैपल शामिल हैं, जो लेट रोमन साम्राज्य के ईसाई समुदायों की शक्ति और आत्मविश्वास की गवाही देते हैं। आठ सहस्राब्दियों सेफर्टो/नीसाइडलार्सी कल्चरल लैंडस्केप (2001) विभिन्न संस्कृतियों का मिलन स्थल रहा है। इसके विविध परिदृश्य भौतिक पर्यावरण के साथ मानव-संपर्क के विकासवादी और सहजीवी प्रक्रिया का परिणाम है।

हॉर्टोबैगी नेशनल पार्क : पुस्ज्टा (1999) देहाती समाज के सांस्कृतिक परिवेश का एक असाधारण जीवित उदाहरण है। पानोनहल्मा और उसके प्राकृतिक पर्यावरण के मिलनरी बेनेडिक्टिनएबे (1996) एक हजार से अधिक वर्षों के निरंतर उपयोग के कारण विकसित हुए हैं। एक असाधारण तरीके से स्थापित पर्यावरण के साथ इसके संबंध,

इसकी विशिष्ट संरचना और इसके अंतर्गत एक ईसाई (बेनेडिक्टिन) मठ का संगठन इस धरोहर को कई दृष्टियों से विश्व धरोहर के योग्य साबित करते हैं। पुराना गाँव और उसके आसपास का क्षेत्र (1987) एक ऐसी अपरिवर्तनीय संस्कृति का प्रतिनिधित्व करता है, जो परिवर्तन के प्रभाव से क्रमशः असुरक्षित हो गई है और जिसे आज सप्रयास पारंपरिक ढंग से संरक्षित किया जा रहा है। प्राचीन धरोहरों के संरक्षण और रखरखाव का भी यह एक उत्कृष्ट उदाहरण बन गया है। टोकाजवाइन रीजन हिस्टोरिक कल्चरल लैंडस्केप (2002) एक अलग प्रकार की विरलन परंपरा का प्रतिनिधित्व करता है, जो कम-से-कम एक हजार वर्षों से मौजूद है और आज तक बरकरार है। हंगरी के एकमात्र प्राकृतिक स्थल एगतेलेककार्स्ट और स्लोवाककार्स्ट (1995,2000) की गुफाएँ उष्णकटिबंधीय और हिमनदी जलवायु प्रभावों का एक अत्यंत दुर्लभ संयोजन प्रदर्शित करती हैं। इन्होंने कई दशकों से भूवैज्ञानिक इतिहास के अध्ययन को संभव बना रखा है।

आइसलैंड

आइसलैंड की तीन साइटें विश्व विरासत सूची में दर्ज हैं, जिनमें से एक सांस्कृतिक स्थल है और दो प्राकृतिक। Aingvellir National Park (2004) मध्यकाली ननॉर्स/जर्मनिक संस्कृति के सम्मिलन का एक अनूठा प्रतिबिंब है। सन् 930 से 18वीं शताब्दी तक यह दो समुदायों के निरंतर संपर्क का साक्षी बना रहा है। सूरती (2008) एक ज्वालामुखीय द्वीप है, जो आइसलैंड के दक्षिणी तट से लगभग 32 किमी. दूर स्थित है यह 1963 से 1967 के दौरान हुए ज्वालामुखी विस्फोटों से बना एक नया द्वीप है। वतन जो कुल नेशनल पार्क-डायनेमिकनेचर ऑफ फायर एंड आइस (2019) भी इस सूची में शामिल है ।

भारत

भारत में कुल अट्ठाईस स्थल हैं, जो विश्व विरासत सूची में दर्ज हैं। इनमें से बीस सांस्कृतिक स्थल हैं, सात प्राकृतिक स्थल हैं और एक मिश्रित स्थल है। आगरा किला (1983) या आगरे के लाल किले में कई महल शामिल हैं, जैसे जहाँगीर महल और खास महल कलात्मक (जो शाहजहाँ द्वारा बनवाए गए थे)। दीवान-ए-आम और दीवान-ए-खास तथा दो बहुत सुंदर और कलात्मक मसजिदें इस किले का हिस्सा हैं। दूसरी ओर पहली शताब्दी का प्रमाण अजंता की गुफाएँ (1983) पहली बौद्ध गुफा स्मारक हैं। नालंदा, बिहार (2016) में नालंदा महाविहार का पुरातात्त्विक स्थल उच्च शिक्षा का एक केंद्र था, जो प्राचीन भारत के प्रारंभिक उच्च शिक्षा प्रतिष्ठान के रूप में

(मठवासी प्रतिष्ठान) अंचल के वास्तुशिल्प, कला तथा बौद्ध विहारों की संरचना संबंधी प्रतिभा को चिह्नित करता है।

साँची में बौद्ध स्मारक (1989) अपने अस्तित्व में सबसे पुराना बौद्ध अभयारण्य है। 12वीं शताब्दी ईस्वी तक चंपानेर-पावागढ़ पुरातात्त्विक पार्क (2004) भारत का एक प्रमुख बौद्ध केंद्र था। इसके अधिकांश प्राचीन हिंदू वास्तुशिल्प और मंदिर नष्ट हो गए हैं। महमूद बेगड़ा द्वारा निर्मित क्षेत्रीय राजधानी 16वीं शताब्दी की धार्मिक, सैन्य और कृषि संरचनाओं के मिलकर जल की समुचित व्यवस्था का भी परिचय देता है। छत्रपति शिवाजी टर्मिनस (पूर्व में विक्टोरिया टर्मिनस 2004) भारतीय पारंपरिक इमारतों और विक्टोरियन इटैलियन गॉथिकरिवाइवल आर्किटेक्चर के प्रभावों के आदान-प्रदान का सुंदर नमूना है।

गोवा के चर्च और कन्वेंशन (1986) एशिया में ईसाई धर्म प्रचार को प्रदर्शित करते हैं। यह साइट पुर्तगाली इंडीज की पूर्व राजधानी थी। पश्चिमी भारत में रॉक-आर्किटेक्चर के इतिहास में एलिफेंटा गुफाएँ (1987) सबसे शानदार उपलब्धि हैं। 34 मठों और मंदिरों के 2 किमी. से अधिक क्षेत्र में फैली एलोरा गुफाएँ (1983) महाराष्ट्र में औरंगाबाद से कुछ दूरी पर एक ऊँची बेसाल्ट चट्टान की दीवारों पर खोदी तथा उत्कीर्ण और चित्रांकित की गई हैं। फतेहपुर सीकरी (1986) मुगल साम्राज्य की राजधानी थी। केवल दस वर्षों के लिए (अकबर के शासनकाल में) यह राजधानी थी। इसके परिसर में भारत की बड़ी मसजिदों में से एक जामा मसजिद के साथ कई स्मारक और मंदिर भी स्थित हैं। इस परिसर का 'बुलंद दरवाजा' भी ख्यात है। इस परिसर के सभी भवन स्थापत्य शैली की रचनात्मक उपलब्धि हैं।

चोल मंदिर (1987, 2004), द्रविड़ शैली के मंदिर के शुद्ध रूप और स्थापत्य की एक उत्कृष्ट रचनात्मक उपलब्धि हैं। हंपी में स्मारक समूह (1986) विजयनगर राज्य की सभ्यता की गवाही देता है। इसके परिसर के कई स्मारक और मंदिर अब लुप्त हो गए हैं। कृष्णदेव राय (1509-1530) के शासनकाल में इसे बनाया गया था। 7वीं और 8वीं शताब्दी में महाबलीपुरम् (1984) के स्मारकों के समूह को कोरामंडल तट के साथ चट्टान पर उकेरा गया है। पट्टदकल (1987) में स्मारकों का समूह 7वीं और 8वीं शताब्दी का है, जो चालुक्य वंश की उदार कला और उच्च कला-कौशल का प्रतिनिधित्व करता है। इसकी संरचना में उत्तरी और दक्षिणी भारत के कलारूपों और वास्तुकला का सामंजस्यपूर्ण मिश्रण दिखाई देता है। राजस्थान के पहाड़ी किले (2013) सवाई माधोपुर में छह राजसी किले शामिल हैं—झालावाड़, जयपुर, चित्तौड़गढ़, कुंभलगढ़ और जैसलमेर। भारत के मध्ययुगीन और उत्तर-पूर्व मध्ययुगीन

काल के कई ऐतिहासिक ग्रंथों और चित्रों में प्रलेखित ये किले राजपूत वीरता, शौर्य, सामंतशाही और सांस्कृतिक परंपराओं की स्थापत्य और चित्रकारी के माध्यम से की गई श्रेष्ठतम अभिव्यक्तियाँ हैं।

साबरमती नदी के पूर्वी तट पर सुल्तान अहमद शाह द्वारा 15वीं शताब्दी में स्थापित हिस्टोरिक सिटी ऑफ अहमदाबाद (2017) में सल्तनत काल की समृद्ध वास्तुकला और विरासत के अनेक प्रमाण हैं। हुमायूँ का मकबरा, दिल्ली (1993) के शिल्प की इसलामी दुनिया में कोई मिसाल नहीं है, यह स्मारकीय पैमाने पर बनाया गया है, जिसका डिजाइन और इसके उद्यान की भव्यता अवर्णनीय है। जयपुर शहर, राजस्थान (2019) इस शहर को मैदान पर स्थापित किया गया था। इसे वैदिक वास्तुकला के प्रकाश में बनाया गया था। खजुराहो ग्रुप ऑफ मॉन्यूमेंट्स (1986) सन् 950 से 1050 के बीच की अवधि में बना है, जब चंदेल वंश अपने शीर्ष पर था। इसकी वास्तुकला और मूर्तिकला के बीच एक अद्भुत संतुलन है। बोधगया (2002) का महाबोधि मंदिर परिसर भारत के चार पवित्र स्थलों में से एक है। यह भगवान् बुद्ध के जीवन और विशेष रूप से उनके ज्ञानोदय की प्राप्ति से भी संबंधित होने के कारण बौद्ध-संप्रदाय की पुण्य भूमि है।

प्रौद्योगिकी के विकास द्वारा माउंटेन रेलवे ऑफ इंडिया (1999, 2005, 2008) मूल्यों के आदान-प्रदान का एक उत्कृष्ट उदाहरण हैं। यह एक बहुसांस्कृतिक समाज के सामाजिक और आर्थिक विकास पर नवीन परिवहन प्रणाली के प्रभाव को प्रभावशाली ढंग से प्रस्तुत करता है। इसे दुनिया के कई हिस्सों में समान और सामंजस्यपूर्ण विकास के लिए एक मॉडल के रूप में देखा जाता है। कुतुब मीनार और उसके स्मारक, दिल्ली (1993) का निर्माण 13वीं शताब्दी की शुरुआत में दिल्ली से कुछ किलोमीटर की दूरी पर किया गया था। कुतुब मीनार लाल बलुआ पत्थर का 72.5 मीटर ऊँचा एक टॉवर है, जिसकी ऊँचाई 2.75 मीटर और इसका व्यास 14.32 मीटर है। कुतुब मीनार परिसर में मौर्य कालीन भवनों के खँडहर और अवशेष तथा प्रसिद्ध लौह-स्तंभ भी इसे विश्व धरोहर की सूची में सम्मिलित होने के योग्य बनाते हैं। पाटन, गुजरात (2014) में रानी-की-वाव (रानी का सीढ़ीदार कुआँ) स्टेपवेल परंपरा की कलात्मकता और तकनीकी की श्रेष्ठता की मिसाल है। शाहजहाँ के शासनकाल से लाल किला परिसर (2007) मुगल शासन की शक्ति का प्रतीक रहा है। ब्रिटिश शासनकाल में इसने भारतीय इतिहास संबंधी अनेक परिवर्तनों को भी देखा है। यही वह स्थान है, जहाँ भारत ने 1947 में स्वतंत्रता का जश्न मनाया था।

भीम बेटका के रॉक शेल्टर्स (2003) में रॉक कला की विविधता और गुणवत्ता का प्रदर्शन किया गया है, जो लोगों और परिवेश के बीच एक लंबे संपर्क को भी दरशाता

है। सूर्य मंदिर, कोणार्क (1984) उड़ीसा के 13वीं शताब्दी के साम्राज्य का एक उत्कृष्ट साक्ष्य है। ताजमहल (1983) भारत-इसलामिक वास्तुकला की एक पूरी शृंखला के सामंजस्य और उत्कृष्ट शिल्प कौशल की कलात्मक अभिव्यक्ति है। ताजमहल बेहतरीन वास्तुकला और कलात्मक उपलब्धि की विश्वविख्यात धरोहरे हैं।

जंतर-मंतर, जयपुर (2010) ब्रह्मांड, समाज और उसकी मान्यताओं को प्रस्तुत करनेवाली संरचना है। ज्योतिष और नक्षत्र विज्ञान की दृष्टि से भी यह एक महत्त्वपूर्ण भारतीय धरोहर है। विक्टोरियन गोथिक और आर्ट डेकोएन सेंबल्स ऑफ मुंबई (2018) यूरोपीय और भारतीय मानवीय मूल्यों के आदान-प्रदान को प्रदर्शित करते हैं।

भारत में सात नटुरा स्थलों में ग्रेट हिमालयन नेशनल पार्क संरक्षण क्षेत्र (2014); काजीरंगा राष्ट्रीय उद्यान (1985); केवलादेव राष्ट्रीय उद्यान (1985); मानस वन्यजीव अभयारण्य (1985); नंदा देवी और फूलों की घाटी राष्ट्रीय उद्यान (1988, 2005); सुंदरबन नेशनल पार्क (1987), पश्चिमी घाट (2012) और भारत में एकमात्र मिश्रित साइट खंगचेंदजोंगा नेशनल पार्क (2016) भी विश्व धरोहर की सूची में सम्मिलित किए गए हैं।

इंडोनेशिया

इंडोनेशिया में नौ स्थल हैं, जो विश्व विरासत सूची में शामिल किए गए हैं। इनमें से पाँच सांस्कृतिक स्थल हैं और चार प्राकृतिक। बोरोबुदुर मंदिर परिसर (1991) एक प्रसिद्ध बौद्ध मंदिर है, जो 8वीं और 9वीं शताब्दी का है। यह मध्य जावा में स्थित है। यह बनने के बाद से ही इंडोनेशिया की कला और वास्तुकला की श्रेष्ठता का प्रमाण बन गया था। 13वीं और 16वीं शताब्दी के मध्य इसका पुनरुद्धार किया गया। वास्तु पुनरुद्धार का भी इसने एक आदर्श स्थापित किया है। बाली प्रांत की सांस्कृतिक भूमि : ट्राई हेटकैराना फिलॉसफी (2012) एक प्राचीन संस्कृति का घोषणा-पत्र है। यह एक ऐसी लोकतांत्रिक और समतावादी प्रणाली का प्रतिनिधि भी है, जिसने जल-मंदिरों पर केंद्रित पिछले हजार वर्षों में सिंचाई नियंत्रण की अनेक प्रणालियों को जन्म दिया है। सवहलुण्टो (2019) का ओंबिलिन कोलमाइनिंग हेरिटेज 19वीं सदी की दूसरी छमाही और 20वीं सदी की शुरुआत में यूरोप और उसके उपनिवेशों के बीच खनन प्रौद्योगिकी के आदान-प्रदान को प्रदर्शित करता है। प्रम्बानन टेंपल कंपाउंड्स (1991) इंडोनेशिया के शास्त्रीय काल में शिव कला की भव्य संस्कृति को प्रस्तुत करता है। सांगिरन अर्ली मैनसाइट (1996) एक पर्यावरणीय संदर्भ में बहुत लंबे समय से मानव विज्ञान और सांस्कृतिक विकास के कई पहलुओं को प्रदर्शित करता है।

प्राकृतिक स्थलों में कोमोडो नेशनल पार्क (1991), लोरेंत्ज नेशनल पार्क (1999), उजंगकुलोन नेशनल पार्क (1991) और ट्रॉपिकलरेन फॉरेस्ट हेरिटेज ऑफ सुमात्रा (2004) भी विश्व धरोहर की सूची में अंकित हैं।

ईरान

ईरान में कुल चौबीस स्थल हैं, जो विश्व विरासत सूची में दर्ज हैं। इनमें से बाईस सांस्कृतिक स्थल हैं और दो प्राकृतिक स्थल। अर्मेनियाई मठवासी ईरान के अवशेष (2008) अर्मेनियाई वास्तुकला और सजावटी परंपराओं के उत्कृष्ट और सार्वभौमिक मूल्यों का वर्णन करते हैं। बाम और उसकी सांस्कृतिक भूमि (2004) मध्य एशियाई क्षेत्र के गौरव का प्रतिनिधित्व करती है। रेगिस्तान के वातावरण में एक व्यापारिक समझौते के तहत इसका विकास किया गया था। बिस्कोटुन (2006) का विकास मानव-मूल्यों के आदान-प्रदान का एक उत्कृष्ट गवाह है। स्मारकीय कला और लेखन की दृष्टि से यह इस आदान-प्रदान की झलक हमें देता है। कल्चरल लैंडस्केप ऑफ मायमंड (2015) ऐसी प्रणाली का एक अच्छा उदाहरण है, जो कि एक समय व्यापक रूप से लोकप्रिय हो गई थी, इसमें जानवरों के अलावा तीन अन्य क्षेत्र के जीवों की आवाजाही भी शामिल है, जिनमें से एक गुफा आवास है।

गोलेस्टन पैलेस (2013) उस समय की शक्ति और कला के केंद्र का साक्षी है। इसमें कजरी कला और स्थापत्य का पूर्ण प्रतिनिधित्व है। गोनाबाद-ए कबस (2012) जायरी सभ्यता और इसकी शक्ति का प्रमाण है, जिसका 10वीं और 11वीं शताब्दी के दौरान इस क्षेत्र के एक प्रमुख हिस्से पर प्रभुत्व था। हिजडिक सिटी ऑफ यज्ड (2017) कई सहस्राब्दी तक शत्रुतापूर्ण वातावरण में रहने के तरीकों के अनुकूलन के साथ-साथ मिट्टी की वास्तुकला निर्माण प्रणाली का भी गवाह है। इस्फहान की मसजिद-ए-जामे (2012) मसजिद के डिजाइन में एक नए लेआउट और सौंदर्य के लिए प्रोटोटाइप बन गई है। यह पहली इसलामिक इमारत थी, जिसने सस्सानिद महलों के चार इवान (चहारआयुवन) प्रांगणों को इसलामी धार्मिक वास्तुकला के अनुकूल बनाया था।

ईरान के अन्य सांस्कृतिक स्थल हैं—मीदन इमाम, एस्फहान (1979), पसरगादा (2004), पर्सेपोलिस (1979), फार्स क्षेत्र के सस्सानीद आर्कियो लॉजिकल लैंडस्केप (2018), शाहर-ए सोख्ता (2014), शेख सफीअल-दिन खानगाह और श्राइन अर्दबील (2010) और शशटर हिस्टोरिकल हाइड्रोलिक सिस्टम (2009)।

सोल्तानियह (2005) इल्खनीद राजवंश की प्राचीन राजधानी है। 13वीं और 14वीं शताब्दी के इतिहास का यह एक महत्त्वपूर्ण साक्ष्य है। पूसा (2015) प्राचीन व्यापार और

विभिन्न सभ्यताओं (मेसोपोटामिया और एलामाइट) के बीच सांस्कृतिक आदान-प्रदान का प्रतीक है। तब्रीजहिस्टोरिक बाजार कॉम्प्लेक्स (2010) एक असाधारण आर्थिक, सामाजिक, राजनीतिक और धार्मिक परिसर है, जो उस सभ्यता का साक्षी है, जो अभी भी जीवित है। तख्त-ए सोलेइमैन (2003) शाही वास्तुकला का एक उत्कृष्ट उदाहरण है। सासनियों द्वारा उनके प्राकृतिक परिवेश से प्रेरित यह एक ऐसी सामंजस्यपूर्ण रचना है, जिसमें प्रमुख वास्तुशिल्प तत्त्वों का संतुलित समावेश किया गया है। chchhaZanbil (1979) मध्य एलामाइट अवधि (1400-1100 ई.पू.) के वास्तु विकास का एकमात्र प्रमाण है फारसी गार्डन (2011)। ईरान और मध्य पूर्व में लगभग ढाई सहस्राब्दी तक विकसित होनेवाली सांस्कृतिक परंपराओं को दरशाने वाला स्थल है। फारसी कानत (2016) तकनीकी उत्कृष्टता का ऐसा उदाहरण है, जो मानव व्यवसाय के इतिहास के महत्त्वपूर्ण चरणों को दरशाता है। ईरान के दो प्राकृतिक स्थलों में हिरकानियन वन (2019) और ल्यूट रेगिस्तान (2016) शामिल हैं।

इराक

इराक में छह स्थल हैं, जो विश्व विरासत सूची में दर्ज हैं, जिनमें से पाँच सांस्कृतिक स्थल हैं और एक मिश्रित स्थल। द अशूर (कालतशरत) (2003) 14वीं से 9वीं शताब्दी ईसा पूर्व असीरियन साम्राज्य की पहली राजधानी थी। बाबुल (2019) ने दो हजार वर्षों से प्राचीन शक्ति के एक मॉडल, दृष्टांत और प्रतीक के रूप में कार्य किया तथा वैश्विक स्तर पर कलात्मक, लोकप्रिय और धार्मिक संस्कृति को प्रेरित किया। एर्बिलसिटाडेल (2014) एक बहुस्तरीय पुरातात्त्विक टीले का उदाहरण है, जो अभी भी भौतिक रूप से आसपास के क्षेत्र में उभराहुआ है।

हटरा (1985) के मंदिर हेलेनिस्टिक और रोमन वास्तुकला और पूर्वी सजावट का सुंदर मिश्रण करते हैं। सामरा आर्कियोलॉजिकल सिटी (2007) अब्बासिद खलीफा की वास्तुकला और शहर योजना का उत्कृष्ट और संरक्षित उदाहरण है, जो ट्यूनीशिया से मध्य एशिया तक फैला हुआ है, जो उस अवधि में दुनिया की महान् शक्तियों में से एक था। इराक में एकमात्र मिश्रित साइट दक्षिणी इराक का अहवार : जैव विविधता की शरण और मेसोपोटामिया शहरों की राहत लैंडस्केप (2016) में जैविक विविधता के अंतरदेशीय संरक्षण के लिए अत्यधिक महत्त्वपूर्ण निवास स्थान शामिल हैं। इसमें स्थानिक और प्रतिबंधित श्रेणी की प्रजातियाँ शामिल हैं। विश्व धरोहरों की सूची में अशुर (कालतशरत) और समराला आर्कियोलॉजिकल सिटी भी अंकित हैं।

आयरलैंड

आयरलैंड में दो स्थल हैं, जो विश्व विरासत सूची में सूचीबद्ध हैं और दोनों सांस्कृतिक स्थल हैं। ब्रू ना बोइने-आर्कियो लॉजिकल एनसेंबल ऑफ द बेंड ऑफ बॉय (1993) यूरोप में प्रागैतिहासिक मेगालिथिक प्लास्टिक कला की सबसे बड़ी और सबसे महत्त्वपूर्ण अभिव्यक्ति का प्रतिनिधित्व करते हैं और SceilgMhichíl (1996) पर्यावरण संरक्षित प्रारंभिक धार्मिक बसावट का एक उत्कृष्ट और अनूठा उदाहरण है, जो समुद्र में एक पिरामिड रॉक पर weredeliberately स्थित है।

इजराइल

इजराइल में नौ सांस्कृतिक स्थल हैं, जो विश्व विरासत सूची में अंकित हैं। हाइफा में पवित्र स्थान और पश्चिमी गलील (2008) दुनिया के धर्मों में से एक के लिए महत्त्वपूर्ण हैं। बाइबिलटेल्स—मेगिडो, हजोर, बीरशीबा (2005) लेवांत में शहरी विकास के प्रमुख चरणों को दरशाते हैं, जिसने इस क्षेत्र के बाद के इतिहास पर अपना व्यापक प्रभाव डाला। गुफाओं की भूमि (2014) के माइक्रोकॉसम के रूप में जूडियन तराई क्षेत्रों में मार्शा और बेट-ग्रिन की गुफाएँ, मानव निर्मित गुफाओं के नेटवर्क के विकास के साथ, लौह युग से लेकर क्रैडकैप तक, चॉकउपसतह के पारंपरिक उपयोग का प्रदर्शन करती हैं। ये गुफाएँ कई आर्थिक, सामाजिक और प्रतीकात्मक उद्देश्यों के लिए अनुकूल हैं।

इनसेंस रूट : डेजर्टसिटीज इन नेगेव (2005) हेलकेनस्टिक-रोमन दुनिया में आर्थिक, सामाजिक और सांस्कृतिक क्षेत्र में लोबान के महत्त्व के बारे में स्पष्ट गवाही देता है। मसाडा (2001) प्रारंभिक रोमन साम्राज्य के एक शानदार विला का उत्कृष्ट उदाहरण है। शिविर और अन्य किलेबंदी, जो इस स्मारक को घेरते हैं, वर्तमान समय में जीवित रहने के लिए बेहतरीन रोमन घेराबंदी का काम करते हैं। बेटशी'रीम का नेक्रोपोलिस : यहूदी नवीकरण का लैंडमार्क (2015) ने रब्बी यहूदा द पैट्रिआर्क के नेतृत्व में पुनरुद्धार पाया और प्राचीन यहूदी धर्म का गवाह है। ओल्डसिटी ऑफ एकर (2001) एक असाधारण ऐतिहासिक शहर है, जो 18वीं और 19वीं शताब्दी के मौजूदा मॉस्लेमफोर्टिफाइड टाउन डेटिंग के नीचे मध्यकालीन क्रूसेडर इमारतों के ढेरों अवशेषों को संरक्षित किए हुए है। माउंटकार्मेल में मानव विकास की साइटें : नाहलमेहरोट/वाडीएल-मुगरा गुफाएँ (2012) दुनिया में सबसे लंबे समय तक अवस्थित प्रागैतिहासिक सांस्कृतिक प्रमाणों को बताती हैं। व्हाइट सिटी ऑफ तेल-अवीव (2003) 20वीं शताब्दी आंदोलन का शुरुआती प्रतीक है, जिसकी वास्तुकला और टाउन दौर में प्लानिंग के क्षेत्र में आधुनिक आंदोलनों के विभिन्न रुझानों को देखा जा सकता है।

इटली

इटली में कुल पचपन साइटें हैं, जो वर्ल्ड हेरिटेज सूची में आती हैं। इनमें से पचास सांस्कृतिक स्थल हैं और पाँच प्राकृतिक स्थल। पीडमोंट और लोंबार्डी (2003) की सँकरी मोंटी रोमन कैथोलिक चर्च के इतिहास में आध्यात्मिक कारणों से महान् सुंदरता और वास्तुकला तथा ललित कला के सफल एकीकरण का दर्शन कराती है। पार्क के साथ कैसर्टा में 18वीं शताब्दी का रॉयल पैलेस, वनवेटेली का एक्वाडक्ट और सैनलेउसीओ कॉम्प्लेक्स (1997) मानव की प्रबुद्धता और भावना का एक अनूठा समिश्रण है, जिसने एक व्यापक पैमाने पर विकास योजना के अनुसार इमारतों के निर्माण में अनूठे प्रतिमान रचे। ये महान् वास्तुशिल्प मूल्य और एक प्रकृति के संबंधों को भी अच्छी तरह से दिखाते हैं। अरब-नॉर्मनपलेर्मो और कैथेड्रल चर्च ऑफ सेपालु और मोनेरेले (2015) शैलीगत संश्लेषण का एक उत्कृष्ट उदाहरण है, जिसने नए स्थानिक, रचनात्मक और सजावटी अवधारणाओं का निर्माण किया तथा कलात्मक तत्त्वों को अभिनव ढंग से सुसंगत विस्तार दिया।

असिसी, सैनफ्रांसेस्को और अन्य फ्रांसिस्कन साइटों की बेसिलिका (2000) सैनफ्रांसेस्को की बेसिलिका, जैसी मानव रचनात्मक प्रतिभा की कृतियों का एक समूह है, जो यूरोप में है। दुनिया में इसे कला के इतिहास के लिए एक मौलिक संदर्भ माना गया है। वैश्विक गार्डन (ऑर्टोबोटानिको), पडुआ (1997) वैज्ञानिक और सांस्कृतिक दोनों के महत्त्व को दरशाता है। कस्टेलडेलमोंटे (1996) मध्ययुगीन सैन्य वास्तुकला का एक अनूठा हिस्सा है। यह डेलमोंटे शास्त्रीय विशिष्टता वाले विभिन्न तत्त्वों का एक सफल मिश्रण है—इसलामी, ओरिएंट और उत्तर यूरोपीय सिस्टरियन गॉथिक का कैथेड्रल, टॉरेसिविका और पियाजाग्रांडे, मोडेना (1997) उत्तरी इटली के शहरी समाज में 12वीं शताब्दी की सांस्कृतिक परंपराओं के असाधारण गवाह हैं, जिनमें इसका संगठन, धार्मिक चरित्र, विश्वास और मूल्य सभी इमारतों के इतिहास के माध्यम से परिलक्षित होते हैं। चेरचुर और सांतामारिया के डोमिनिकन कॉन्वेंट लियोनार्दो दा विंची (1980) में यूरोप के इस चित्रकार की विश्वविख्यात चित्रकृति 'द लास्ट सपर' उत्कृष्ट सार्वभौमिक मूल्य तथा अद्वितीय कलात्मक उपलब्धि की श्रेष्ठता की दृष्टि से यूरोपीय कला जगत् की एक महान् उपलब्धि मानी जाती है।

द विला एड्रियाना (टिवोली) (1999); विला डीएस्ट, टिवोली (2001); विला रोमानाडेलकैसले (1997); पीडमोंट की वाइनयार्ड लैंडस्केप : लैंग-रेरो और मोनफेरट्रैटो (2014) और आर्कियोलॉजिकल एरिया और एक्विलिया (1998) के पैट्रिआर्कलबेसिलिका भी धरोहर सूची का हिस्सा हैं।

रेवेना के प्रारंभिक ईसाई स्मारक (1996) मोजेक कला की सर्वोच्च कलात्मकता के कारण अत्यंत महत्त्व के हैं। कर्टेरी और टारक्विनिया (2004) के एट्रसकेननेक्रोपोलिज (प्राचीन), इट्रस्केन सभ्यता और प्राचीन शहरी विकास का अद्वितीय उदाहरण पेश करते हैं। पुनर्जागरण के शहरफेरारा और इसके पो डेल्टा (1995, 1999) में असाधारण तरीके से प्राकृतिक परिदृश्य पर पुनर्जागरण के समय की संस्कृति के प्रभाव को दरशाया गया है। जेनोआ : ले स्ट्रेडनूवे और पलाजी डेरी रोली की प्रणाली (2006) अत्यंत उत्कृष्ट है। शहरी संरचना और उच्च वास्तुशिल्प तथा अभिजात वर्ग के मूल्यों को दरशाने वाले महल आकर्षण का केंद्र हैं। 16वीं और 17वीं शताब्दियों में जेनोआ के व्यापारिक शहर की अर्थव्यवस्था और राजनीतिक शक्ति को भी ये प्रस्तुत करते हैं।

द हिस्टोरिक सेंटर ऑफ फ्लोरेंस (1982), हिस्टोरिक सेंटर ऑफ नेपल्स (1995), हिस्टोरिक सेंटर ऑफ द प्रॉपर्टीज ऑफ द होली सी इन द होली व्यू इन द सिटी एन्जॉयिंग एक्सट्राट्रिटोरियल राइट्स और सैनपाओलोफुओरी ले मुरा (1980-1990), हिस्टोरिक सेंटर ऑफ सैनजिमिग्नानो (1990), हिस्टोरिक सेंटर ऑफ सिएना (1995), हिस्टोरिक सेंटर ऑफ द सिटी ऑफ पिएंजा (1996) और हिस्टोरिक सेंटर ऑफ अर्बिनो (1998) सामाजिक विकास में अपनी महत्त्वपूर्ण भूमिका के लिए धरोहर सूची का हिस्सा हैं। इतिहास और संस्कृति के निर्माण में सत्ता के प्रभाव और उसकी भूमिका को ये सभी धरोहरें रेखांकित करती हैं।

20वीं शताब्दी (2018) का औद्योगिक शहर इव्रिया, उत्कृष्ट वास्तुशिल्प का एक समूह है, जो इतालवी आधुनिकतावादी डिजाइनरों और वास्तुकारों के कौशल का प्रतिनिधित्व करता है। वैलडिनोटो (दक्षिण-पूर्वी सिसिली) (2002) के लेट बरोक टाउन की लेट बारोक कला और वास्तुकला (जो कि अब विलुप्त हो चुकी है) प्रतिभा की संरक्षित धरोहर ले कोलीनडेल प्रोसेकोडीकोनग्लिआनी ई वल्दोबाईबैडेन (2019) एक विट्रीकल्चरपरिवेश का परिणाम है। कई शताब्दियों में प्रकृति और मनुष्य के संवाद का यह प्रतीक है। मंटुआ और सब्बियोनेटा (2008) पुनर्जागरण संस्कृति के दौरान मानवीय मूल्यों के आदान-प्रदान का साक्षी है। टस्कनी में वैदिक विला और उद्यान (2013), आभिजात और ग्रामीण निवास का संकुल हैं। मध्य युग का अंत, जिसने समाजोपयोगी वस्तुओं को राजनीतिक, आर्थिक और सौंदर्ययात्मक महत्त्वाकांक्षाओं को दरशाने वाले ग्रामीण और अभिजात्य कौशलों की एक शृंखला बना दी थी।

कुछ अन्य सांस्कृतिक स्थलों में इटली में लोंगोबाड्र्स ऑफ द पॉवर प्लेस (568-774 A.D. : 2011) वेनिस और उसके लैगून (1987), एग्रीजेंटो का पुरातात्त्विक क्षेत्र (1997), पोम्पेई, हरकुलेनियम और टॉरेअन्नुजाता (1997) के पुरातत्त्व क्षेत्र; सेस्टेलो

और वेलिया के पुरातत्त्व स्थल और सर्टोसाडीपैदुला (1998) के साथ सिल्टो और वेल्लोडिपियानो नेशनल पार्क; वेरोना शहर (2000); विसेंजा का शहर और वेनेटो का पाल्डियनविला (1994, 1996); कोस्टिएरा अमालफिटाना (1997) और क्रिस्पीडी 'डा (1995) प्रमुख हैं।

पियाजा डेलडुओमो, पीसा (1987) में इतिहास के दो अलग-अलग पड़ावों की वास्तुकला और स्मारकीय कलाओं के विकास को समाहित किया है। पोर्तोवेरे, सिनके टेरे और द्वीप समूह (पल्मारिया, टिनो और टिनेटो : 1997) में जीवन का एक पारंपरिक तरीका दिखाया गया है, जो एक हजार साल से मौजूद है और आज भी समुदाय के सामाजिक-आर्थिक जीवन में अपनी भूमिका निभाता है। आल्प्स (2011) के आस-पास के प्रागैतिहासिक पाइलड्वेलिंग्स यूरोप में 5,000 और 500 ई.पू. के बीच प्रारंभिक कृषि समाजों के अध्ययन के लिए सबसे महत्त्वपूर्ण पुरातात्त्विक स्रोतों में से एक हैं। बीसी. रेडियोस ऑफ द रॉयल हाउस ऑफ सवॉय (1997) बारोक की रणनीतियों और शैलियों का एक उत्कृष्ट उदाहरण है, जिसे स्मारकीय वास्तुशिल्प कलाकारों के एक ग्रुप ने आकार दिया है। इसे अल्बुला/बर्निनालैंडस्केप्स (भौतिक) में फेटियन रेलवे के निर्माण में राजशाही में प्रचलित सिद्धांतों के आधार पर विकसित किया गया था। 20वीं शताब्दी के पहले दशक में ऊँचाई पर पर्वतीय रेलवे के विकास का यह एक महत्त्वपूर्ण उदाहरण है। वाल्क मोनिका (1979) में द रॉकड्रॉइंग्स; सुनूरक्सी दी बारुमिनी (1997); सिरैक्यूज और रॉकीने क्रोपोलिस ऑफ पैंटालिका (2005); द ट्रूली ऑफ अल्बर्टोबेलो (1996); मत्ती (1993) के रूपसी चर्च तथा सस्सी और पार्क; Val d'Orcia (2004), 16वीं और 17वीं सेंचुरी के स्टेटोदा टेरा—वेस्टर्न स्टेटोदा मार (2017) भी सूची में शामिल हैं।

प्राकृतिक स्थलों में कॉरपेथियन और यूरोप के अन्य क्षेत्र (2007, 2011, 2017) के प्राचीन जंगल, IsoleEolie (Aeolian द्वीप समूह : (2000), मोंटेसैनजियोर्जियो (2003-201201), माउंट एटना (2013) और द डोलो माइट्स (2009) सूची में शामिल हैं।

जमैका

ब्लू एंड जॉनक्रो माउंटेंस (2015) जमैका की एकमात्र मिश्रित साइट है, जो विश्व विरासत सूची में अंकित है। साइट उन घटनाओं से सीधे जुड़ी हुई है, जिन्होंने जमैका को मुक्ति की ओर अग्रसर किया, भगोड़े गुलाम अफ्रीकियों के समूहों को शरण दी और उन्हें ब्लू तथा जॉनक्रो पर्वत के क्षेत्र में बसाया।

जापान

जापान में तेईस साइटें हैं, जो विश्व विरासत सूची में सूचीबद्ध हैं। इनमें से उन्नीस सांस्कृतिक स्थल हैं और चार प्राकृतिक स्थल। प्राकृतिक स्थलों में ओगासावरा द्वीप समूह (2011), शिरकामी-साँची (1993), शिरेतोको (2005) और यकुशिमा (1993) शामिल हैं। Horyu-ji क्षेत्र (1993) के बौद्ध स्मारक जापानी संस्कृति और चीनी बौद्ध वास्तुकला तथा मंदिर लेआउट के अनुकूलन का प्रतिनिधित्व करते हैं, जिसने बाद में जापान की एक अलग ही स्वदेशी शैली को रूपाकार दिया। पुजिसन, पवित्र स्थान और कलात्मक प्रेरणा का स्रोत (2013) एक जीवित सांस्कृतिक परंपरा, फुजिसन की पूजा वंदना पद्धति और उसके रीति-रिवाजों को पूर्ण रूप से दरशाता है।

गुसुकुसाइटें और संबंधित रियाकुयु के राज्य (2000) प्रकृति के ठेठ स्वदेशी रूप का उदाहरण हैं। पूर्वज पूजा को यह महत्त्व देता है, जो स्थापित विश्व धर्मों में आधुनिक युग तक बरकरार है। नागासाकी क्षेत्र (2018) में कई ईसाई साइटें उपस्थित हैं। 17वीं से 19वीं शताब्दी में निषेध काल के दौरान छिपे हुए ईसाइयों द्वारा पोषित एक विशिष्ट धार्मिक परंपरा का यह एकमात्र गवाह है। जापान में दो शताब्दियों से अधिक समय तक छिपे हुए ये ईसाई वे थे, जिन्होंने गुप्त रूप से ईसाई धर्म में अपना विश्वास व्यक्त किया था। इत्सुशिमाशिंतो तीर्थ (1996) मानव निर्मित और प्राकृतिक तत्त्वों के संयोजन का एक उत्कृष्ट कार्य है। इवामी गिंजान सिल्वर माइन और इसका कल्चरल लैंडस्केप (2007) खनन भूमि-उपयोग प्रणाली का प्रदर्शन करता है, जो आज भी बरकरार है और जैविक संबंध और मूल भूमि उपयोग प्रणाली के तंत्र की पूर्ण अभिव्यक्ति करता है।

कुछ अन्य सांस्कृतिक स्थलों में द कोरब्यूरलवर्क ऑफ ले कोर्बसियर, आधुनिक आंदोलन में अपने उत्कृष्ट योगदान (2016) के लिए जाना जाता है। टिमीका सिल्क मिल और संबंधित साइटें (2014); हिमीजी-जो (1993); हीरिजुमी—मंदिर, उद्यान और पुरातत्त्व स्थल, बौद्ध भूमि का प्रतिनिधित्व करते हैं (2011)। हिरोशिमा पीस मेमोरियल (जेनबाकु डोम) (1996); प्राचीन क्योटो के ऐतिहासिक स्मारक (क्योटो, उजी और ओट्सुसिटी : 1994); प्राचीन नारा के ऐतिहासिक स्मारक (1998) और शिराकवा-गो और गोकायामा (1995) के ऐतिहासिक गाँव ने अपनी भिन्न-भिन्न विशिष्टताओं के कारण विश्व धरोहर-सूची में अपना स्थान बनाया है।

मोजू-फुरुचीकोफून समूह : प्राचीन जापान के मकबरे (2019) प्राचीन पूर्व एशियाई दफन टीले के निर्माण के एक खास प्रकार को प्रदर्शित करते हैं। ओकिनोशिमा के सुरक्षित द्वीप और मुनकाता क्षेत्र (2017) की एसोसिएटेड साइटें वास्तुशिल्प शैली का आदर्श रूप हैं। एदो काल के शिंटो और बौद्ध मंदिरों में यह शिल्प दिखाई देता है।

केई माउंटेन रेंज (2004) एक सुरक्षित स्थल है। एक हजार से अधिक वर्षों से यह जापान तीर्थयात्रा मार्ग की धार्मिक संस्कृति के विकास की गवाही देता आ रहा है। निनको के मंदिर (1999) और जापान की मीजी औद्योगिक क्रांति की साइटें—लोहा और इस्पात, जहाज निर्माण और कोयला खनन (2015) भी सूची में हैं।

यरुशलम

यरुशलम का पुराना शहर और इसकी दीवारें (1982) यरुशलम की एकमात्र साइट है, जो विश्व विरासत सूची में अंकित है। यरुशलम का हमेशा से यहूदी धर्म, ईसाई धर्म और इसलाम के एक पवित्र शहर के रूप में प्रतीकात्मक महत्त्व रहा है। शहर में लगभग 220 ऐतिहासिक स्मारक हैं और वेलिंगवॉल विभिन्न धार्मिक समुदायों के क्वार्टरों का परिसीमन करती है। पवित्र सिपुलचर के चर्च में पुनरुत्थानवादी संत रोटुंडाक्राइस्ट की कब्र है। द डोम ऑफ द रॉकइस दीवार के बाहर खड़ा है, जिसे 7वीं शताब्दी में बनाया गया था। इसे सुंदर ज्यामितीय और पुष्प रूपांकनों से सजाया गया है।

जॉर्डन

जॉर्डन में पाँच साइटें हैं, जो वर्ल्ड हेरिटेज सूची में अंकित हैं। इनमें से चार सांस्कृतिक स्थल हैं और एक मिश्रित साइट है। बपतिस्मा साइट 'बेथनीबियॉण्ड द जॉर्डन' (अल-मगथस : 2015) बपतिस्मा की परंपरा का प्रतिनिधित्व करती है, जो ईसाई धर्म में एक महत्त्वपूर्ण संस्कार है। इसके साथ ही साइटों में तीर्थ यात्रा की ऐतिहासिक और समकालीन प्रथाओं से संबंधित स्थल भी हैं। आधी-निर्मित और अर्ध-नक्काशीदार बड़ी चट्टान है, जो पहाड़ों से घिरी हुई है। Quseir Amra (1985) aexceptically अच्छी तरह से संरक्षित रेगिस्तानी महल है, जो गढ़ और किले का मिला-जुला रूप है। उमय्यद खलीफा, उमएर-रस (कस्त्रोममीफा : 2004) सेंट स्टीफन चर्च की मोजेक मंजिल के कलात्मक और तकनीकी गुणों को देखते हुए मानव की रचनात्मक प्रतिभा की उत्कृष्टता का पता चलता है। वादी रम संरक्षित क्षेत्र (2011) जॉर्डन का एकमात्र मिश्रित स्थल है। यह विभिन्न स्थलों का समूह है, जिसने मानव बसाव को बढ़ावा देने में बड़ी भूमिका निभाई है।

कजाखिस्तान

कजाखिस्तान में पाँच स्थल हैं, जो विश्व विरासत सूची में अंकित हैं। इनमें से दो प्राकृतिक स्थल हैं और तीन सांस्कृतिक स्थल। खोजा अहमदयासावी (2003) का मकबरा तिमुरिड वास्तुकला का उत्कृष्ट नमूना है, जिसने इसलामिक धार्मिक वास्तुकला

के विकास में अपना महत्त्वपूर्ण योगदान दिया है। ताम्रयुगीन (2004) पुरातात्त्विक धरोहर भूमि के भीतर ड्रोग्लाइफ्स (लगभग 5,000 वर्ष पुराना पेट्रोग्लिफरा : रॉक) की एकाग्रता को दरशाता है। इस पर की गई नक्काशी दूसरी शताब्दी ईसापूर्व की दूसरी छमाही से 20वीं सदी की शुरुआत तक की अवधि में उकेरी गई है। सिल्क्सरोड्स : रुट्स नेटवर्क ऑफ चंगान-तियानशान कॉरिडोर (2014) लंबी दूरी के व्यापार का एक उत्कृष्ट उदाहरण है। व्यापार की अनिवार्यता ने इन विस्तृत कस्बों और शहरों के विकास के लिए मनुष्य को प्रेरित किया। परिष्कृत जल प्रबंधन प्रणालियों का परिचय इस कारीडोर से मिल जाता है, जिसमें निवासियों, यात्रियों और फसलों की सिंचाई के लिए नदियों, कुओं और भूमिगत झरनों से पानी को काटकर उपयोग में लाने की प्रणाली रोचक है। प्राकृतिक स्थलों में सर्यारका—स्टेपी और उत्तरी कजाखिस्तान की झीलें (2008) तथा पश्चिमी टीएन-शान (2016) भी शामिल हैं।

केन्या

केन्या के सात स्थल विश्व विरासत सूची में शामिल हैं। इनमें से चार सांस्कृतिक स्थल और तीन प्राकृतिक स्थल हैं। फोर्टजीसस, मोंबासा (2011) ने सैन्य और हथियार प्रौद्योगिकी के नवाचारों के उपयोग द्वारा (15वीं और 16वीं शताब्दी) किलेबंदी की एक नए प्रकार तकनीकी दी है। पूर्वी अफ्रीका में लेमूओल्ड टाउन (2001) सबसे पुरानी और अपने पारंपरिक कार्यों को बरकरार रखते हुए एक संरक्षित स्वाहिली बस्ती है। सुरक्षित मिजिकेंडा काया वन (2008) में दस अलग-अलग वन स्थल शामिल हैं, जो तट पर लगभग 200 किलोमीटर की दूरी तक फैले हुए हैं। इस वन-स्थली में कई गढ़वाले गाँवों के अवशेष भी हैं, जिन्हें कायस के नाम से जाना जाता है। थिमलिच ओहिंगा आर्कियोलॉजिकल साइट (2018) ने विक्टोरिया बेसिन की परंपराओं के संरक्षण का अनोखा काम किया है। प्राकृतिक स्थलों में ग्रेट रिफ्टवैली (2011), लेक तुर्काना नेशनल पार्क (1997, 2001) माउंट केन्या नेशनल पार्क/प्राकृतिक वन (1997, 2013) विश्व विरासत की खतरे वाली सूची में भी शामिल हैं।

किरिबाती

फीनिक्स आइलैंड्स संरक्षित क्षेत्र (2010) किरिबाती में एकमात्र स्थल है, जो विश्व विरासत स्थल सूची में अंकित है। इस क्षेत्र में लगभग 800 ज्ञात प्रजातियाँ हैं, जिनमें लगभग 200 प्रवाल प्रजातियाँ, 500 मत्स्य प्रजातियाँ, 18 समुद्री स्तनपायी और 44 पक्षी प्रजातियाँ शामिल हैं।

किर्गिस्तान

किर्गिस्तान के तीन स्थल विश्व धरोहर सूची में शामिल किए गए हैं। इनमें से दो सांस्कृतिक स्थल हैं और एक प्राकृतिक स्थल। सिल्क रोड्स : चंगान-तियानशान कॉरिडोर (2014) रूट नेटवर्क तथा अर्थव्यवस्था और संस्कृति व संचार के समन्वय से जुड़ी विनिमय परंपराओं का असाधारण गवाह है, जिसने दूसरी शताब्दी ईसा पूर्व से 16वीं शताब्दी ईस्वी तक यूरेशियन महाद्वीप में सामाजिक विकास को संभव बनाया। सुलेमान-टूसेक्रेड माउंटेन (2009) पर्वत पूजा की परंपरा के कई साक्ष्य प्रस्तुत करता है। इन्हें कई सहस्राब्दी तक फैलाया गया और इसलाम द्वारा इसे पोषित किया गया। प्राकृतिक स्थल पश्चिमी टीएन-शान (2016) कई खास फलों के उत्पादन के केंद्र के रूप में वैश्विक महत्त्व का है। यह दुर्लभ पौधों और वन प्रकारों की विविधताओं से परिपूर्ण है।

लाओ पीपुल्स डेमोक्रेटिक रिपब्लिक

लाओ पीपुल्स डेमोक्रेटिक रिपब्लिक की तीन साइटें विश्व विरासत सूची में अंकित हैं। शेंगेंगहुआंग में मेगालिथिक जार साइट्स—प्लेंस ऑफ जर्स (2019) 500 ईसा पूर्व से कुछ समय बाद तक की नागरिकता और प्रथाओं के समायोजन का श्रेष्ठ रूप हैं। इसी ने जार को अंतिम संस्कार प्रथाओं के लिए नियुक्त किया और उन्हें सम्मान दिया था। लुआंगप्रबांग (1995) का शहर लाओ पारंपरिक वास्तुकला और 19वीं और 20वीं सदी की यूरोपीय औपनिवेशिक शैली की इमारतों के असाधारण संलयन को दरशाता है। चंपासक सांस्कृतिक लैंडस्केप (2001) के भीतर वट फाउ और एसोसिएटेड प्राचीन बस्तियाँ दक्षिण-पूर्व एशिया की संस्कृतियों के समन्वय और सह-अस्तित्व की असाधारण गवाह हैं। विशेष रूप से खमेर साम्राज्य (10वीं-14वीं शताब्दी) के सांस्कृतिक अवदान भी यहाँ संरक्षित हैं। यह साम्राज्य इस क्षेत्र पर एक लंबे अरसे तक हावी था।

लातविया

लातविया की दो साइटें वर्ल्ड हेरिटेज सूची में अंकित हैं। इसमें रीगा के ऐतिहासिक केंद्र (1997) का सांस्कृतिक स्थल शामिल है, जिसने वास्तुकला, स्मारकीय मूर्तिकला और उद्यान डिजाइन के विकास पर बाल्टिक सागर के सांस्कृतिक क्षेत्र में अपना काफी प्रभाव डाला है। स्ट्रुव जियो डेटिक आर्क (2005) तकनीकी विकास का एक उत्कृष्ट उदाहरण है—मेरिडियन माप के त्रिभुज बिंदुओं को प्रस्तुत करना इस मापनेवाली तकनीक का एक खास हिस्सा है।

लेबनान

लेबनान के पाँच स्थल विश्व विरासत सूची में अंकित हैं। ये सभी सांस्कृतिक स्थल हैं। अंजार (1984) 8वीं शताब्दी के नगर नियोजन का उत्कृष्ट उदाहरण है। बेलाबेक (1984) रोमन अभयारण्य है, जो रोमन काल की शक्ति और संपन्नता को प्रदर्शित करता है। रोमन एंपायर.बायब्लोस (1984), फोनीशियन सभ्यता के शुरुआत का गवाह है। इसमें औआदी का दिशा (पवित्र घाटी) का मुख्य स्थान है। देवताओं के वन (हॉर्सआरज एल-रब : 1998) में कोनोबाइट असाधारण संख्या में मौजूद हैं। eremitic मठवास और कुछ ईसाई धर्म के प्राचीनकाल के अवशेष इस देव-वन की धरोहर हैं। टायर (1984) पूर्वी भूमध्य सागर में समुद्री और भूमि वाणिज्य के लिए सबसे बड़ा केंद्र था।

लिसोटो

Maloti-Drakensberg Park (2000, 2013) की मिश्रित साइटलिसोटो की एकमात्र साइट है, जो विश्व विरासत सूची में अंकित है। इस साइट में बेसाल्टिक पहाड़ियों की प्राकृतिक सुंदरता है। इनका नाटकीय कटाव और सुनहरे बलुआ पत्थर की प्राचीरें दर्शनीय हैं।

लीबिया

लीबिया में पाँच सांस्कृतिक स्थल हैं, जो न केवल वर्ल्ड हेरिटेज सूची में बल्कि डेंजर वर्ल्ड हेरिटेज सूची में भी दर्ज हैं। द आर्कियो लॉजिकल साइट ऑफ साइरेन (1982) का रोमनीकरण किया गया था। सन् 365 के भूकंप तक यह राजधानी बनी रही थी। लेप्टिसमैग्ना (1982) की आर्कियोलॉजिकल साइट अपने स्मारकों, बंदरगाह, बाजार-स्थान, भंडारगृहों, दुकानों और आवासीय क्षेत्र के लिए प्रसिद्ध है। इसे रोमन साम्राज्य का सबसे खूबसूरत शहर कहा जाता है। भारतीय पुरातात्त्विक स्थल सब्रथा (1982) रोमन और द्वितीय और तीसरी शताब्दी के नोमिडियन मास्सिनसा का हिस्सा था। दूसरी गडमातस का पुराना शहर (1986) सबसे पुराना पूर्व-सहारन शहरों में से एक है और पारंपरिक नगर संरचना का उत्कृष्ट उदाहरण है। टैडार्टएकैकस (1985) की रॉक-आर्ट साइटें जीव-जंतुओं और वनस्पतियों में आए परिवर्तनों को दरशाती हैं। आबादी के जीवन के विभिन्न तरीकों को भी यह स्थल खूबसूरत ढंग से दरशाता है, जिसके कारण इसे विश्व-धरोहर सूची में जगह मिली है।

लिथुआनिया

लिथुआनिया में चार सांस्कृतिक स्थल हैं, जो विश्व विरासत सूची में अंकित हैं। क्यूरोनियनस्पिट (2000) रेत के टीलों के परिदृश्य का एक उत्कृष्ट उदाहरण है, जो प्राकृतिक ताकतों (हवा और ज्वार) से लगातार खतरे में है। कर्णावत पुरातात्त्विक स्थल (कर्नवा के सांस्कृतिक रिजर्व) (2004) बाल्टिक क्षेत्र के जीवन पर प्रकाश डालता है। लगभग दस सहस्राब्दी की अवधि में मानव बस्तियों के समग्र विकास में इसकी भूमिका महत्त्वपूर्ण है। स्ट्रुवजियो डेटिकआर्क (2005) अंतरराष्ट्रीय वैज्ञानिक सहयोग और मानव-मूल्यों के आदान-प्रदान का प्रेरक प्रतीक है। यह तकनीकी विकास का भी उत्कृष्ट उदाहरण है। विनियस हिस्टोरिक सेंटर (1994) मध्ययुगीन वास्तुकला का एक ऐसा उत्कृष्ट उदाहरण है, जिसने पूर्वी यूरोप के कई क्षेत्रों के वास्तुकला और सांस्कृतिक विकास पर कई शताब्दियों तक अपना गहरा प्रभाव डाल रखा था।

लक्समबर्ग

लक्समबर्ग शहर : इसका पुराना क्वार्टर और किलेबंदी (1994) लक्जमबर्ग का एकमात्र स्थल है, जो वर्ल्ड हेरिटेज सूची में अंकित है। इस शहर ने कई शताब्दियों तक यूरोपीय इतिहास में अपनी महत्त्वपूर्ण भूमिका निभाई है। इसने असाधारण प्राकृतिक सेटिंग में प्रभावशाली किलेबंदी और अपने पुराने आवासों तथा उनके अवशेषों को संरक्षित करके रखा हुआ है। इसी विलक्षणता के कारण इसे विश्व-धरोहर सूची में स्थान प्राप्त हुआ है।

मेडागास्कर

मेडागास्कर में तीन साइटें हैं, जो विश्व विरासत सूची में सूचीबद्ध हैं। इनमें से एक सांस्कृतिक स्थल है तथा अन्य दो प्राकृतिक स्थल। रॉयल हिल ऑफ अंबोहिमंगा (2001) मेडागास्कर के लोगों की सांस्कृतिक पहचान का प्रतीक बन चुका है। अर्टिसनाना (2007) के वर्षावन मैडागास्कर के पहाड़ों और स्थलीय इलाकों दोनों से जुड़े हुए हैं। मेडागास्कर की अद्वितीय जैव विविधता तथा पारिस्थितिक प्रक्रियाओं को बनाए रखने के लिए यह संरक्षित क्षेत्र अत्यंत मूल्यवान है। यह स्थल इन डेंजर विश्व धरोहरों की सूची में भी शामिल है। Tsingy de Bemaraha Strict Nature Reserve (1990) दुर्लभ उल्लेखनीय भूवैज्ञानिक घटनाओं और असाधारण सुंदरता का प्रतिनिधित्व करता है।

मलावी

मलावी की दो साइटें वर्ल्ड हेरिटेज सूची में अंकित हैं। चोंगोनीरॉक-आर्ट एरिया (2006) की सांस्कृतिक साइट किसान रॉक आर्ट की दुर्लभ परंपरा को प्रतिबिंबित करती है। बट्टवा शिकारियों के चित्र भी आकर्षक हैं। ये शिकारी जनजातियाँ पाषाण युग से ही इस क्षेत्र में बसी हुई थीं। मलावी नेशनल पार्क (1984) एक प्राकृतिक साइट है, जो अपने द्वीपों और झीलों के कारण प्राकृतिक सुंदरता का एक शिखर क्षेत्र बन गया है।

मलेशिया

मलेशिया के चार स्थल विश्व विरासत सूची में अंकित हैं, जिनमें से दो सांस्कृतिक स्थल हैं और दो प्राकृतिक स्थल। लैंग्गोंग घाटी (2012) की पुरातात्त्विक धरोहरें पुरापाषाण युग नव पाषाण युग और कांस्य युग की अवधि में विकसित इस घाटी के सौंदर्य को दोगुना कर देती हैं। भिन्न युगों में भिन्न आकार लेनेवाली यह घाटी अपना मिसाल आप है। म्लाका और जॉर्ज टाउन, मलक्का के जलडमरूमध्य के ऐतिहासिक शहर (2008) ये शहर यूरोपीय औपनिवेशिक काल के प्रभावों के साथ-साथ एशिया की बहु-सांस्कृतिक विरासत और परंपरा की भी गवाही दे रहे हैं। प्राकृतिक स्थलों में गुनुंगमुलु राष्ट्रीय उद्यान (2000) असाधारण प्राकृतिक सौंदर्य वाला क्षेत्र है, जिसमें वन, क्रस्ट इलाके, पहाड़, झरने और पृथ्वी की सबसे बड़ी गुफाएँ हैं। किनाबालु पार्क (2000) में प्राकृतिक रूप से पारिस्थितिक तंत्र के निर्माण और विकास की असाधारण सरणी मौजूद है।

माली

माली के चार स्थल वर्ल्ड हेरिटेज साइट के तहत सूचीबद्ध हैं, जिनमें से तीन सांस्कृतिक स्थल हैं और एक मिश्रित स्थल। द ओल्ड टाउन ऑफ जेने (1988) एक महत्त्वपूर्ण ऐतिहासिक काल को दरशाती इमारतों के वास्तुशिल्प समूह का एक उत्कृष्ट उदाहरण है। टिंबकटू (1988) एक बौद्धिक और आध्यात्मिक राजधानी थी। 15वीं और 16वीं शताब्दी में पूरे अफ्रीका में यह इसलाम के प्रचार का एक केंद्र भी थी। अस्किया का मकबरा (2004) इस बात का एक शानदार उदाहरण है कि स्थानीय परंपराओं ने पश्चिम अफ्रीकी सहेल में अद्वितीय वास्तुकला संरचना बनाने में इसलामिक शैलियों को कैसे अनुकूलित किया है। तीनों सांस्कृतिक स्थल डेंजर विश्व धरोहर की सूची में भी दर्ज हैं। बांदीगरा (डॉग्स की भूमि : 1989) क्लिफ की मिश्रित साइट पारंपरिक धर्म से जुड़ी सोच की एक ऐसी अभिव्यक्ति है, जिसने वास्तुकला की पुरानी विरासत के साथ सामंजस्य स्थापित किया।

माल्टा

माल्टा में तीन सांस्कृतिक स्थल हैं, जो विश्व विरासत सूची में अंकित हैं। वाल्लेट्टासिटी (1980) नव-प्लैनेटोनिक सिद्धांतों से प्रेरित पुनर्जागरण का एक आदर्श प्रतीक है, जो अपनी शहरी योजना, प्राकृतिक किले और स्मारकों तथा स्मारकों के आस-पास बनाई गई दीवारों के लिए प्रसिद्ध है। HalSaflieni Hypogeum (1980) एक अद्वितीय स्मारक है। यह लगभग 4,000 ई.पू. 2,500 ई.पू., की उपनगरीय 'भूलभुलैया' की एकमात्र ज्ञात यूरोपीय धरोहर है। माल्टा के मेगालिथिक मंदिर (1980, 1992) अपनी मौलिकता, जटिलता और तकनीकी अनुपात के कारण उल्लेखनीय हैं।

मार्शल द्वीप समूह

बिकनी एटोल न्यूक्लियर टेस्ट साइट (2010) मार्शल आइलैंड्स का एकमात्र सांस्कृतिक स्थल है, जो विश्व विरासत सूची में अंकित है। यह परमाणु परीक्षण स्थल का एक उत्कृष्ट उदाहरण है। इसमें कई सैन्य अवशेष, विशिष्ट स्थलीय संरचनाएँ और पानी के नीचे के परिदृश्य सम्मिलित हैं।

मॉरिटानिया

मॉरिटानिया में दो साइटें हैं, जो विश्व विरासत सूची में अंकित हैं। औदाने, चिनगेट्टी, टिशिट और ओउलता (1996) की सांस्कृतिक साइट प्राचीन मानव इतिहास की सात शताब्दियों का प्रतिनिधित्व करती है। वास्तुकला के विभिन्न प्रकारों के सम्मिश्रण का भी यह एक उत्कृष्ट उदाहरण है। प्राकृतिक स्थल बैंच डी'आर्गिन नेशनल पार्क (1989) पश्चिमी अफ्रीका में पक्षियों के घोंसलों और उनके निवास का अद्‌भुत स्थल है, जहाँ अनेक प्रजातियों के पक्षी बसेरा करते हैं।

मॉरीशस

मॉरीशस में दो सांस्कृतिक स्थल हैं, जो विश्व विरासत स्थल सूची में अंकित हैं। मॉरीशस के गन्ना बागानों में काम करने के लिए भारत तथा दुनिया के अन्य हिस्सों से स्थानांतरित आधे मिलियन गिरमिटिया मजदूरों की यादों के साथ आप्रवासी घाट का (2006) अटूट संबंध है। ले मोर्ने सांस्कृतिक लैंडस्केप (2008) का इस्तेमाल आप्रवासी दासों को शरण देने के लिए किया जाता था। अब इसका उपयोग एक किले के रूप में किया जा रहा है।

मेक्सिको

मेक्सिको की पैंतीस साइटें विश्व विरासत सूची में अंकित हैं। इनमें से सत्ताईस सांस्कृतिक, छह प्राकृतिक और दो मिश्रित स्थल हैं।

टकीला (2006) का एगेव लैंडस्केप प्राचीन औद्योगिक सुविधाओं को दरशाता है। यह ब्लू एगेव के एक विस्तृत परिदृश्य का हिस्सा है, जिसे 16वीं शताब्दी के बाद से टकीलास्पिरिट का उत्पादन करने के लिए इस्तेमाल किया जाता था। इस स्पिरिट का उपयोग वर्षों तक पेय और कपड़ा बनाने के लिए किया जाता था। Xochicalco का पुरातात्त्विक स्मारक क्षेत्र (1999) मेसो अमेरिका के महाकाव्य काल की किलेबंद बस्ती का उदाहरण है, जो भलीभाँति संरक्षित है।

Padre Tembleque हाइड्रोलिक सिस्टम (2015) का एक्वाडक्ट; पक्कीम का पुरातात्त्विक क्षेत्र, कैससग्रैड्स (1998); सेंट्रल यूनिवर्सिटी सिटीकैंपस ऑफ द यूनिवर्सिडाड नैशनल ऑटो नोमाडे मेक्सिको (UNAM : 2007, एलताजिन, प्री-हिस्पैनिकसिटी (1992), हिस्टोरिक टाउन ऑफ गुआनाजुआतो और आसन्न खान (1988) और होस्पिकियो कैबनास, गुआदालाजारा (1997) को भी विश्व-विरासत सूची में शामिल किया गया है।

कैमिनोरियल डेटिएराएडेंट्रो (2010) अमेरिका के उत्तरी परिवेश में स्पेनिश क्राउन को जोड़नेवाले सबसे महत्त्वपूर्ण मार्गों में से एक है। 16वीं शताब्दी के पॉपॉपेटेटिपल (1994) की ढलानों पर 16वीं शताब्दी में निर्मित मठों में नए प्रकार की वास्तुकला के दर्शन होते हैं। खुले स्थान में निर्मित ये मठ अपनी संरचना में भी विशिष्ट हैं। क्वेरेटारो (2003) के सियरागॉर्डा में क्रिश्चियन मिशनों के चर्च के बाहरी हिस्से को नक्काशी से सजाया गया है, जो विशेष रुचि के हैं। ये चर्च मिशनरियों और भारत के संयुक्त रचनात्मक प्रयासों का अच्छा उदाहरण प्रस्तुत करते हैं।

द हिस्टोरिक सेंटर ऑफ मेक्सिको सिटी और एक्सोचिमिल्को (1987); मोंटेअल्बान के ऐतिहासिक केंद्र ओक्साका और आर्कियोलॉजिकल साइट; ऐतिहासिक केंद्र प्यूब्ला (1987); ऐतिहासिक केंद्र मोरेलिया (1991) और ऐतिहासिक केंद्र Zacatecas (1993) पूरे इतिहास में सांस्कृतिक स्तर पर अपने निरंतर प्रभाव के कारण सूची में अंकित हैं।

लगभग 17वीं और 18वीं शताब्दी में निर्मित ऐतिहासिक फोर्टिफाइड टाउन ऑफ कैंपेचे (1999) सैन्य वास्तुकला का एक प्रमुख उदाहरण है। कैरेबियन सागर के बंदरगाहों को समुद्री डाकुओं के हमलों से बचाने के लिए यह एक समग्र रक्षात्मक प्रणाली का हिस्सा भी है, जिसे स्पेनिशों द्वारा स्थापित किया गया था। क्वेरेटारो (1996)

का स्मारक क्षेत्र भारतीय चौखटों और गलियों के साथ-साथ स्पेनिश ज्यामितीय सड़क योजना को बनाए रखने के लिए बनाई गई अनूठी धरोहर है। विस्तृत सड़कों के साथ Tacacotalpan (1998) के स्मारक क्षेत्र के अंतर्गत, गलियों में बने मकानों, सार्वजनिक खुले स्थानों और निजी उद्यानों में कई रंगों और शैलियों के साक्षात्कार होते हैं। उद्यान में कई प्राचीन वृक्ष अपने मूल पर्यावरण के साथ संरक्षित किए गए हैं। उपद्रवी बैरागान हाउस एंड स्टूडियो (2004) एक नए संश्लेषण के साथ आधुनिक, पारंपरिक, कलागत तथा अलौकिक धाराओं और तत्त्वों को एकीकृत करता है। विशेष रूप से बगीचों, प्लाजों और परिदृश्यों के समकालीन डिजाइन में यह 'एकीकरण' अत्यंत प्रभावशाली ढंग से दृष्टिगोचर होता है।

प्री-हिस्पैनिक सिटी और नेशनल पार्क ऑफ पैलेंक (1987); प्री-हिस्पैनिक सिटी ऑफ चिचेन-इट्जा (1988); प्री-हिस्पैनिक सिटी ऑफ टेओतिहुआकन (1987); Uxmal (1996) के प्री-हिस्पैनिक टाउन और ओक्साका (2010) की सेंट्रल वैली में यागुल और मितला की प्रागैतिहासिक गुफाएँ भी सूची में अंकित हैं। सैनमिगुएल और जेसुज के अभयारण्य का संरक्षित शहर नजरोडेएटोटोनिल्को (2008) यूरोपीय और लैटिन अमेरिकी संस्कृतियों के बीच आदान-प्रदान का एक सुंदर उदाहरण है। सिएराडी सैनफ्रांसिस्को की पेंटिंग्स (1993) में मानव सांस्कृतिक समूह का चित्रण है। बाजा कैलिफोर्निया प्रायद्वीप के कठोर जलवायु क्षेत्र में उपजा यह सांस्कृतिक-समन्वय यूरोपीय संपर्क के बाद तेजी से लुप्त हो रहा है ।

मेक्सिको के प्राकृतिक स्थलों में आर्किपिएला गोडीरे विल्लाइ गेडो (2016) शामिल है; एलपिनाकेट और ग्रैनडे सिएरटोडी अल्टार बायोस्फियर रिजर्व (2013); द्वीप और कैलिफोर्निया की खाड़ी के संरक्षित क्षेत्र (2005); मोनार्क बटर फ्लाई बायोस्फीयर रिजर्व (2008); सियान कान (1987) और व्हेल सैंचुअरी ऑफ एलविजाकैनो (1993) सम्मिलित हैं।

मिश्रित स्थलों में प्राचीन माया सिटी और कैलक्मुल के संरक्षित उष्णकटिबंधीय वन शामिल हैं। कैंपेचे (2002, 2014) इस मायने में अद्वितीय है कि यह उष्णकटिबंधीय वन और तेहुआकैन-क्यूबिकाल्टन घाटी के विपरीत वातावरणों में माया सभ्यता के विकास को बरकरार रखे हुए है। मेसो अमेरिका (2018) के मूल निवास उत्तरी अमेरिका के शुष्क और अर्ध-शुष्क क्षेत्र में जैविक विविधता के असाधारण स्तर को प्रदर्शित करते हैं।

माइक्रोनेशिया

द **नैन मडोल :** माइक्रोनेशिया में सेरेमोनियल सेंटर ऑफ ईस्टर्न माइक्रोनेशिया

(2016) साइट को वर्ल्ड हेरिटेज सूची और डेंजर में वर्ल्ड हेरिटेज लिस्ट दोनों में अंकित किया गया है। यह प्रशांत द्वीपों में समाजों के विकास का एकमात्र गवाह है। नैनमेडोलके उत्कृष्ट स्मारक महापाषाण वास्तुकला का प्रदर्शन करते हैं। इसके स्तंभों का निर्माण बेसाल्ट पत्थरों का उपयोग करके किया गया है। ये पत्थर द्वीप की खदानों से एक 'हेडर' का प्रयोग करके पहुँचाए गए हैं, लंबी दूरी तक बड़े-बड़े पत्थर पहुँचाने की इस तकनीकी को 'स्ट्रेचर तकनीक' के नाम से जाना जाता है।

मंगोलिया

मंगोलिया में पाँच स्थल हैं, जो विश्व धरोहर सूची में अंकित हैं। इनमें से तीन सांस्कृतिक स्थल हैं और दो प्राकृतिक स्थल। द ग्रेट बुरहान खलदून पर्वत और इसके आस-पास का पवित्र परिदृश्य (2015) चंगेज खाँ द्वारा पहाड़ की पूजा की औपचारिकता को दरशाता है, जिसने मंगोलियाई साम्राज्य के निर्माण के दौरान मंगोलों को एकजुट करके उनकी सफलता में एक महत्त्वपूर्ण कारक था। एशियाई क्षेत्र के इतिहास तथा विश्व इतिहास मंत्री में भी चंगेज खाँ का महत्त्वपूर्ण स्थान है। अर्कोनवैली कल्चरल लैंडस्केप (2004) यह दरशाता है कि कैसे एक सुदृढ़ और लगातार घुमंतू संस्कृति ने व्यापक व्यापार नेटवर्क के विकास द्वारा प्रशासनिक, वाणिज्यिक, सैन्य और धार्मिक सेंटर्स के निर्माण के नेतृत्व प्रदान किया था। मंगोलियाई अल्ताई के जटिल प्रोग्लिफिक कॉम्प्लेक्स (2011) मध्य और उत्तरी एशिया के क्षेत्र में मानव के प्रागैतिहास और प्रारंभिक इतिहास के स्थलों का प्रतिनिधित्व करता है। दुरिया के भू-भाग (2017) में विभिन्न प्रकार के स्टेपी के पर्याप्त और अपेक्षाकृत अछूते क्षेत्र शामिल हैं—घास के मैदान से लेकर जंगल तक। साथ ही कई झीलों और वेटलैंड्स से भी यह क्षेत्र संपन्न है। यूवीसनुउरबेसिन (2003) की घाटियाँ मध्य एशिया के सबसे उत्तरी भाग में स्थित हैं।

मोंटेनेग्रो

मोंटेनेग्रो में चार स्थल हैं, जो विश्व विरासत सूची में सूचीबद्ध हैं, जिनमें से तीन सांस्कृतिक स्थल हैं और एक प्राकृतिक स्थल। कोटर (1979) का प्राकृतिक और सांस्कृतिक-ऐतिहासिक क्षेत्र अपनी महत्त्वपूर्ण भूमिका का गवाह है। इसने बाल्कन में भूमध्यसागरीय संस्कृतियों के प्रसार में सदियों से अपनी विशिष्ट भूमिका निभाई थी। सेंटी कोसी मध्यकालीन टॉम्बस्टोन ग्रेवयार्ड्स (2016) ऐतिहासिक और सांस्कृतिक दृष्टि से खास हैं। यह परंपराओं, विश्वासों और सौहार्दपूर्ण सह जीवन के अनेक दृष्टांतों से भरा हुआ है। 16वीं और 17वीं शताब्दी के बीच स्टीवन सीवेनेशियन वर्क्स ऑफ डिफेंस :

स्टेटोदा टेरा—वेस्टर्नस्टेटोदा मार (2017) सर्व आधुनिक सैन्य संस्कृति की गवाही देता है, जो 16वीं और 17वीं शताब्दी में वेनिस के क्षेत्र में विकसित हुई थी और जिसके विशाल क्षेत्र में मानव-संपर्क के अवसर खुले थे। ड्यूरिटोर नेशनल पार्क (1980, 2005) प्राकृतिक स्थल है, जिसका प्राकृतिक सौंदर्य ग्लेशियरों और नदियों द्वारा उत्कर्ष पर पहुँच गया है।

मोरक्को

मोरक्को में नौ साइटें हैं, जो विश्व विरासत सूची में सूचीबद्ध हैं। ये सभी सांस्कृतिक स्थल हैं। आर्कियोलॉजिकल साइट ऑफ वोलुबिलिस (1997) पुरातात्विक और स्थापत्य परिसर है। सांस्कृतिक परिदृश्य का यह एक उत्कृष्ट उदाहरण है, जिसने कई संस्कृतियों (लिबिको-बर्बर और मॉरिटानियन, रोमन, ईसाई और अरब-इसलामिक) को प्रत्यक्ष देखा है। इनमें से कई अब लुप्त हो चुके हैं। हिस्टोरिक सिटी ऑफ मेकनेस (1996) दरवाजों और ऊँची दीवारों से घिरा एक भव्य शहर है, जिसे स्पेनिश-मूरिश शैली में बनाया गया है। 17वीं शताब्दी के माग्रेबकी इसलामी और यूरोपीय शैलियों का सामंजस्यपूर्ण सम्मिश्रण इसमें आज भी स्पष्ट हैं। Ait-Ben-Haddou (1987) पारंपरिक मिट्टी और केसर उत्पाद का केंद्र था। सामाजिक-आर्थिक और सांस्कृतिक परिवर्तनों के परिणामस्वरूप आज यह असुरक्षित हो गया है, फिर भी यह दक्षिणी मोरक्को की संस्कृति का प्रतिनिधित्व आज भी करता है। एसासौइरा (पूर्व में मोगादोर : 2001) की मदीना 18वीं शताब्दी के गढ़वाले बंदरगाह शहर का एक उत्कृष्ट और अच्छी तरह से संरक्षित उदाहरण है। इस पर उत्तरी अफ्रीकी और यूरोपीय प्रभाव है। फेज का मदीना (1981) वास्तुकला, स्मारकीय कला और टाउन-प्लानिंग के विकास का उत्कृष्ट उदाहरण है। 12वीं से 15वीं शताब्दी तक भूमध्य सागर के समृद्ध शहर का यह एक जीवित गवाह है। मारकेश की मदीना (1985) टेटुआन का मदीना (1997); पुर्तगाली शहर माजगन (एलजादिदा) (2004) रबात ऐतिहासिक शहर : एक साझा विरासत (2012) आदि भी सूची का हिस्सा हैं।

मोजांबिक

मोजांबिक का द्वीप (1991) मोजांबिक में एकमात्र स्थल है, जो विश्व विरासत सूची में अंकित है। यह पश्चिमी यूरोप और भारतीय उपमहाद्वीप तथा पूरे एशिया के बीच की एक मजबूत कड़ी है। यह कड़ी पुर्तगाली समुद्री समय के दौरान जुड़ी और फिर क्रमशः विकसित होती चली गई थी।

म्याँमार

म्याँमार में दो स्थल हैं, जो विश्व विरासत सूची में अंकित हैं। बगान (2019) बगान सभ्यता (11वीं-13वीं शताब्दी ईस्वी) के चरम और शानदार काल का गवाह है। यह साइट तब की है, जब बगान क्षेत्रीय साम्राज्य की राजधानी थी। प्रारंभिक बौद्ध साम्राज्य की धार्मिकता भी यहाँ की स्मारकीय वास्तुकला में दिखाई देती है, जिसे भिन्न समुदाय के लोगों ने मिलकर निर्मित किया था। पीयू प्राचीन शहर (2014) 200 ईसा पूर्व और 900 ईस्वी के बीच 1,000 वर्षों से अधिक समय तक फैले रहनेवाले पीयू राज्य की अनेक विशेषताओं को दरशाते हैं।

नामीबिया

नामीबिया की केवल दो साइटें विश्व विरासत सूची में अंकित हैं। दक्षिणी अफ्रीका के इस हिस्से में 2,000 वर्षों तक शिकारी समुदाय से संबंधित स्थलों का समूह हैं। ट्विफेल फॉनटेइन या यूआई-//एईएस (2007) की सांस्कृतिक साइट सुसंगत, सक्रिय व्यापक और उच्च गुणवत्ता वाले स्थल का निर्माण करती है, जिसके माध्यम से शिकारी कुत्तों से संबंधित अनुष्ठानों, आर्थिक प्रथाओं के बीच के संबंधों को स्पष्ट रूप से चित्रित किया गया है। नामीबसैंड सी (2013) की प्राकृतिक साइट में बजरी के मैदान, तटीय आवास, चट्टानी पहाड़ियाँ, रेत के समुद्र के भीतर इंसेलबर्ग, एक तटीय लैगून और अल्पकालिक नदियों की विशेषताएँ भरी पड़ी हैं। इनके परिणामस्वरूप यह क्षेत्र असाधारण सौंदर्य का अद्भुत परिदृश्य प्रस्तुत करता है।

नेपाल

नेपाल के चार स्थल विश्व विरासत सूची में अंकित हैं, जिनमें से दो सांस्कृतिक स्थल हैं और दो प्राकृतिक स्थल। सांस्कृतिक स्थलों में काठमांडू घाटी (1979) शामिल है। यह घाटी स्मारकों और इमारतों के सात समूहों का प्रतिनिधित्व करती है, जो ऐतिहासिक और कलात्मक उपलब्धियों की एक पूरी श्रृंखला प्रदर्शित करते हैं। इसीलिए काठमांडू घाटी विश्व प्रसिद्ध है। भगवान् बुद्ध (1997) का जन्म स्थान लुंबिनी विश्व भर के बौद्धों के लिए सर्वाधिक पवित्र स्थल है। अशोक स्तंभ पर उत्कीर्ण शिलालेख और लुंबिनी का पवित्र क्षेत्र पूरी दुनिया के आकर्षण का केंद्र है।

नेपाल के प्राकृतिक स्थलों में शामिल हैं—चितवन नेशनल पार्क (1984) यह जैविक विकास का एक उत्कृष्ट उदाहरण है, जिसमें शिवालिक और तराई के पारिस्थितिक तंत्र से उत्पन्न देशी वनस्पतियों और जीवों का एक अनूठा संयोजन है।

सागरमाथा नेशनल पार्क (1979) की प्राकृतिक सुंदरता स्तंभित कर देती है, जिसमें पहाड़ों, ग्लेशियरों, गहरी घाटियों और उन्नत चोटियों का एक पूरा संसार बसा हुआ है। संसार का सर्वोच्च माउंट (एवरेस्ट) (8,848 मीटर) सागरमाथा भी इस क्षेत्र में शामिल है।

नीदरलैंड

नीदरलैंड में दस साइटें हैं, जो वर्ल्ड हेरिटेज सूची में अंकित हैं, जिनमें से केवल एक प्राकृतिक स्थल है, जबकि अन्य सभी सांस्कृतिक स्थल हैं। एम्स्टर्डम की रक्षा रेखा (1996) आधुनिक काल की यूरोपीय रक्षा प्रणाली का एक असाधारण उदाहरण है, जो 19वीं शताब्दी के अंत में निर्मित होने के बाद से बरकरार और अच्छी तरह से संरक्षित है। ड्रोगमेकरिजडेबेमेस्टर (बेमेस्टर पॉलडर, 1999) रचनात्मक योजना की एक उत्कृष्ट कृति है, जिसमें पुरातनता और पुनर्जागरण के आदर्शों को एक पुनः प्राप्त परिदृश्य के डिजाइन पर तैयार किया गया है। विलेमस्टेड, इनरसिटी और हार्बर का ऐतिहासिक क्षेत्र, कूरकाओ (1997) कैरेबियन में एक औपनिवेशिक स्थल है, जो तीन शताब्दियों से भी अधिक समय से बहुसांस्कृतिक समुदायों के जैविक विकास को दरशाता है। आई.आर.डी.एफ. वूडेगामल (डी.एफ. वोडास्टीमपंपिंग स्टेशन, 1998) डचहाइड्रोलिक इंजीनियरिंग के एपोगी का प्रतिनिधित्व करता है, जिसने सदियों से पूरी दुनिया के लिए मानक तय किए हैं। किंडरडिजक-एल्शआउट (1997) मिल नेटवर्क तकनीक से जुड़ी सभी विशेषताओं को प्रदर्शित करता है—डाइक, जलाशय, पंपिंग स्टेशन, प्रशासनिक भवन और खूबसूरती से संरक्षित पवन चक्कियों की यह एक अद्‌भुत श्रृंखला है। Rietveld Schröderhuis (Rietveld Schröder House, 2000) आर्किटेक्चर के क्षेत्र में मॉडर्न मूवमेंट का एक प्रतीक है और मानव की रचनात्मक प्रतिभा की इसमें उत्कृष्ट अभिव्यक्ति हुई है। अन्य साइटों में स्कोलैंड और परिवेश (1995) सिंगेलग्रेच (2010) एम्स्टर्डम की सत्रहवीं शताब्दी काकैनाल रिंग एरिया : वैननेलफेब्रिक (2014) और प्राकृतिक स्थल वाडेन सी (2009, 2014) भी सूची में शामिल हैं।

न्यूजीलैंड

न्यूजीलैंड की तीन साइटेंवर्ल्ड हेरिटेज सूची में अंकित हैं, जिनमें से दो प्राकृतिक स्थल हैं और एक मिश्रित साइट है। न्यूजीलैंड के दक्षिणी महासागर के दक्षिण-पूर्व में न्यूजीलैंड उप-अंटार्कटिक द्वीप (1998) में पाँच द्वीप समूह (स्नारेस, बाउंटी द्वीप

समूह, एंटिपोड द्वीप समूह, ऑकलैंड द्वीप समूह और कैंपबेल द्वीप) शामिल हैं। समुद्री जीवों, भूमि पक्षियों और अकशेरुकी जीवों के बीच स्थानिक और खतरनाक प्रजातियों के समूहों को NZSAI का समर्थन प्राप्त है। यह क्षेत्र चारों ओर से समुद्र से घिरा हुआ है, जो इन्हें आपस में जोड़ता है। तेवाहिपौनामु—दक्षिण पश्चिम न्यूजीलैंड (1990) को चट्टानी तटों, विशाल चट्टानों, झीलों और झरनों के क्रमिक ग्लेशियरों द्वारा आकार मिला है। यह दक्षिण-पश्चिम न्यूजीलैंड में स्थित है। मिश्रित साइटटोंगारियो नेशनल पार्क (1990, 1993) के बीचोबीच पहाड़ों में माओरी संस्कृति और धार्मिक परंपराओं के दर्शन होते हैं। माओरी समुदाय और पर्यावरण के बीच पनपे आध्यात्मिक संबंधों का यह पार्क प्रतीक है। पार्क में सक्रिय और विलुप्त दोनों प्रकार के ज्वालामुखी हैं तथा विविध रेंज वाले पारिस्थितिकी तंत्र के कुछ शानदार परिदृश्य हैं।

निकारागुआ

निकारागुआ में दो सांस्कृतिक स्थल हैं, जो विश्व विरासत सूची में अंकित हैं। लियोन कैथेड्रल (2011) स्पेनिश कला और विभिन्न वास्तुशिल्प प्रभावों को प्रदर्शित करनेवाला तथा मानवीय मूल्यों के मिश्रण का यह उत्कृष्ट उदाहरण है। ये मूल्य स्मारकों में विलय होते दिखाई देते हैं। इन्हें स्थानीय कारीगरी और भौगोलिक तथा सामाजिक वातावरण के अनुकूल करते हुए आकार दिया गया हैं। लियोनवीजो (2000) के अवशेष स्पेनिश औपनिवेशिक बस्तियों के सामग्री के उपयोग से उपजी संस्कृति का परिचय देते हैं।

नाइजर

विश्व धरोहर सूची में शामिल नाइजरकी तीन साइटें हैं, जिनमें से एक सांस्कृतिक स्थल है और दो प्राकृतिक स्थल। ऐतिहासिक केंद्र अगादेज (2013) सांस्कृतिक, वाणिज्यिक और हस्तशिल्प परंपराओं का अनूठा सम्मिश्रण है। इस तरह के सम्मिश्रण, जो आज भी प्रचलित हैं। मिट्टी की वास्तुकला की असाधारणता और परिष्कृतता का भी यह उदाहरण प्रस्तुत करता है। ऐर और टेनेरे प्राकृतिक भंडार (1991) सहारो-सहलीन वन्यजीवों का अंतिम गढ़ है। इसकी गणना विश्व विरासत की डेंजर सूची में भी की गई है। W-Arly-Pendjari Complex (1996, 2017) उन प्राणि-प्रजातियों की शरणस्थली है, जो पश्चिम अफ्रीका के अधिकांश हिस्सों में लुप्तप्राय हो चुकी हैं या अत्यधिक खतरे में हैं।

नाइजीरिया

नाइजीरिया में दो स्थल हैं, जो विश्व विरासत सूची में अंकित हैं। ये दोनों सांस्कृतिक स्थल हैं। ओसुन-ओसोगोसेक्रेडग्रोव (2005) एक व्यापक घटना का शेष एकमात्र उदाहरण है, जो हर योरूबा बस्ती से संबंधित है। शकूर सांस्कृतिक लैंडस्केप (1999) एक असाधारण परिदृश्य है, जो रेखांकन द्वारा भू-उपयोग का रूप दिखाता है। मानव विचार और पर्यावरण के साथ उसके संबंधों को दिशा देने वाले एक महत्त्वपूर्ण चरण को यह चिह्नित करता है।

उत्तर मैसेडोनिया

ओहरिड क्षेत्र की प्राकृतिक और सांस्कृतिक विरासत की मिश्रित साइट (1979, 2019 और 1980) उत्तरी मैसेडोनिया में एकमात्र साइट है, जिसे विश्व विरासत सूची के तहत अंकित किया गया है। साइटबीजांटिन कला का एकमात्र प्रमाण है। 2,500 वर्ग मीटर में फैले भित्तिचित्रों और दुनिया भर के 800 से अधिक आइकन यहाँ संरक्षित एवं प्रदर्शित हैं।

नॉर्वे

नॉर्वे की आठ साइटें वर्ल्ड हेरिटेज साइट्स में दर्ज हैं। इनमें से केवल एक प्राकृतिक स्थल है। ब्रायजेन (1979) सामाजिक संगठन के चरणों को व्यक्त करता है और 14वीं शताब्दी के पहले के हंतासिक के एक चौथाई हिस्से में अंतरिक्ष के उपयोग को भी दिखाता है। Rjukan-Notodden औद्योगिक विरासत स्थल (2015) 20वीं शताब्दी की शुरुआत में तकनीकी विकास के क्षेत्र में आदान-प्रदान प्रदर्शित करता है। यह औद्योगिक विषयों और परिसंपत्तियों के संयोजन को भी प्रदर्शित करता है। अल्टा कला (1985) कला की दुनिया की अप्रतिमता को प्रस्तुत करता है। प्रागैतिहासिक काल में आर्कटिक में इसके हजारों चित्र, नक्काशियाँ, पर्यावरण और शिकार संबंधी संग्रह समाजों की गतिविधियों और उनके जीवन के पहलुओं पर प्रकाश डालते हैं। अन्य साइटों में रोरोसमाइनिंग टाउन और सर्कुलेशन (1980, 2010) स्ट्रुव जियो डेटिक आर्क (2005); अर्नेस स्टेव चर्च (1979); वेगा-यान-वेगा आर्किपेलागो (2004) और पश्चिम नॉर्वेजियन फॉड्र्स का प्राकृतिक स्थल-गिरांगरफ जॉर्ड और नूरोफ जॉर्ड (2005) भी शामिल हैं।

ओमान

ओमान के पाँच सांस्कृतिक स्थल विश्व विरासत सूची में अंकित हैं। ओमान

(2006) की अफलाज सिंचाई प्रणाली 500 ईस्वी पूर्व के आसपास विकसित हुई थी, लेकिन पुरातात्त्विक साक्ष्य बताते हैं कि 2500 ईसा पूर्व भी इस अत्यंत शुष्क क्षेत्र में सिंचाई प्रणाली मौजूद थी। कालाहाट शहर (2018) पूर्व के साथ व्यापार लिंक के लिए अपना अद्वितीय पुरातात्त्विक महत्त्व रखता है। यह लिंक अरब, पूर्वी अफ्रीका, भारत, चीन और दक्षिण-पूर्व एशिया के तटों से बनता है। पुरातत्त्व स्थल बाट, अल-खुतम और अल-अयन (1988) प्रायद्वीप प्रारंभिक कांस्य युग के दौरान अंतिम संस्कार प्रथाओं की विशेषताओं को बताने वाला एकमात्र स्थल है। शेष दो साइटेंबाहला किला (1987) और लैंड ऑफ फ्रैंकिनेंस (2000) हैं, जो विश्व-विरासत सूची में शामिल हैं।

पाकिस्तान

पाकिस्तान के छह सांस्कृतिक स्थल विश्व विरासत सूची में अंकित हैं। मोहन जोदड़ो (1980) के पुरातात्त्विक खँडहर भारतीय प्रायद्वीप में मानव बस्ती और शहरीकरण की संरचना के गवाह हैं। इसमें भारतीय उपमहाद्वीप के सबसे प्राचीन नियोजित शहर शामिल हैं। तख्त-ए-बहु के बौद्ध खँडहर और पड़ोसी शहर के अवशेष सहर-ए-बहलोल (1980) क्रमिक आक्रमणों से बच गए और अभी भी संरक्षित हैं। लाहौर (1981) का किला और शालीमार गार्डन मुगल सभ्यता की शान को दरशाने वाली दो उत्कृष्ट कृतियाँ हैं। ये दोनों उन कला रूपों की उत्कृष्टता का भी प्रमाण हैं, जो सम्राट शाहजहाँ के शासनकाल के दौरान ऊँचाई तक पहुँची थीं। 14वीं से 18वीं सदी तक सिंध क्षेत्र की सभ्यता के वैभव से संबंधित माखी, थट्टा (1981) ऐतिहासिक स्मारक है। रोहतास का किला (1997) मध्य और दक्षिण एशिया की मुसलिम सैन्य वास्तुकला का (16वीं शताब्दी) एक असाधारण उदाहरण है। तक्षशिला (1980) 5वीं शताब्दी ईसा पूर्व के इंडसफ्रॉम पर एक शहर के विकास के विभिन्न चरणों को दरशाता है।

पलाऊ

रॉक आइलैंड्स दक्षिणी लैगून (2012) पलाऊ में एकमात्र साइट है, जो विश्व विरासत सूची में अंकित है। रॉक आइलैंड्स दक्षिणी लैगून असाधारण रूप से उच्च जैविक और समुद्री आवास विविधता से संबद्ध है। इस साइट में 52 समुद्री झीलें हैं, जो दुनिया की किसी भी अन्य जगह से कहीं ज्यादा हैं।

फिलिस्तीन

फिलिस्तीन के तीन सांस्कृतिक स्थल विश्व विरासत सूची में अंकित हैं। जीसस का

जन्म स्थान : चर्च ऑफ द नैटिविटी और तीर्थयात्रा मार्ग, बेथलहम (2012), एक महान् धर्म के संस्थापक के जन्मस्थान के साथ अपने सार्वभौमिक मूल्यों के लिए भी ख्यात हैं। हब्रोन/अल-खलील ओल्ड टाउन (2017) की साइटअल-इब्राहिमी मसजिद/पैट्रिआर्क की कब्र के लिए जानी जाती है, जिसकी इमारतें पहली शताब्दी में विकसित एक परिसर में स्थित हैं। यह परिसर अब्राहम/इब्राहिम और उसके परिवार की कब्रों की रक्षा करता आ रहा है। फिलिस्तीन : जैतून और बेलों की भूमि-दक्षिणी यरुशलम की सांस्कृतिक भूमि बत्तीर (2014) में कृषि-घाटियों की एक श्रृंखला शामिल है, जिसे विद्युत् के रूप में जाना जाता है। इसमें विशिष्ट पत्थर की छतों के साथ बाजार भी हैं। इसके बगीचों को उत्पाद के लिए सिंचित किया जाता है। इस क्षेत्र में कई प्रजातियों के वृक्ष और अंगूर तथा जैतून की लताएँ तथा पेड़ लगाए गए हैं।

पनामा

पनामा के पाँच स्थल विश्व विरासत सूची में अंकित हैं। सांस्कृतिक स्थलों में पनामा वीजो का पुरातात्त्विक स्थल और पनामा का ऐतिहासिक जिला (1997, 2003) शामिल हैं। यह अपने काल और संस्कृति के नगर नियोजन का एक असाधारण प्रमाण है। इसने औपनिवेशिक स्पेनिश शहर के बाद के विकास पर बहुत प्रभाव डाला है। यह मानवीय मूल्यों के महत्त्वपूर्ण आदान-प्रदान को प्रदर्शित करनेवाला स्थल भी है। यह जलवायु और प्राकृतिक परिवेश की भिन्नताओं को संरक्षित किए हुए है। पनामा के कैरेबियन साइड पर किलेबंदी : पोर्टोबेलो-सैनलोरेंजो (1980) एक खुले किले वाले शहर का उदाहरण है। जिसे कई बार नष्ट और पुनः निर्मित किया गया। औपनिवेशिक युग में भी सैनलोरें, जो जीर्णोद्धार की इस प्रक्रिया को अंजाम देता रहा। प्राकृतिक स्थलों में कॉइबा नेशनल पार्क और इस विशेष क्षेत्र की समुद्री सुरक्षा (2005) शामिल है। डेरेन नेशनल पार्क (1981) और तालमांका रेंज-ला अमिस्तादरिजर्व/ला अमिस्ताद नेशनल पार्क (1983, 1990) इसका हिस्सा हैं।

पापुआ न्यू गिनी

कुक अर्ली एग्रीकल्चर साइट (2008) पापुआ न्यू गिनी की एकमात्र साइट है, जो वर्ल्ड हेरिटेज सूची में अंकित है। साइट में समुद्र के स्तर से 1,500 मीटर ऊपर न्यू गिनी के पश्चिमी हाइलैंड्स में 116 हेक्टेयर के दलदल हैं। पुरातात्त्विक उत्खनन से पता चला है कि वेटलैंड में से एक यह क्षेत्र लगभग 7,000 और संभवत: 10,000 वर्षों तक लगातार इसी रूप में संरक्षित है।

पराग्गुआ

जेसुइट्स मिशन ऑफ ला संतो सीमा त्रिनिदाद डीप राना और जेसुस डा तवरू (1993) पैराग्वे में एकमात्र साइट है, जो विश्व विरासत सूची में दर्ज है। इस क्षेत्र में 17वीं और 18वीं शताब्दी में निर्मित जेसुइट मिशनों के असाधारण साक्ष्य मिलते हैं। इन शहरी परिसरों के पुरातात्त्विक खँडहर संस्कृतियों के संलयन का प्रतिनिधित्व करते हैं, जिसमें ईसाईकरण की प्रक्रिया ने स्वदेशी आबादी को अपनी पारंपरिक संस्कृति के तत्त्वों को बनाए रखने के लिए प्रेरित किया था या उन्हें ऐसा करने की अनुमति दी थी।

पेरू

पेरू के बारह स्थल विश्व विरासत सूची में दर्ज हैं। सांस्कृतिक स्थलों में चैन आर्कियोलॉजिकल जोन शामिल है (1986), जो लुप्त हो चुके चिमू साम्राज्य का प्रतिनिधि शहर है और अपने अनूठेपन की गवाही देता है। यह वही जगह है, जहाँ उत्तरी पेरू के ग्यारह हजार साल के सांस्कृतिक विकास को संश्लिष्ट रूप में संरक्षित रखा जा सका है। चविन (पुरातत्त्व स्थल) (1985) को आंतरिक दीर्घाओं की एक जटिल प्रणाली, छतों और चौकों की शृंखला तथा असाधारण सौंदर्य के एंथ्रोपोमोर्फिक और जूमोरफिक आइकोनोग्राफी तत्त्वों के सौंदर्य को समेटकर सुसज्जित किया गया है। सीजको (1983) प्राचीन इंका सभ्यता का एक अनूठा प्रमाण है, जो तावंटिनसु शाही सरकार का दिल था, जिसने 15वीं और 16वीं शताब्दी के बीच दक्षिण अमेरिकी एंडीज के अनेक राजनीतिक, धार्मिक और प्रशासनिक घटकों का इस्तेमाल किया था। लीमा का ऐतिहासिक केंद्र (1988, 1991) में लैटिन अमेरिका के महान् राजनीतिक, आर्थिक और सांस्कृतिक महत्त्व को स्पेन की औपनिवेशिक शहर की वास्तुकला और शहरी विकास की प्रणालियों के उपयोग द्वारा उजागर किया गया है। अरेक्विपा शहर का 2000 का ऐतिहासिक केंद्र (2000) भी इस सामंजस्य का एक उत्कृष्ट उदाहरण है। औपनिवेशिक बस्ती, प्राकृतिक पारिस्थितिकी, स्वदेशी प्रभाव, विजय और प्रचार की प्रक्रिया द्वारा इसकी स्थापना की गई थी। अन्य साइटों में नैस्का और पाल्पा (1994), Qhapaq, an, Andean Road System (2014) और Sacred City of Caral-Supe (2009) शामिल हैं। दो प्राकृतिक स्थल हुस्करैन नेशनल पार्क (1985) और मनु नेशनल पार्क (1987) भी विश्व धरोहरों की सूची में शामिल किए जाने के सर्वथा योग्य हैं। दो मिश्रित स्थल माचूपिचू (1983) और रियो अबीसो नेशनल पार्क (1990, 1992) ऐतिहासिक अभयारण्य हैं, इसीलिए उन्हें विश्व-विरासत सूची में स्थान दिया गया है।

फिलीपींस

फिलीपींस की छह साइटें वर्ल्ड हेरिटेज सूची के तहत अंकित हैं। फिलीपींस के बैरोक चर्च (1993) स्थानीय सामग्रियों और सजावटी रूपांकनों का उपयोग करते हुए यूरोपीय चर्च डिजाइन और निर्माण के संलयन के द्वारा एक नई चर्च-निर्माण परंपरा का उदाहरण प्रस्तुत करते हैं। हिस्टोरिक सिटी ऑफ विगन (1999) एक ऐसी संस्कृति और कस्बों की संरचना को दरशाता है, जो वास्तुकला की दृष्टि से पूर्व और दक्षिण-पूर्व एशिया से सर्वथा भिन्न हैं। इसमें सांस्कृतिक दृष्टि से चीन और यूरोप के सांस्कृतिक तत्त्वों का समन्वय किया गया है। फिलीपीन कॉर्डिलारेस (1995) के राइस टैरेस एक समुदाय द्वारा विकसित चावल उत्पादन की टिकाऊ प्रणाली से संबंधित है, जो वन क्लैड पर्वत के शीर्ष से पानी की कटाई करके पत्थर की छतों और तालाबों के निर्माण पर आधारित थी। यह प्रणाली दो सहस्राब्दियों तक जीवित रही है। प्राकृतिक स्थलों में माउंट हैमिगुइट रेंज वन्यजीव अभयारण्य (2014), प्यूर्टो-प्रिंसेस सबटेरेनियन रिवर नेशनल पार्क (1999) और टब बताहारीफ्स नेचुरल पार्क (1993, 2009) शामिल हैं।

पोलैंड

वर्ल्ड हेरिटेज सूची में पोलैंड के चौदह सांस्कृतिक स्थल और एक प्राकृतिक स्थल है। ऑशविज बिरकेनाऊ, जर्मन नाजी एकाग्रता और निर्वासन शिविर (1940-1945-1979) मानवता के खिलाफ अब तक के सबसे बड़े अपराधों में से एक का अकाट्य साक्ष्य प्रस्तुत करता है। मैल्बर्क (1997) में टेओ टॉनिक ऑर्डर का महल महल संरचना का एक उत्कृष्ट उदाहरण है। टेउ टोनिक ऑर्डर, जिसका विकास मध्ययुगीन पश्चिमी यूरोप के सीमावर्ती क्षेत्रों में हुआ था। क्राको का केंद्र (1978) अपने टाउनशिप और व्यक्तिगत स्मारकों, दोनों की उत्कृष्ट गुणवत्ता और शहरी वास्तुशिल्प का उत्तम प्रकार है। क्रेजी मेनी प्रागैतिहासिक धारीदार चकमक खनन क्षेत्र (2019) भालू की एक विलुप्त सांस्कृतिक परंपरा का गवाह है, जो प्रागैतिहासिक बस्तियों के जीवन और कार्यों के बारे में जानकारी प्रदान करता है। मध्ययुगीन टाउन ऑफ टोरू (1997) जीवनयापन के मध्ययुगीन तरीकों की पूरी तसवीर प्रस्तुत करता है। विलीज का और बोचिया रॉयल साल्ट वाइन (1978, 2008, 2013) 13वीं से 20वीं शताब्दी तक यूरोप में खनन तकनीकों के विकास के ऐतिहासिक चरणों का गवाह है। पुर्तगाल के अन्य स्थलों में मुसकाउर पार्क/पार्क मुकोकॉस्की (2004), ओल्ड सिटी ऑफ जमोउ (1992); टार्न वस्कीगॉरी लीड-सिल्वर-जिंक खदान और इसकी भूमिगत जल प्रबंधन प्रणाली (2017); पोलैंड और यूक्रेन (2013) के कॉरपेथियन क्षेत्र Tserkvas; दक्षिणी Małopolska (2003) के

लकड़ी के चर्च; व्रोकला (2006) में सौ साल पुराना हॉल; जावोर और of widnica में शांति के चर्च (2001); ऐतिहासिक केंद्र वारसा (1980); कलवारिया ज्ब्रीजोद्स्का : द मैनरिस्ट आर्किटेक्चरल एंड पार्क लैंड स्केप्स कॉम्प्लेक्स एंड पिलग्रिमेज पार्क (1999) और प्राकृतिक स्थल बियालोवाई वन (1979, 1992, 2014) विश्व ऐतिहासिक धरोहर के रूप में ही नहीं, मानव सभ्यता के विकास के विभिन्न चरणों को सँजोने के कारण भी विश्व प्रसिद्ध हैं।

पुर्तगाल

पुर्तगाल में सोलह सांस्कृतिक स्थल और एक प्राकृतिक स्थल विश्व विरासत सूची में अंकित है। ऑल्टो डरो वाइन क्षेत्र (2001) एक पारंपरिक यूरोपीय शराब बनानेवाला क्षेत्र है, जो इस मानव गतिविधि के क्रमिक विकास को दरशाता है। एजोरों टाउन के दज्रल जोन अजोरेस में हीरोइजो (1983) सीधी और स्पर्श रेखा से जुड़ा हुआ है। यह उस सार्वभौमिक ऐतिहासिक महत्त्व की घटना का भी गवाह है, जिसने समुद्री अन्वेषण के लिए महान् सभ्यताओं के बीच आदान-प्रदान की स्थितियाँ उत्पन्न की थीं। क्राइस्ट ऑफ क्राइस्ट तोमर (1983) की मूल रूप से रेकोनक्स्ट के प्रतीकात्मक स्मारक के रूप में कल्पना की गई थी। इनका निर्माण मैनुअल युग में किया गया। बाहरी सभ्यताओं के लिए पुर्तगाल के उदारीकरण का भी यह सुंदर प्रतीक है।

ऐतिहासिक केंद्र ora वोरा (1986) 1755 के भूकंप से लिस्बन के विनाश के बाद पुर्तगाल के स्वर्ण युग के एक शहर का सबसे अच्छा उदाहरण है। अलकोबाका का मैनास्ट्री (1989) हाइड्रोलिक के एक अद्वितीय बुनियादी ढाँचे के साथ महान् कोसियान स्थापत्य का भी उदाहरण है। कोपा घाटी और सियगावर्डे (1998, 2010) के रॉक स्ट्रीम और रॉक साइटें एक साथ संबद्ध होकर हमारे शुरुआती पूर्वजों के सामाजिक, आर्थिक और आध्यात्मिक जीवन पर रोशनी डालती हैं।

अन्य साइटों में सिंट्रा का सांस्कृतिक लैंडस्केप (1995) एल्विस और उसकी किलेबंदी (2012) गैरीसन बॉर्डर टाउन; गुइमारेस का ऐतिहासिक केंद्र (2001); ओपोर्टो का ऐतिहासिक केंद्र, लुइज आई ब्रिज और मोनेस्ट्री ऑफ सेराडूपिलर (1996); पिको द्वीप वाइनयार्ड कल्चर की भूमि (2004); मोनास्ट्री ऑफ बटाला (1983); लिस्बन के हायर नामाइट्स और टॉवर ऑफ बेलम में मठ (1983) और मफरा की रॉयल बिल्डिंग—पैलेस, बेसिलिका, कॉन्वेंट, सेर्कोगार्डन और हंटिंग पार्क (तापड़ा) (2019) भी विरासत सूची में स्वीकृत की गई हैं।

मेजर जीसस मोंटे ऑफ ब्रागा (2019) के अभयारण्य को 600 से अधिक वर्षों

की अवधि में विकसित किया गया था। यह बारोक शैली कैथोलिक चर्च द्वारा प्रवर्तित सैक्रीमोंटी (पवित्र पर्वत) बनाने वाली यूरोपीय परंपरा को दरशाता है। 16वीं शताब्दी में प्रोटेस्टेंट सुधार की प्रतिक्रिया में ये निर्मित किए गए थे। कोयंबटूर विश्वविद्यालय—अल्टा और सोफिया (2013) कला, विज्ञान, कानून, वास्तुकला, टाउन प्लानिंग और लैंडस्केप डिजाइन के क्षेत्र में सात शताब्दियों से प्राप्त अनुभवों को प्रसारित करता है। इस ज्ञान ने पूर्व पुर्तगाली साम्राज्य के शैक्षिक संस्थानों को प्रभावित किया था। पुर्तगाल के प्राकृतिक स्थल में मेडिरा का लौरिसिलवा (1999) भी विश्व-विरासत-सूची में शामिल है।

कतर

अल जुबेराह आर्कियो लॉजिकल साइट (2013) कतर का एकमात्र सांस्कृतिक स्थल है, जो विश्व विरासत सूची में अंकित है। अल जुबेराह, समुद्र और कठोर रेगिस्तानी वातावरण दोनों के साथ मानवीय संपर्क की अनूठी गवाही देता है।

कोरिया गणराज्य

कोरिया गणराज्य के तेरह सांस्कृतिक और एक प्राकृतिक स्थल विश्व विरासत सूची में अंकित हैं। बाकेजे ऐतिहासिक क्षेत्र (2015) निर्माण तकनीकों के विकास तथा बौद्ध धर्म के प्रसार में कोरिया, चीन और जापान के बीच के आदान-प्रदान को प्रदर्शित करता है।

चांगदेव गंगा पैलेस कॉम्प्लेक्स (1997) का कोरियाई वास्तुकला, उद्यान डिजाइन और परिदृश्य योजना का कई शताब्दियों तक संबंधित कलाओं के विकास पर काफी प्रभाव पड़ा था। गोचंग, हवासुन और गंगह्वा डोलमेन साइटें (2000) में बड़े पत्थर के स्लैब से निर्मित पहली सहस्राब्दी ईसा पूर्व की कब्रें खास हैं। जो मेगालिथिक संस्कृति का भी महत्त्वपूर्ण हिस्सा हैं। ऐसी कब्रें दुनिया के कई हिस्सों में पाई जाती हैं, लेकिन इस तरह केंद्रित रूप में और बड़ी मात्रा वे कहीं नहीं है। ह्वासोंग किला (1997) 18वीं शताब्दी की सैन्य वास्तुकला के शिखर का प्रतिनिधित्व करता है, जिसमें स्कूल ऑफ प्रैक्टिकल लर्निंग के विद्वानों द्वारा अध्ययन के माध्यम से यूरोप और पूर्वी एशिया के सर्वश्रेष्ठ वैज्ञानिक विचारों को समाहित किया गया है। जोंग्योश्राइन (1995) संरक्षित कन्फ्यूशियस शाही मंदिरों में सबसे पुराना और भव्य है।

नामानसेंसॉन्ग (2014) गढ़ वाले शहर का एक उत्कृष्ट उदाहरण है। 17वीं शताब्दी में जोसियन राजवंश के लिए आपातकालीन राजधानी के रूप में इसे बनाया गया था, फिर पहले से मौजूद परंपराओं का सम्मान करनेवाले बौद्ध भिक्षुओं द्वारा इसका बचाव और रखरखाव किया गया। जोसियन राजवंश (2009) के रॉयलटॉम्ब्स संस्कारों

के प्रदर्शन, विशेष रूप से पैतृक पूजा की जीवित परंपरा से जुड़े हुए हैं। सातसा, कोरिया में बौद्ध माउंटेन मठ (2018) सात मंदिरों की स्थानिक व्यवस्था वाली शृंखला है, जिसमें 7वीं से 9वीं शताब्दी तक स्थापित कोरियाई विशिष्टता वाली मंदिर निर्माण की उत्तम संरचना और विशेषताएँ शामिल हैं जैसे 'मैदांग' (खुला भवन) तथा चार इमारतों (बुद्ध हॉल, मंडप, व्याख्यान कक्ष और छात्रावास) का दर्शनीय सकुंल मौजूद है। अन्य साइटों में सोकुर्गमग्रोटो और बुलगुक्सा मंदिर (1995), सेओवन, कोरियाई नियो-कन्फ्यूशियस अकादमियाँ (2019), ग्योंग हिस्टोरिकल एरिया (2000), हैंसा टेंपल नांगजी ओन्गा पेंजियन, त्रिपिटका कोरोना वुड ब्लॉक्स (1995), हिस्टोरिकल विलेज कोरिया : हैहो और यांगडोंग (2010) और जाजू ज्वालामुखी द्वीप और लावा ट्यूब्स (2007) के नैटुरा स्थल भी विश्व-विरासत सूची का हिस्सा हैं।

मोल्दोवा के गणराज्य

स्ट्रूव जिओडेटिक आर्क (2005) मोल्दोवा की एकमात्र साइट है, जो विश्व विरासत सूची में दर्ज है। स्ट्रूव जिओडेटिक आर्क निस्संदेह उच्च तकनीकी का एक उत्कृष्ट उदाहरण है—मेरिडियन की माप के त्रिभुज बिंदुओं को प्रस्तुत करना इसकी विशेषता है।

रोमानिया

रोमानिया के आठ स्थल विश्व विरासत सूची में अंकित हैं। मोल्दाविया के चर्चों के (1993, 2010) बाहरी पहलुओं को चित्रों द्वारा पूरी तरह से कवर करने वाली चर्च की सजावट की एक नई प्रणाली ने यहाँ जन्म लिया। यह चित्रकारी 15वीं शताब्दी के अंत की बाल्कन संस्कृति और उसके धार्मिक संदर्भ को भी प्रस्तुत करती है। ओरस्टी पर्वत (1999) के डेडियन किले अपनी अनूठी शैली के लिए प्रसिद्ध हैं। ये किले शास्त्रीय और सैन्य वास्तुकला की तकनीकों और अवधारणाओं के संलयन का भी प्रतिनिधित्व करते हैं। सिजेरोआरा के ऐतिहासिक केंद्र (1999) Transylvanian Saxons संस्कृति का गवाह है, वह संस्कृति, जो 850 वर्षों के बाद भी आदरणीय है और अपने स्थापत्य और शहरी स्मारकों के माध्यम से सदा आदरणीय बनी रहेगी। अन्य साइटों में होरजू का मठ (1993), ट्रांसिल्वेनिया में फोर्टिफाइड चर्च के साथ के गाँव (1993, 1999); मैरामुरस के लकड़ी के चर्च (1999); कारपैथियनों और यूरोप के अन्य क्षेत्रों के प्राचीन बीच जंगल (2007, 2011, 2017) और डेन्यूब डेल्टा (1991) भी इस सूची में शामिल हैं।

रूसी संघ

रूसी संघ के अठारह सांस्कृतिक स्थल और ग्यारह प्राकृतिक स्थल विश्व विरासत सूची में दर्ज हैं। Sergiev Posad (1993) में ट्रिनिटी सर्जियस जावरा वास्तुशिल्प रूढ़िवादी मठ परिसर का प्रतिनिधि स्थल है। 15वीं से 18वीं शताब्दी तक निरंतर वृद्धि और विस्तार इसकी विशेषता है। कैथेड्रल और मठ के शहर द्वीप के Sviyazhsk (2017) अपने स्थान, लेआउट और वास्तुशिल्प संरचना में विशिष्ट हैं, जो जार इवान चतुर्थ द्वारा विकसित राजनीतिक और मिशनरी कार्यक्रम से संबद्ध है। यह मास्को राज्य को यूरोपीय भूमि से लेकर गोल्डन-हार्डेइसलामिक राज्यों तक विस्तारित है।

बोल्गर हिस्टोरिकल एंड आर्कियोलॉजिकल कॉम्प्लेक्स (2014) बाद की अनेक सांस्कृतिक परंपराओं और शासकों के आदान-प्रदान एवं उनके पुनः एकीकरण की व्याख्या करता है। वास्तुकला, शहर-योजना और परिदृश्य डिजाइन पर इन प्रभावों और आदान-प्रदान को देखा जा सकता है। चर्च ऑफ द एस्केंशन, कोलो मास्को (1994) एक कल्पनाशील कला दृष्टि का प्रतिनिधित्व करता है। इनमें रूसी रूढ़िवादी चर्च डिजाइन में अभिनव यूरोपीय ढाँचों का सम्मिश्रण करके चर्च की विलक्षण वास्तुकला का विकास किया गया है। प्सकोव स्कूल ऑफ आर्किटेक्चर (2019) के चर्च, बीजांटिन और नोवगोरोड परंपराओं के प्रभाव से निर्मित हैं। 15वीं-16वीं शताब्दी तक यह प्रभाव शीर्ष तक पहुँच गया था। उस समय इसने रूसी राज्य के बड़े क्षेत्रों पर अपना प्रभाव डाला था। यह चर्च कला क्रमशः शैलीगत और सजावटी विशेषताएँ बन गईं, जिन्हें व्यापक रूप से मान्यता मिली। अन्य साइटों में (2003) गढ़, प्राचीन शहर और किले की इमारतें, सोलोवेटस्की द्वीप समूह (1992) की सांस्कृतिक और ऐतिहासिक संरचना, क्यूरोनियनस्पिट (2000); फेरापोंटोव मठ (2000) और नोवो डेविच कॉन्वेंट (2004) की संरचना प्रमुख हैं।

कजानक्रेमलिन (2000) का ऐतिहासिक और वास्तुशिल्प परिसर खानते काल का स्थल है। मूल शहर-योजना की उन्नत अवधारणा के साथ यहाँ ततार का किला भी है। सेंट पीटर्सबर्ग के ऐतिहासिक केंद्र और स्मारक समूह (1990) मनुष्य की महत्त्वाकांक्षा, योजना की सुसंगतता और निष्पादन तथा उसकी अद्वितीय कलात्मक उपलब्धि का प्रतिनिधित्व करते हैं। नोवगोरोड एंड सराउंडिंग्स (1992) का ऐतिहासिक स्मारक मध्य एशिया और उत्तरी यूरोप के बीच प्राचीन व्यापार मार्ग पर स्थित है। 9वीं शताब्दी में नोवगोरोड रूस की पहली राजधानी थी। यारोस्लाव शहर का ऐतिहासिक केंद्र (2005) 17वीं शताब्दी के कई चर्चों के लिए प्रसिद्ध है। यह शहरी नियोजन सुधार के लिए भी जाना जाता है। यह सुधार महारानी कैथरीन द ग्रेट (1763) के आदेश पर किया गया था।

अन्य साइटों में शामिल हैं—पिजीपोगोस्ट (1990); क्रेमलिन और रेडस्क्वायर, मॉस्को (1990); स्ट्रोब जियोडेटिक विर्क (2005) और व्लादिमीर और सुजाल (1992) के व्हाइट मॉन्यू मेंट्स।

रूसी संघ का प्राकृतिक स्थल सेंट्रल सिखोट-एलिन (2001, 2018) की पर्वत-शृंखलाएँ आउट वन दुनिया के सबसे समृद्ध समशीतोष्ण वनों में अपना स्थान रखती हैं। उत्तरी एशिया में मोंटाने पौधे और कई पशु प्रजातियों की जैव विविधता का यह केंद्र है, जिसमें से कई प्रजातियाँ दुर्लभ और स्थानिक श्रेणी की हैं। अन्य साइटों में अल्ताई (1998) के स्वर्ण पर्वत बैकाल झील (1996); दौरिया (2017) के परिदृश्य; लीना पिलर्सनेचर पार्क (2012); रैंगल आइलैंड रिजर्व (2004) की प्राकृतिक प्रणाली; पुटराना पठार (2010); यूवीएस नूर बेसिन (2003); वर्जिनकोमी वन (1995); कमचटका के ज्वालामुखी (1996, 2001) और पश्चिमी काकेशस (1999) प्रमुख हैं।

संत किट्टस और नेविस

Brimstone Hill Fortress National Park (1999), सेंट किट्स और नेविस का एकमात्र स्थल है, जो विश्व विरासत सूची में दर्ज है। यह साइट कैरेबियन संदर्भ में 17वीं और 18वीं शताब्दी की सैन्य वास्तुकला का उत्कृष्ट संरक्षित स्थान है।

सेंट लूसिया

पिट्स इन मैनेजमेंट एरिया (2004) सेंट लूसिया का एकमात्र स्थल है, जो वर्ल्ड हेरिटेज लिस्ट में अंकित है। पी.एम.ए. में ज्वालामुखीय प्रणाली के भीतर समाहित स्ट्रैप्टो वोल्केनो का अधिकांश हिस्सा है, जिसे भूवैज्ञानिक सूफीरे ज्वालामुखी केंद्र के रूप में पहचानते हैं।

सैनमैरीनो

सैनमैरिनो ऐतिहासिक केंद्र और माउंट टिटानो (2008) सैनमैरिनो का एकमात्र स्थल है, जो विश्व विरासत सूची में अंकित है। यह साइट 13वीं शताब्दी के बाद से एक स्वतंत्र गणराज्य की राजधानी के निर्माण तथा नागरिक स्वायत्तता और स्वशासन पर आधारित लोकतंत्र की स्थापना का एक असाधारण प्रमाण है।

सऊदी अरब

सऊदी अरब में पाँच सांस्कृतिक स्थल हैं, जो विश्व विरासत स्थलों में पंजीकृत हैं।

अल-अहसाओएसिस, एवल्विंग कल्चरल लैंडस्केप (2018) एक आकर्षक संकुलन है, जिसमें उद्यान, नहरें, झरने, कुएँ और एक जलनिकासी झील के साथ ही ऐतिहासिक इमारतें, शहरी आवास और पुरातात्त्विक स्थल शामिल हैं। यह सऊदी अरब में उत्कीर्ण होनेवाली पहली विश्व विरासत संपत्ति है। यह जॉर्डन में पेट्रा के दक्षिण में नाबातियन की सभ्यता का सबसे बड़ा संरक्षित स्थल है। इसमें पहली शताब्दी ईसा पूर्व से पहली शताब्दी ईस्वी तक की सजावट के साथ कई स्मारक और कब्रें हैं।

अरब-दुरियाह (2010) में एट-तुरीफ पहला ऐतिहासिक केंद्र था, जो अरब प्रायद्वीप में एकीकृत शक्ति का प्रतीक था। हिस्टोरिक जेद्दा, गेटटू मक्काह (2014) एक व्यापारिक और तीर्थ शहर के रूप में अपने उत्कर्ष का उत्कृष्ट प्रतिबिंब है। यह लाल सागर सांस्कृतिक दुनिया की एकमात्र जीवित शहरी संरचना है। सऊदी अरब के हेल क्षेत्र और कला (2015) पर्यावरणीय तबाही के जवाब में मानव-समुदाय की चुनौतियों, साहस और एकजुटता का प्रतीक हैं।

सेनेगल

सेनेगल के सात स्थल विश्व विरासत सूची में अंकित हैं। बासारी देश : बस्सारी, फूला और बेदिक सांस्कृतिक परिदृश्य (2012) प्राकृतिक पर्यावरण की कमी और मानव के प्रकृति पर दबाव की प्रतिक्रिया का परिणाम है, ताकि क्षेत्र के सीमित संसाधनों का बुद्धिमानी से उपयोग किया जा सके। गोरसी (1978) के क्षेत्र मानव समाजों के इतिहास में सबसे बड़ी त्रासदियों में से एक दास व्यापार की पूरी कहानी कहते हैं। सेंट लुइस (2000) को 17वीं शताब्दी में एक फ्रांसीसी औपनिवेशिक समझौते के तहत स्थापित किया गया था। सेंट लुई को 19वीं शताब्दी के मध्य में शहरीकृत किया गया था। अन्य साइटों में साल्सम डेल्टा (2011), सेनेगंबिया का स्टोन सर्किल (2006), Djoudj National Bird Sanctuary (1981) और Niokolo-Koba National Park (1981) शामिल हैं।

सर्बिया

सर्बिया की पाँच साइटें विश्व विरासत सूची में दर्ज हैं। गमिजिग्राड-रोमुलियाना, पैलेस ऑफ गैलेरियस (2007) किलेबंदी, महल और स्मारक परिसर के लिए जाना जाता है, जो रोमन निर्माण परंपरा का एक अनूठा प्रमाण है। कोसोवो में मध्यकालीन स्मारक (2004, 2006) नई पैलेलोजेनियन पुनर्जागरण शैली को दरशाता है। स्टारी रास और सोपोवनी (1979) पश्चिमी सभ्यता और बीजांटिन दुनिया के बीच संपर्कों की याद

दिलाते हैं। अन्य साइटों में स्टेवसी मध्यकालीन टॉम्बस्टोन कब्रिस्तान (2016) और स्टडेनिका मठ (1986) शामिल हैं।

सेशेल्स

सेशेल्स के दो प्राकृतिक स्थल विश्व विरासत सूची में अंकित हैं। अल्दाब्रा एटोल (1982) समुद्रीय द्वीप के पारिस्थितिकी तंत्र का एक अद्‌भुत उदाहरण है, जिसमें एक समृद्ध कोटा के भीतर विकास प्रक्रियाएँ सक्रिय हैं। वले डीमाई नेचर रिजर्व (1983) जैविक विकास का एक ऐसा उदाहरण है, जो स्थानिक तथा बाहरी जीवों की प्रजातियों को शरण देता है।

सिंगापुर

सिंगापुर बोटेनिक गार्डन (2015) सिंगापुर का एकमात्र स्थल है, जो वर्ल्ड हेरिटेज सूची में अंकित है। यह साइट एक ब्रिटिश उष्णकटिबंधीय औपनिवेशिक वनस्पति उद्यान के विकास को आधुनिक विश्व स्तरीय वैज्ञानिक संस्था के रूप में विकसित करती है, जो आज भी संरक्षण और शिक्षा दोनों के लिए उपयोग की जाती है।

स्लोवाकिया

स्लोवाकिया में सात साइटें हैं, जो वर्ल्ड हेरिटेज साइट्सके रूप में अंकित हैं। बर्देजोव टाउन कंजर्वेशन रिजर्व (2000) मध्यकालीन छोटे शहर का अच्छी तरह से संरक्षित उदाहरण है, जिसने इस क्षेत्र में शहरीकरण को बढ़ावा दिया था। Banskáiatiavnica का ऐतिहासिक शहर और इसके आसपास के क्षेत्र के तकनीकी स्मारक (1993) पहले मध्यकालीन खनन केंद्र था, जो पुनर्जागरण के महलों, 16वीं शताब्दी के चर्चों और महल के साथ एक शहर के रूप में विकसित हुआ था। Levoča, SpišskýHrad और एसोसिएटेड कल्चर मॉन्यूमेंट्स (1993, 2009) अपनी सैन्य, राजनीतिक, धार्मिक, व्यापारिक और सांस्कृतिक रूप से पूर्वी यूरोप में मध्ययुगीन बस्ती की विशेषता वाली इमारतों के समूह हैं। इन्हें भलीभाँति रखा गया है। अन्य साइटों में Vlkolínec (1993) कार्पेथियन माउंटेन एरिया (2008) के स्लोवाक भाग के लकड़ी के चर्च; कारपैथियनों और यूरोप के अन्य क्षेत्रों के प्राचीन बीच जंगल (2007, 2011, 2017) और एगतेलेक कार्स्ट तथा स्लोवाक कार्स्ट (1995, 2000) की गुफाएँ प्रमुख हैं।

स्लोवेनिया

स्लोवेनिया के चार स्थल विश्व विरासत सूची में दर्ज किए गए हैं। अल्मेडेन और इद्रीजा में मर्करी की विरासत (2012) में अल्माडेन के खनन स्थल शामिल हैं। is Spain, जहाँ पारा (क्विक सिल्वर) प्राचीनकाल से निकाला जाता रहा है, इदरीश स्लोवेनिया, जहाँ पहली बार (AD 1490) में पारा मिलाइस इस विरासत क्षेत्र को महत्त्वपूर्ण बनाते हैं। आल्प्स (2011) के आसपास प्रागैतिहासिक पाइला वेलिंग्स अच्छी तरह से संरक्षित और सांस्कृतिक रूप से समृद्ध पुरातात्विक स्थल हैं। शुरुआती दौर के कृषि समाजों के अध्ययन के लिए ये महत्त्वपूर्ण स्रोत हैं। प्राकृतिक स्थलों में कार्पेथियन और यूरोप के अन्य क्षेत्र (2007, 2011, 2017) तथा जन कोकजन गुफाएँ (1986) एवं प्राचीन बीच जंगल शामिल हैं।

सोलोमन इस्लैंडस

ईस्टरेनेल (1998) सोलोमन द्वीप का एकमात्र स्थल है, जो विश्व विरासत सूची में दर्ज है। यह साइट द्वीप जीवन विज्ञान के लिए महत्त्वपूर्ण है और पूर्वी रेनेल की पारिस्थितिक और जैविक प्रक्रियाओं को दरशाता है। यह साइटडेंजर में विश्व धरोहर की सूची में भी दर्ज है।

दक्षिण अफ्रीका

दक्षिण अफ्रीका के दस स्थल हैं, जो विश्व धरोहर सूची में अंकित हैं। दक्षिण अफ्रीका के फॉसिल होमिनिड साइट्स (1999, 2005) में वे आवश्यक तत्त्व शामिल हैं, जो मानवता की उत्पत्ति और विकास को परिभाषित करते हैं। मैपुंगुब्वे सांस्कृतिक लैंडस्केप (2003) में मानवीय मूल्यों के महत्त्वपूर्ण आदान-प्रदान के प्रमाण शामिल हैं, जिसके कारण इस क्षेत्र में दूरगामी सांस्कृतिक और सामाजिक परिवर्तन हुए। ई. 900 से ई. 1300 के बीच का अफ्रीका इस लैंडस्केप में साँसें लेता है। रिचर्स वेल्ड कल्चरल एंड बोटनिकल लैंडस्केप (2007) 17वीं और 20वीं शताब्दियों के बीच जेल, अस्पताल के अस्तित्व द्वारा विभिन्न समयों में नामा लोगों के जीवन पर प्रकाश डालता है। रोबेन द्वीप (1999) अर्ध-खानाबदोश देहाती जीवन का प्रतिबिंब है, जो सामाजिक रूप से एक अस्वीकार्य समूह था। यहाँ का सैन्य अड्डा भी द्वीप की वास्तविकता को उजागर करता है।

दक्षिण अफ्रीका के अन्य स्थलों में कोमनी कल्चरल लैंडस्केप (2017), बार्बरटन मखोनजवा पर्वत (2018), केप फ्लोरल रीजेंट प्रोटेक्टेड एरिया (2004, 2015), आई

सिमंग लिसोवेट पार्क (1999), वेडरफोर्ट डोम (2005) और मालोटी-ड्रेकेनबर्ग पार्क (2000, 2013) शामिल हैं।

स्पेन

स्पेनके अड़तालीस स्थल विश्व विरासत सूची में अंकित हैं, जिनमें से बयालीस सांस्कृतिक स्थल, चार प्राकृतिक स्थल और दो मिश्रित स्थल हैं। अल्हांब्रा, जनरल लाइफ और अल्बेजिन, ग्रेनेडा (1984, 1994) साइट में हपपनो-मुसलिम दुनिया की सभी ज्ञात कलात्मक तकनीकें शामिल हैं। एंटर डोलमेंस साइट (2016) में इबेरियन प्रायद्वीप में नवपाषाण और कांस्य युग के उच्च संगठित प्रागैतिहासिक समाज के अंतिम संस्कार और अनुष्ठान तथा प्रथाओं की असाधारण शृंखला मौजूद है। अरंजुज कल्चरल लैंडस्केप (2001) एक सांस्कृतिक परिदृश्य बनाने के लिए विविध सांस्कृतिक परंपराओं के एकसाथ आने की प्रक्रिया से संबद्ध है, जिनका इस क्षेत्र के आगे के विकास पर भी गहरा प्रभाव पड़ा। अन्य पुरातात्त्विक स्थलों में मेरेडा (1993) की पुरातात्त्विक संरचनाएँ शामिल हैं; पुरातात्त्विक संरचना Tárraco (2000) और पुरातात्त्विक स्थल Atapuerca (2000) भी शामिल हैं।

बर्गोस कैथेड्रल (1984) स्पेन की गोथिक कला का उत्कृष्ट नमूना है। मदीना अजहारा (201 Med) का कैलिपेट शहर उमैयद संस्कृति और उसकी स्थापत्य सभ्यता का जीवंत प्रमाण है। कैटलिन रोमनस्क चर्च ऑफ द वलडी बोई (2000) अछूते ग्रामीण सेटिंग में रोमनस्क्यू कला का शुद्ध और सुसंगत उदाहरण प्रस्तुत करता है। कैथेड्रल, अल्काजर और आर्कविओडी इंडियस इन सेविले (1987) 1492/1493 में क्रिस्टोफर कोलंबस द्वारा नई दुनिया की खोज और लैटिन अमेरिका के उपनिवेशण से जुड़े हैं। अल्माडेन और इद्रीजा (2012) पारा के गहन निष्कर्षण की विरासत का साक्ष्य देते हैं, विशेष रूप से आधुनिक और समकालीन लोगों को। ला लोंजा दे ला सेदाडेवालेंसिया (1996) गोथिक शैली में एक धर्मनिरपेक्ष इमारत का उदाहरण है। यह भूमध्य व्यापारिक शहरों में से एक की शक्ति और संपन्नता को भी दिखाता है। ऐतिहासिक दीवारों वाले शहर, जैसे क्वेंका (1996); कॉर्डोबा का ऐतिहासिक केंद्र (1984, 1994); टोलेडो का ऐतिहासिक शहर (1986); अल्तामिरा की गुफा और उत्तरी स्पेन की पैलियोलिथिक गुफा कला (1985, 2008) और सेराडीट्रामुंटाना (2011) के सांस्कृतिक लैंडस्केप भी सूची का हिस्सा हैं।

लास मेदुलस (1997) अभिनव रोमन प्रौद्योगिकी और मठ और एस्कुरियल की साइट का मिला-जुला स्थल है। मैड्रिड (1984) मानव की रचनात्मक प्रतिभा

की उत्कृष्ट कृति का प्रतिनिधित्व करता है। अन्य साइटें भी अपनी कलात्मकता के लिए प्रसिद्ध हैं, जिनमें से ओविदो के स्मारक और द अस्टुरियस का साम्राज्य (1985, 1998) आरागॉन की मुडेजर वास्तुकला (1986, 2001) और सलामांका (1988) के पुराने शहर, जैसे ओल्ड टाउन ऑफ विथविला अपने एक्स्ट्रा-मुरोस चर्चों (1985) के साथ, ओल्ड टाउन ऑफ कैसरिस (1986) और ओल्ड टाउन ऑफ सेगोविया और इसका एक्वाडक्ट (1985) इत्यादि को विश्व-विरासत सूची में शामिल किया गया है।

Palau de la Música Catalana and Hospital de Sant Pau, बार्सिलोना (1997) 20वीं शताब्दी की शुरुआत में मनुष्य की कल्पनाशीलता का अद्भुत नजारा पेश करता है। नोव्यू की उत्कृष्ट कलाकृतियाँ हैं, जो बार्सिलोना में ही शुरू हुई थीं। एल्मेर (2000) का पामेरल एक ओएसिस है, जो शुष्क क्षेत्रों में कृषि उत्पादन के लिए एक प्रणाली की भूमिका भी अदा करता है। कैमिनोफ्रांस और उत्तरी स्पेन के रूट (1993, 2015) मध्ययुगीन यूरोप और बाद में सभी सामाजिक वर्गों और मूल के लोगों के बीच विश्वास, शक्ति और प्रभाव के विस्तार के गवाह हैं। सांता मारिया डीगुआडालूपे के रयानमोनेस्ट्री (1993) छह शताब्दियों में फैले धार्मिक वास्तुकला का एक ऐसा समूह है, जिसकी आध्यात्मिकता रुचिकर प्रतीत होती है। पोबल मठ (1991) एक सांस्कृतिक स्थल है। कोहा घाटी और सिएगावर्डे (1998, 2010) में प्रागैतिहासिक रॉक आर्ट के उदाहरण मिलते हैं, पुनर्जागरण स्मारक embbeda और Baeza (2003) के ensembles; रिस्कोकैदो और ग्रैनकैनरिया कल्चरल लैंडस्केप (2019) के पवित्र पर्वत; इबेरियन प्रायद्वीप (1998) और लुगो (2000) कीरोमन दीवारों पर भूमध्यबेसिन की रॉक कला, सैनक्रिस्टो बलडी ला लगुना (1999) का क्षेत्र एक शहर के रूप में अपनी योजना में उत्कृष्ट है और एक नई सामाजिक व्यवस्था के संगठन तैयार इसकी संरचना पूर्ण हिस्पैनिक शहर का पहला उदाहरण है। Yuso और Suso Monasteries (1997) को आधुनिक लिखित और बोली जानेवाली स्पैनिश भाषा के जन्मस्थान के रूप में अत्यंत महत्त्व का माना जाता है। यहाँ भाषा और संस्कृति के उत्कृष्ट साहचर्य को भी परखा जा सकता है। सैंटियागो डी कॉम्पोस्टेला (ओल्ड टाउन : 1985) ने वास्तुकला और कला के विकास के क्षेत्र में निर्णायक प्रभाव डाला है। हरक्यूलिस का टॉवर (2009) पुरातन युग में प्रकाश स्तंभों के उपयोग की गवाही देता है। विश्वविद्यालय और एलेकाडी हेनरेस (1998) ऐसा पहला ऐतिहासिक शहर था, जिसे विश्वविद्यालय की सीट के रूप में डिजाइन और निर्मित किया गया था। विजकाया ब्रिज (2006) यातायात के लिए इस्तेमाल किया जानेवाला पहला पुल था। एंटोनीगौदी (1984, 2005) की कृतियों ने 19वीं और 20वीं शताब्दी के उत्तरार्ध में वास्तुकला और

निर्माण प्रौद्योगिकी के विकास में अपना उत्कृष्ट रचनात्मक योगदान दिया था।

स्पेन के प्राकृतिक स्थलों में कॉरपेथियन और यूरोप के अन्य क्षेत्रों के प्राचीन बीच जंगल शामिल हैं (2007, 2011, 2017); डूनाना नेशनल पार्क (1994, 2005); गराजनय राष्ट्रीय उद्यान (1986); टाइड नेशनल पार्क (2007); मिश्रित साइटों में इबीसा, जैव विविधता और संस्कृति (1999) तथा पाइरेनीस—मॉटपेरु (1997, 1999) इसमें शामिल हैं।

श्रीलंका

श्रीलंका के आठ स्थलों को विश्व विरासत सूची में अंकित किया गया है, जिनमें से दो प्राकृतिक स्थल हैं और छह सांस्कृतिक स्थल हैं। प्राचीन शहर पोलोन्नरुवा (1982) सन् 993 में अनुराधापुरा के विनाश के बाद श्रीलंका की यह दूसरी राजधानी बनी थी। इस साइट में अनेक प्रकार के खँडहर शामिल हैं। सिगिरियासिटी (1982) साइट में राजधानी के अपने खँडहर शामिल हैं, जिनके लिए इस साइट की विश्व प्रसिद्धि है। पैरिसाइडल किंगकस्पा (477-95)। ओल्ड टाउन ऑफ गाले और इसकी किलेबंदी (1988) दक्षिण और दक्षिण-पूर्व एशिया में यूरोपीय लोगों द्वारा बनाए गए एक किलेयुक्त शहर का सबसे अच्छा उदाहरण है, जो यूरोपीय स्थापत्य शैली और दक्षिण एशियाई परंपराओं के बीच के संपर्क को दरशाता है। रानगिरिदांबुला गुफा मंदिर (1991) श्रीलंका में बौद्ध धर्म के महत्त्वपूर्ण धर्मस्थलों में से एक है। यहाँ जीवित बौद्ध अनुष्ठान प्रथाओं और दो सहस्राब्दी से अधिक समय से प्रचलित तीर्थयात्रा का सुंदर संयोजन दिखाई पड़ता है। श्रीलंका की अन्य साइटों में अनुराधापुरा (1982) का पवित्र शहर, कैंडी का पवित्र शहर (1988) श्रीलंका के सेंट्रल हाइलैंड्स (2010) और सिंहराजा फॉरेस्ट रिजर्व (1988) के प्राकृतिक स्थल प्रमुख हैं। ये सभी विश्व धरोहर-सूची में सूचीबद्ध किए गए हैं।

सूडान

सूडान के तीन स्थल विश्व विरासत सूची में दर्ज हैं। मेरो द्वीप (2011) के पुरातात्त्विक स्थल विचारों के आदान-प्रदान को दरशाते हैं और उप-सहारन अफ्रीका तथा भूमध्यसागरीय और मध्य पूर्वी देशों के बीच एक प्रमुख व्यापार गलियारे के रूप में बहुत लंबे समय से जुड़े रहे हैं। गेबेलबर्कल और नेपाटन क्षेत्र (2003) की साइटेंनेपाटो-मेरिटिक (कुशिट) सभ्यता का प्रतिबिंब हैं, जो 9वीं शताब्दी ईसा पूर्व से 6वीं शताब्दी तक देश में ईसाईकरण के लिए नील नदी घाटी में प्रचलित थीं। सांगानेबमरीन नेशनल पार्क और डुंगोनाब बे—मुक्कवर द्वीप मरीन नेशनल पार्क (2016) के प्राकृतिक स्थल

में स्थित दो अलग-अलग क्षेत्र हैं—सांगानेब मध्य लाल सागर में एक पृथक् प्रवाल भित्ति संरचना है और एकमात्र टोल है, जो तटरेखा से 25 किमी. दूर है।

सूरीनाम

सूरीनाम के दो स्थल विश्व विरासत सूची में अंकित हैं। अपनी इमारतों के माध्यम से ऐतिहासिक आंतरिक शहर परमारबीओ (2002) की सांस्कृतिक साइट पारंपरिक स्थानीय तकनीकों और सामग्रियों के साथ डच वास्तुकला के प्रभाव के क्रमिक संलयन को दरशाती है। सेंट्रल सूरीनाम नेचर रिजर्व (2000) की प्राकृतिक साइट में पश्चिम-मध्य सूरीनाम के प्राथमिक उष्णकटिबंधीय वन का 1.6 मिलियन हेक्टेयर क्षेत्र शामिल है।

स्वीडन

स्वीडन के पंद्रह स्थल विश्व विरासत सूची में अंकित हैं, जिनमें से तेरह सांस्कृतिक स्थल हैं, एक प्राकृतिक स्थल है और शेष मिश्रित स्थल हैं। दक्षिणी (land (2000) के कृषि लैंडस्केप मानव श्रम का उत्कृष्ट उदाहरण है, जिसमें एक एकल द्वीप पर विविध परिदृश्यों का सुंदर उपयोग किया गया है। बिरका और होवगार्डन (1993) 8वीं से 10वीं शताब्दी के वाइकिंग व्यापारिक समझौते के उदाहरण हैं और चर्च टाउन ऑफ गैमेलस्टैड, लुलिया (1996) पारंपरिक प्राकृतिक वातावरण, विशेष भौगोलिक और जलवायु परिस्थितियों में पारंपरिक शहरी डिजाइन को अनुकूलित करने की प्रणाली को दरशाता है। हॉल सिंगलैंड (2012) के सुसज्जित फार्महाउस उन किसानों की समृद्धि को दरशाते हैं, जिन्होंने 19वीं शताब्दी में अपने धन का इस्तेमाल सुसज्जित घरों, उत्सव परिसरों, कमरों तथा अन्य घरों के निर्माण के लिए किया था। एंगेल्सबर्ग आयरन वर्क्स (1993) स्वीडिश आयरन वर्क्स का सबसे अच्छा और संरक्षित स्थल है। ग्रिमेटोन रेडियो स्टेशन, वरबर्ग (2004) दूरसंचार केंद्र के असाधारण रूप से संरक्षित संचार इतिहास का उदाहरण है, जो 1920 की शुरुआती तकनीकी उपलब्धियों का प्रतिनिधित्व करता है। हैंसेटिक टाउन ऑफ विस्बी (1995) गोटलैंड द्वीप पर एक पूर्व वाइकिंग स्थल है। 12वीं से 14वीं शताब्दी के बीच बाल्टिक में विस्बी हंसैटिक लीग का मुख्य केंद्र था। अन्य साइटों में फालुन में ग्रेट कॉपर माउंटेन का खनन क्षेत्र (2001), कार्लस्क्रोन का नेवलपोर्ट (1998), तनुमकी रॉक नक्काशी (1994), ड्रॉटिंगहोम का रॉयलडोमेन (1991), स्कोस्का इरोगोग्रैडेन (1994), स्ट्रुवजियो डेटिक आर्क (2005), हाई कोस्ट/क्वार्केन द्वीप समूह (2000, 2006) और लापोनियन एरिया (1996) शामिल हैं।

स्विट्जरलैंड

स्विट्जरलैंड के बारह स्थल विश्व विरासत सूची में अंकित हैं। एबी ऑफ सेंट गैल (1983) महान् कैरोलिंगियन मठ के कारण दर्शनीय है। मुस्टेयर (1983) के सेंट जॉन में बेनेडिक्टिन कॉन्वेंट और कैरोलिंगियन अवधि के दौरान ईसाई मठवासो के नवीकरण का एक अच्छा उदाहरण है। La Chaux-de-Fonds/Le Locle, वॉचमेकिंग टाउन प्लानिंग (2009) एक शहरी निर्माण और स्थापत्य की अद्वितीय मिसाल है, जो 18वीं शताब्दी से लेकर वर्तमान तक इन दोनों क्षेत्रों में काम करनेवालों को प्रेरित करती रही है। लावाक्स, वाइनयार्ड टैरेस (2007) अत्यंत दर्शनीय तरीके से अपने विकास को लगभग एक सहस्राब्दी से प्रदर्शित करता आ रहा है। यह अच्छी तरह से संरक्षित इमारतों के माध्यम से सांस्कृतिक परंपराओं के विकास को भी प्रदर्शित करता है। बर्नसिटी (1983) नगर सुसंगत और योजनाबद्ध ढंग से सदियों में विकसित किया गया है। आल्प्स (2011) प्रागैतिहासिक (5,000 से 500 ईसा पूर्व के बीच) यूरोपीय कृषि समाजों के अध्ययन के लिए महत्त्वपूर्ण पुरातात्त्विक स्रोतों में से एक है। अल्तुला/बर्निना लैंडस्केप्स (2008) में रेलियन रेलवे की उत्कृष्ट तकनीकी और वास्तुशिल्प गठन का संतुलित संयोजन दिखाई देता है। स्विट्जरलैंड के अन्य स्थलों में ले कार्बूजियर का आर्किटेक्चरल वर्क, आधुनिक मूवमेंट के लिए अपने उत्कृष्ट योगदान के लिए मान्य है (2016), इसके तीन महल, रक्षात्मक दीवार और बेलिन-एरिजोना के मार्केट-टाउन (2000) की प्राचीर तथा मोंटी सैनी जियोर्जियो (2003) के प्राकृतिक स्थल शामिल हैं। स्विस आल्प्स जंग फ्राई-एलेट्स (2001, 2007) और स्विस टेक्टोनिक एरिना सरदाना (2008) को भी विरासत-सूची में स्थान दिया गया है।

सीरियाई अरब गणराज्य

सीरियाई अरब गणराज्य के छह स्थल विश्व विरासत सूची और खतरे में विश्व विरासत की सूची, दोनों में शामिल किए गए हैं। प्राचीन शहर अलेप्पो (1986) अपने निवासियों की समृद्ध और विविध संस्कृतियों को दरशाता है। बोस्निया सिटी (1980) पैगंबर मोहम्मद के जीवन के एक महत्त्वपूर्ण पहलू से जुड़ा हुआ है, जिसके बारे में यह माना जाता है कि वे दो बार बोसॉन गए थे। दमिश्क (1979) सभ्यताओं की अनूठी सौंदर्यमान का गवाह है। जिसने उत्तरी सीरिया (2011) के गाँवों को (पहली से 7वीं शताब्दी तक के) टिकाऊ ग्रामीण बस्ती तथा सावधानीपूर्वक उपयोग के आधार पर रेखांकित किया गया है। मिट्टी, पानी-चूना पत्थर, और मूल्यवान कृषि फसलों के उत्पादन की इस बस्ती को महारत हासिल थी। क्रेक डेस शैवालियर्स और कलात सला-

एल-दीन (2006) भिन्न संस्कृतियों के प्रभाव ग्रहण और आदान-प्रदान को दरशाते हैं। क्रू सेड्स के समय के के महान् (11वीं-13वीं शताब्दी) शहरों में से एक है। पालमायरा (1980) में वे स्मारकीय खँडहर शामिल हैं, जो प्राचीन दुनिया के महत्त्वपूर्ण सांस्कृतिक केंद्रों में से एक था।

तजाकिस्तान

तजाकिस्तान के दो स्थलों को विश्व विरासत सूची में अंकित किया गया है। प्रोटो-शहरी स्थल सराज (2010) के खँडहर इस क्षेत्र में प्रोटो-शहरीकरण के शुरुआती विकास को प्रदर्शित करते हैं। ताजिक राष्ट्रीय उद्यान (पामिरों का पर्वत : 2013) पैलेरेक्टिक क्षेत्र में सबसे बड़ा और संरक्षित पर्वत क्षेत्र है।

थाईलैंड

थाइलैंड के पाँच स्थलों को विश्व धरोहर सूची में अंकित किया गया है। बानच्यांग पुरातात्त्विक स्थल (1992) मानव की सांस्कृतिक सामाजिक और तकनीकी विकास उल्लेखनीय घटना का केंद्र था, जो दक्षिण-पूर्व एशिया के इस क्षेत्र में घटी थी। यह आंदोलन (500 ई.पू.) बानचियांग में शुरू हुआ था और पूरे क्षेत्र में व्यापक रूप से फैल गया था। अयोध्या शहर (1991) सुखोथाई के बाद दूसरी स्यामी राजधानी बनी। इसे 18वीं शताब्दी में बर्मियों द्वारा नष्ट कर दिया गया था। सुखोथाई और एसोसिएटेड हिस्टोरिक टाउन (1991) में कई बेहतरीन स्मारक हैं, जो थाई वास्तुकला की शुरुआती स्थिति को दरशाते हैं। प्राकृतिक स्थलों में डोंगफेयेन-खाओ याई वन कॉम्प्लेक्स (2005) और थुंगई-हुइ खा खांग वन्यजीव अभयारण्य (1991) शामिल हैं।

जाना (टोगो)

विश्व धरोहर स्थल में पंजीकृत टोगो की एकमात्र साइटकौटममाकौ, बटम्मारिबा की भूमि (2004) स्थल है। यह स्थल बटामरिबा का घर है, जिसके उल्लेखनीय मिट्टी के टावर-घर (तकिएंता) को टोगो के प्रतीक के रूप में देखा जाता है।

ट्यूनीशिया

ट्यूनीशिया में आठ साइटें हैं, जो विश्व विरासत सूची में दर्ज की गई हैं। एलजेम (1979) के एंफी थिएटर में उत्तरी अफ्रीका के सबसे बड़े कोलोसियम के प्रभावशाली खँडहर हैं। आर्कियोलॉजिकल साइट ऑफ कार्थेज (1979) भूमध्य सागरीय क्षेत्र को

कवर करते हुए एक महान् व्यापारिक साम्राज्य के रूप में विकसित किया गया था, जो एक शानदार सभ्यता का घर था। डौगा/थुग्गा (1997) में प्रभावशाली खँडहर हैं, जो आज भी रोमन शहर के संसाधनों का परिचय देते हैं। कैरॉयन (1988) वास्तुकला की समृद्ध विरासत है, जिसमें नौवीं शताब्दी की एक मसजिद भी है। इसके संगमरमर के छिद्रपूर्ण स्तंभ और तीन द्वार इस मसजिद की विशेषता है। ट्यूनीशिया की अन्य साइटों में मूसिना ऑफ सॉसे (1988) ट्यूनीस की मदीना (1979); केरिकॉन और उसके नेक्रोपोलिस (1985, 1986) और इक्केउल नेशनल पार्क (1980) का प्यूनिक टाउन शामिल हैं।

तुर्कमेनिस्तान

तुर्कमेनिस्तान की सात साइटें विश्व विरासत सूची में पंजीकृत हैं। Aphrodisias (2017) Aphrodite मंदिर है, जिसका निर्माण ईसा पूर्व तीसरी शताब्दी में किया गया था और शहर को एक सदी बाद बनाया गया था। पुरातात्त्विक स्थल अनी (2016) और आर्कियोलॉजिकल साइट ऑफ ट्रॉय (1998) के खँडहर कला और वास्तुकला के विकास का अवलोकन प्रस्तुत करते हैं। बर्सा और कमलाकिजिक : द बर्थ ऑफ द ओटोमन एंपायर (2014), सिटी ऑफ सफरनबोलू (1994) और दियारबाकिर फोर्ट्रेस तथा हेवेल्स गार्डन कल्चरल लैंडस्केप (2015) भी तुर्कमेनिस्तान में स्थित हैं। इफिसुस (2015) हेलेनिस्टिक, रोमन इंपीरियल और प्रारंभिक ईसाई काल की सांस्कृतिक परंपराओं के लिए एक प्राचीन शहर एवं अयासुलुक के स्मारकों के लिए महत्त्वपूर्ण हैं। गोगबलीटेप (2018) अनुमोदकीय वास्तुकला का नमूना है। ग्राट मसजिद और दिवारीजी का अस्पताल (1985) अनातोलिया में सेल्जुक मसजिद कला का उत्कृष्ट उदाहरण है, क्योंकि इसमें न तो आँगन है, न कॉलोनडेड हैं और न ही खुली नहर।

नेम्रुटडाए (1987) कॉमागेन राज्य की सभ्यता का गवाह है। Hatalhöyük (2012) ने ओलिथिक की संस्कृति की अनूठी गवाही देता है, जो पहले पहल कृषि बस्तियों के केंद्र अनातोलिया में पनपी थी और जिसे सदियों से गाँवों से शहरी केंद्रों तक प्रसारित किया गया था। यह प्रवृत्ति ग्रामीण समाज के समतावादी दृष्टिकोण पर भी प्रकाश डालती है। पेरगामन और इसके बहु-स्तरित सांस्कृतिक लैंडस्केप (2014) हेलेनिस्टिक शहरी योजना के अद्वितीय प्रतीक हैं। अन्य साइटों में सेलिमीये मसजिद और इसके परिसर (2011) शामिल हैं। जैंथोस-लेटून (1988); हत्तुशा : हित्ती कैपिटल (1986); इस्तांबुल का ऐतिहासिक क्षेत्र (1985); गोमर्ड नेशनल पार्क और रॉक साइट्स ऑफ कप्पादोसिया (1985) तथा हिरापोलिस-पामुककेल (1988) तुर्कमेनिस्तान के अन्य स्थल हैं, जिन्हें विश्व-विरासत सूची में स्थान दिया गया है।

युगांडा

युगांडा के तीन स्थल विश्व धरोहर सूची में अंकित हैं। कसुबी (2001) में बुगांडा किंग्स के मकबरे एक पूरी साइट बताते हैं, जो कंपाला जिले के लगभग 30 हेक्टेयर पहाड़ियों तक फैले हैं। Bwindi Impenetrable National Park (1994) अपनी असाधारण जैव विविधता के लिए जाना जाता है, जिसमें 160 से अधिक प्रजातियों के पेड़ और फर्न की 100 से अधिक प्रजातियाँ हैं। Rwenzori Mountains राष्ट्रीय उद्यान (1994) क्षेत्र के ग्लेशियर, झरने और झीलें इसे अफ्रीका के सबसे सुंदर क्षेत्रों में से एक बनाते हैं।

यूक्रेन

विश्व धरोहर सूची के तहत यूक्रेन की सात साइटें हैं। प्राचीन शहर टॉरिकचेररंसे और उसके चोरा (2013) में 5वीं शताब्दी ईसा पूर्व में काले सागर के उत्तरी किनारे पर डोरियन यूनानियों द्वारा स्थापित एक शहर के अवशेष हैं। कीव : सेंट-सोफिया कैथेड्रल और संबंधित मठवासी इमारतें आकर्षक हैं। कीव-पेचेर्कलवरा (1990), कीव की ईसाई रियासत की राजधानी 'नई कांस्टेंटिनोपल' का प्रतीक है, जिसे सेंट व्लादिमीर के बपतिस्मा के बाद 11वीं शताब्दी में बनाया गया था (988 ई. में)। लिव-ऐतिहासिक केंद्र (1998) कई शताब्दियों तक एक समृद्ध प्रशासनिक, धार्मिक और वाणिज्यिक केंद्र था। बुकोविनी और डेलमेटियन मेट्रोपोलिटंस का निवास (2011) 1864 से 1882 तक चेक वास्तुकार जोसेफ हलावका की स्थापत्य शैली के उत्कृष्ट तालमेल का प्रतिनिधित्व करता है। अन्य साइटों में पोलैंड और यूक्रेन में कॉरपेथियन क्षेत्र के स्ट्रूवेजियोडेटिक आर्क (2005), लकड़ी केटेर्स्कवास (2013) शामिल हैं। यूरोप के कॉरपेथियन तथा अन्य क्षेत्रों के प्राचीन बीच-जंगल (2007, 2011, 2017) भी सूची में शामिल हैं।

संयुक्त अरब अमीरात

अलऐन (हफित, हिल, बिदाबिंट सऊद और ओस एरियाज : 2011) की सांस्कृतिक साइट विश्व धरोहर सूची में शामिल संयुक्त अरब अमीरात की एकमात्र साइट है। यह साइट नव पाषाणयुग से लौह युग तक के रेगिस्तानी क्षेत्र की प्रागैतिहासिक संस्कृतियों के विकास की साक्षी है।

ग्रेट ब्रिटेन और उत्तरी आयरलैंड का यूनाइटेड किंगडम

यूनाइटेड किंगडम ऑफ ग्रेट ब्रिटेन और उत्तरी आयरलैंड की बत्तीस साइटें हैं,

जो वर्ल्ड हेरिटेज लिस्ट में अंकित हैं। Blaenavon Industrial लैंडस्केप (2000) 19वीं शताब्दी में विश्व में लोहे और कोयले के प्रमुख उत्पादक साउथ वेल्स का प्रमाण है। बेलेनहेम पैलेस (1987) और पार्क अंग्रेजी रोमांटिक आंदोलन के शुरुआती दौर का परिचय कराते हैं। कैंटरबरी कैथेड्रल, सेंट ऑगस्टीन एबे और सेंट मार्टिन चर्च (1988) लगभग पाँच शताब्दियों तक इंग्लैंड के चर्चों की प्रमुख आध्यात्मिक सीट रहा है। ग्विनेड (1986) में किंग एडवर्ड के महल और टाउन वॉल्स, 13वीं शताब्दी के अंत के यूरोप की प्रारंभिक सैन्य वास्तुकला के बेहतरीन उदाहरण हैं। रोमन द्वारा थर्मल स्नान के लिए स्थापित सिटी ऑफ बाथ (1987) मध्य युग में ऊन उद्योग का एक महत्त्वपूर्ण केंद्र बन गया। कॉर्नवॉल और वेस्टडेवोन माइनिंग लैंडस्केप (2006); डेरवेंट वैली मिल्स (2001); डरहम कैसल और कैथेड्रल (1986); फ्रंटियर्स ऑफ रोमन एंपायर (1987, 2005, 2008) और गोरहम का केव कॉम्प्लेक्स (2016) भी सूची में शामिल हैं।

हार्ट ऑफ नियोलिथिक ऑर्कनी (1999) वास्तुशिल्प और पुरातात्त्विक परिदृश्य का उदाहरण है, जो मानव इतिहास के एक महत्त्वपूर्ण चरण का परिचय देता है, जब औपचारिक स्मारकों का निर्माण किया जाता था। सेंट जॉर्ज और संबंधित किलेबंदी का ऐतिहासिक शहर बरमूडा (2000) नई दुनिया में अंग्रेजी शहरी संरचना का एक उत्कृष्ट उदाहरण है। आयरन ब्रिजगॉर्ज (1986) को औद्योगिक क्रांति के प्रतीक के रूप में जाना जाता है। जोडरेल बैंक ऑब्जर्वेटरी (2019) पारंपरिक ऑप्टिकल एस्ट्रोनॉमी से रेडियो एस्ट्रोनॉमी (1940 से 1960 के दशक) के संक्रमण को दिखाता है, जिसके कारण ब्रह्मांड की समझ में आमूल-चूल परिवर्तन हुआ। लिवरपूल-मैरी टाइम मर्केंट सिटी (2004) समुद्री विकास का प्रमाण है। 18वीं, 19वीं और 20वीं शताब्दी की प्रारंभिक संस्कृति को भी यह दरशाता है। अन्य साइटों में मैरी टाइम ग्रीनविच (1997) न्यूलनार्क (2001); एडिनबर्ग के पुराने और नए शहर (1995); वेस्टमिंस्टर और वेस्टमिंस्टर एब्बे का पैलेस, सेंट मार्गरेटचर्च (1987) और पोंटा सिले एक्वाडक्ट तथा कैनाल (2009) शामिल हैं।

रॉयल वनस्पति उद्यान, केयू (2003) वनस्पति विज्ञान के क्षेत्र में दुनिया भर में वैज्ञानिक और आर्थिक आदान-प्रदान के लिए जाना जाता है। साल्टेयर (2001) 19वीं शताब्दी के उत्तरार्ध का अच्छी तरह से संरक्षित औद्योगिक गाँव है। स्टोनहेंज, एवेबरी और एसोसिएटेड साइट्स (1986) में एक पैटर्न में व्यवस्थित मेनहेयर के मंडल शामिल हैं, जिनके खगोलीय महत्त्व पर अभी भी शोध किया जा रहा है। स्टडली रॉयल पार्क, फव्वारे एब्बे (1986) के खँडहरों की मौलिकता इसे आश्चर्यजनक सुंदरता प्रदान करती है। इसे यूनाइटेड किंगडम के सबसे बड़े मध्ययुगीन खंडहरों के आसपास बनाया गया

था। इंग्लिश लेक डिस्ट्रिक्ट (2017) की घाटियों को हिम युग के ग्लेशियरों ने आकार दिया है। फोर्थब्रिज (2015) सबसे बड़े ब्रैकट पुल वाली संरचना है, जिस पर आज भी यात्रियों की आवाजाही और माल ढुलाई जारी है। टॉवर ऑफ लंदन (1988) नॉर्मन सैन्य वास्तुकला का एक विशिष्ट उदाहरण है, जिसका विश्व प्रभाव पूरे राज्य के लिए गौरव का विषय है। प्राकृतिक साइटों में डोरसेट और ईस्ट डेवोन कोस्ट (2001); जायंट्स कॉजवे एंड कॉजवे कोस्ट (1986); गफ और दुर्गम द्वीप (1995, 2004); हेंडरसन द्वीप (1988) और सेंट किल्डा की मिश्रित साइट (1986, 2004, 2005) शामिल हैं।

संयुक्त गणराज्य तंजानिया

संयुक्त राष्ट्र तंजानिया की सात साइटें वर्ल्ड हेरिटेज साइट सूची में दर्ज हैं। कोंडोआरॉक-आर्ट साइट्स (2006) शिकारी-संग्रहकर्ताओं और कृषिविदों के जीवन की गवाह हैं, जो कई सहस्राब्दियों से इस क्षेत्र में रहते आ रहे हैं। किलवा किसिवानी के अवशेष और सोंगोमन्नारा (1981) के खँडहर स्वाहिली संस्कृति के विकास, वास्तुशिल्प का पुरातात्त्विक और दस्तावेजी साक्ष्य प्रस्तुत करते हैं। जंजीबार का स्टोन टाउन (2000) पूर्वी अफ्रीका के स्वाहिली तटीय व्यापारिक शहरों का एक अच्छा उदाहरण है। प्राकृतिक स्थलों में किलिमंजारो राष्ट्रीय उद्यान (1987), सेलस गेम रिजर्व (1982), सेरेंगेटी नेशनल पार्क (1981) और मिश्रित साइट में नागोरोंगो संरक्षण क्षेत्र (1979, 2010) शामिल हैं।

संयुक्त राज्य अमेरिका

संयुक्त राज्य अमेरिका की चौबीस साइटें वर्ल्ड हेरिटेज साइट सूची में अंकित हैं। काहोकिया माउंड्स स्टेट हिस्टोरिक साइट (1982) मेक्सिको के उत्तर में स्थित सबसे बड़ी पूर्व-कोलंबियाई बस्ती है। सन् 850 से सन् 1250 के बीच पैतृक पुएब्लो संस्कृति का यह एक प्रमुख केंद्र था। चाको संस्कृति (1987), प्रागैतिहासिक समारोहों, व्यापार और राजनीतिक गतिविधियों को जानने का अवसर प्रदान करती है। इंडिपेंडेंस हॉल (1979) वह जगह है, जहाँ स्वतंत्रता की घोषणा (1776) और संयुक्त राज्य अमेरिका के संविधान (1787), दोनों पर हस्ताक्षर किए गए थे। प्योर्टोरिको (1983) में ला फोर्टालेजा और सैनजुआन नेशनल हिस्टोरिक साइट अमेरिकी महाद्वीप पर बंदरगाह साइटों के अनुकूलन तथा यूरोपीय सैन्य वास्तुकला का बेहतरीन नमूना हैं। मेसावर्डे नेशनल पार्क (1978) मूल अमेरिकी जनजातियों की प्राचीन सांस्कृतिक परंपराओं के अनेक साक्ष्य प्रस्तुत करता है। मोंटेसेलो और वर्जीनिया विश्वविद्यालय चार्लोट्सविले (1987)

थॉमस जेफरसन के विचारों और आदर्शों से संबद्ध हैं। अन्य साइटों में कार्ल्सबैड कैवर्न्स नेशनल पार्क (1995), सदाबहार राष्ट्रीय उद्यान (1979), ग्रैंड कैनियन नेशनल पार्क (1979), ग्रेट स्मोकी पर्वत राष्ट्रीय उद्यान (1983), हवाई ज्वालामुखी राष्ट्रीय उद्यान (1987) और क्लुआन/रैंगल-सेंट। एलियास/ग्लेशियर बे/ततेंशिनी-अलसेक (1979, 1992, 1994) भी विश्व-विरासत सूची में दर्ज हैं।

पृथ्वी के टुकड़े (2014) के स्मारक उत्तरी अमेरिका में मिट्टी से निर्माण के उल्लेखनीय उदाहरण हैं। यह कला लगभग 2,000 वर्षों तक प्रचलित रही। आन एंटोनियो मिशन (2015) स्पैनिश और कोहाहुलेटेकेन तथा अन्य संस्कृतियों के सम्मिलन का उदाहरण है। एक ही स्थान पर, एक ही क्षेत्र में भिन्न समुदायों का जनसमूह साथ-साथ रहते हुए किस तरह अपने विचारों को साझा करता है, यह स्थान इसका सार्थक उदाहरण है। स्टैचू ऑफ लिबर्टी (1984) मानव आत्मा की विशालता को प्रकट करनेवाली उत्कृष्ट कृति है। Taos Pueblo (1992) अमेरिका के पूर्व-हिस्पैनिक काल के पारंपरिक वास्तुशिल्प का एक उल्लेखनीय उदाहरण है। फ्रैंकलॉयड राइट (2019) 20वीं शताब्दी की वास्तुकला में अनेक परिवर्तनों का प्रदर्शन है, जिसने 20वीं शताब्दी की पहली छमाही के दौरान वैश्विक स्तर पर वास्तुकला को एकदम बदल दिया। अन्य स्थलों में मैमथकेव नेशनल पार्क (1981) ओलंपिक नेशनल पार्क (1981); रेडवुड नेशनल एंड स्टेट पार्क (1980); वाटरटन ग्लेशियर इंटरनेशनल पीस पार्क (1995); येलो स्टोन नेशनल पार्क (1978); Yosemite National Park (1984) और Papahānaumokuākea (2010) शामिल हैं।

उरुग्वे

उरुग्वे के दो स्थल विश्व विरासत सूची में अंकित हैं। फ्रायबेंटोस इंडस्ट्रियल लैंडस्केप (2015) मांस की सोर्सिंग, प्रोसेसिंग, पैकिंग और डिस्पैचिंग की पूरी प्रक्रिया को दिखाता है। कॉलोनिया डेल सैक्रा मेंटो शहर (1995) के ऐतिहासिक क्वार्टर अच्छी तरह से संरक्षित शहरी परिदृश्य है, जो पुर्तगाली, स्पेनिश और बाद के औपनिवेशिक शैलियों के सफल संलयन को दरशाता है।

उज्बेकिस्तान

वर्ल्ड हेरिटेज सूची में उज्बेकिस्तान की पाँच साइटें हैं। ऐतिहासिक केंद्र बुखारा (1993) मध्ययुगीन मध्य एशियाई शहर का एक उदाहरण है, जिसने अपने शहरी ढाँचे को आज भी संरक्षित करके रखा है। ऐतिहासिक केंद्र Shakhrisyabz (2000) में

असाधारण स्मारकों और प्राचीन क्वार्टरों का संग्रह है, जो शहर की धर्मनिरपेक्ष प्रकृति के विकास का गवाह है। इटचन कला (1990) अपने डिजाइन और निर्माण के आधार पर मध्य एशिया की मानव बस्तियों का एक महत्त्वपूर्ण उदाहरण प्रस्तुत करती है। अन्य साइटों में समरकंद-संस्कृति का चौराहा (2001) और पश्चिमी टीएन-शान (2016) शामिल हैं।

वानुअतु

मुख्य रूई माता का डोमेन (2008) वर्ल्ड हेरिटेज सूची में अंकित वानुअतु की एकमात्र साइट है। यह साइट प्रशांत प्रणालियों के परिदृश्य की प्रतिनिधि है और प्रशांत लोगों तथा पर्यावरण के बीच के संबंध को दरशाने वाला का एक उत्कृष्ट उदाहरण है।

वेनेजुएला

वेनेजुएला के तीन स्थल विश्व विरासत सूची में अंकित हैं। Ciudad Universitaria de Caracas (2000) वास्तुकला और कोरो के आधुनिक आंदोलन का एक उत्कृष्ट उदाहरण है और इसका पोर्ट (1993) स्पेनिश मुडेजर और डच वास्तुकला तकनीकों के साथ स्थानीय परंपराओं के संलयन का एकमात्र जीवित उदाहरण है। कनैमा नेशनल पार्क (1994) को टेबल माउंटेन (टेपुई) संरचनाओं द्वारा कवर किया गया है, जो एक अद्वितीय जैव-वैज्ञानिक इकाई है और भूवैज्ञानिकों को आकर्षित करता है।

वियतनाम

वियतनाम के आठ स्थल विश्व विरासत सूची में अंकित हैं। थांग लांग के इंपीरियल गढ़ का केंद्रीय क्षेत्र—हनोई (2010) मुख्य रूप से चीन से उत्तर में आनेवाले प्रभावों का गवाह है और दक्षिण में चंपा का साम्राज्य है। हो वंश (2011) का गढ़ (उत्तर) 14वीं शताब्दी के उत्तरार्ध में वियतनाम के व्यावहारिक नव-कन्फ्यूशीवाद के प्रभाव को दरशाता है। यह उस युग की वास्तुशिल्प की भी मिसाल है। ह्यूमोन्यूमेंट्स (1993) का कॉम्प्लेक्स पूर्वी सामंती राजधानी का उत्कृष्ट उदाहरण है। एक प्राचीन शहर (1999) दक्षिण-पूर्व एशियाई व्यापारिक बंदरगाह अच्छी तरह से संरक्षित स्थल है, जो 15वीं से 19वीं शताब्दी तक के विकास की कहानी कहता है। मेरा बेटा अभयारण्य (1999); हालॉन्ग बे (1994, 2000); फोंगन्हा-के बंग नेशनल पार्क (2003, 2015) और ट्रेंगएन लैंडस्केप कॉम्प्लेक्स (2014) भी सूची में शामिल हैं।

यमन

यमन के चार स्थल विश्व विरासत सूची में शामिल हैं। ये सभी सांस्कृतिक स्थल हैं और सभी वर्ल्ड हेरिटेज की खतरे की सूची में भी दर्ज हैं। जाबिद का ऐतिहासिक शहर (1993) एक उत्कृष्ट पुरातात्त्विक और ऐतिहासिक स्थल है। सना का पुराना शहर (1986) सजातीय वास्तुकला का उत्कृष्ट उदाहरण है। पुरानी दीवार वाले शहर शिबम (1982) ऊर्ध्वाधर निर्माण के सिद्धांत के आधार पर किए गए शहरी नियोजन के सबसे पुराने और सबसे अच्छे उदाहरणों में से एक है। सोकोट्रा आर्किपेलागो (2008) जैव विविधता संरक्षण के लिए विश्व स्तर पर महत्त्वपूर्ण है, क्योंकि इसकी समृद्ध और विशिष्ट वनस्पतियाँ एवं जीवों की विलक्षणता अन्य कहीं दिखाई नहीं देती।

जांबिया

मोशी-ओ-तुन्या/विक्टोरिया फॉल्स (1989) जांबिया का एकमात्र स्थल है, जिसे विश्व विरासत सूची में शामिल किया गया है। यह स्थल नदी के समुचित उपयोग का एक उत्कृष्ट उदाहरण है। यहाँ पानी की शक्ति अभी भी कठोर बेसाल्ट चट्टानों को बिखेरती रहती है।

जिंबाब्वे

जिंबाब्वे के पाँच स्थल विश्व विरासत सूची में अंकित हैं। ग्रेट जिंबाब्वे राष्ट्रीय स्मारक (1986) मध्य युग के बाद से एक महत्त्वपूर्ण व्यापारिक केंद्र के रूप में प्रसिद्ध था। 16वीं शताब्दी के मध्य का खमी खँडहर राष्ट्रीय स्मारक (1986) पुरातात्त्विक महत्त्व का है। माटो बोहिल्स (2003) दक्षिणी अफ्रीका में रॉक कला का उत्कर्ष दिखाई देता है। जिंबाब्वे के प्राकृतिक स्थलों में माना पूल नेशनल पार्क, सपी और चेवोरसफारी एरिया (1984) तथामोसी-ओ-तुन्या/विक्टोरिया फॉल्स (1989) शामिल हैं।

□□□